中国古典文学名著丛书

包公案

[明] 安遥时 著

华夏出版社
HUAXIA PUBLISHING HOUSE

图书在版编目（CIP）数据

包公案／（明）安遥时著. —北京：华夏出版
社，2013.01（2024.09重印）
　（中国古典文学名著丛书）
　ISBN 978-7-5080-6414-7

　Ⅰ.①包… Ⅱ.①安… Ⅲ.①侠义小说-中国-清代
Ⅳ.①I242.4

中国版本图书馆 CIP 数据核字（2011）第 074399 号

出版发行：华夏出版社
　　　　　（北京市东直门外香河园北里 4 号　　邮编 100028）
经　　销：新华书店
印　　制：永清县晔盛亚胶印有限公司
版　　次：2013 年 01 月北京第 1 版
　　　　　2024 年 09 月北京第 2 次印刷
开　　本：670×970　1/16 开
印　　张：17
字　　数：253.7 千字
定　　价：34.00 元

本版图书凡印制、装订错误，可及时向我社发行部调换

前　言

　　《包公案》为明代的安遥时所作，安遥时的生平事迹待考。

　　包公名包拯，庐州（今安徽省合肥市）人。宋仁宗时，曾官监察御史、天章阁待制、龙图阁直学士、枢密副史等。《宋史·包拯传》称他"立朝刚毅，贵戚宦官为之敛手"；"人以包拯笑比黄河清，童稚妇女亦知其名，呼曰包待制；京师为之语曰：'关节不到，有阎罗包老。'"百姓则尊称其为包公。

　　包公在开封府尹任上，以清正廉洁著称，深得百姓爱戴。有关包公的断案故事在"瓦肆勾栏"、市井小巷之中广为流传，包公的形象在不断的演绎中更加丰满，更加感人。

　　书中的九十五个包公断案故事，部分收自于民间相传，部分采自于史书、杂记和笔记小说，记叙包公审理的一系列有关"人命"、"奸情"、"盗贼"、"争占"等类案件。有的故事判斩了理应偿命的皇亲国戚，有的故事揭露了凶残狠毒的土豪劣绅，有的故事直击了收受贿赂的贪官污吏，有的故事讽刺了坑害文人的科举制度。书中的包公俨然是百姓心目中最典型的清官形象和理想寄托，其秉公执法、刚正廉洁的形象跃然纸上。

　　此次再版，我们对原书中的笔误、缺漏和难解字词进行了更正、校勘和释义，对原书原来缺字的地方用□表示了出来，以方便读者阅读。由于时间仓促，水平有限，其中难免有所疏失，望专家和读者予以指正。

编　者

2011 年 3 月

目　　录

萧淑玉误吊遭非命　恶和尚思淫杀弱女

话说德安府孝感县有一秀才，姓许名献忠，年方十八，生得眉清目秀，丰采俊雅。对门有一屠户萧辅汉，有一女儿名淑玉，年十七岁，甚有姿色，每日在楼上绣花。其楼近路，常见许生行过，两下相看，各有相爱之意，时日积久，遂私通言笑。许生以言挑之，女即微笑道肯①。

其夜，许生以楼梯暗引上去，与女携手兰房②，情交意美，及至鸡鸣，许生欲归，暗约夜间又来。淑玉道："倚梯在楼，恐夜间有人经过看见不便。我今备一圆木在楼枋上，将白布一匹，半挂圆木，半垂楼下，汝夜间只将手紧抱白布，我在楼上吊扯上来，岂不甚便。"许生喜悦不胜，至夜果依计而行。如此往来半年，邻舍颇知，只瞒得萧辅汉一人。

忽一夜，许生因朋友请酒，夜深未来。有一和尚明修，夜间叫街，见楼上垂下白布到地，只道其家晒布未收，思偷其布，停住木鱼，寂然过去手扯其布，忽然楼上有人吊扯上去。和尚心下明白，必是养汉婆娘垂此接奸夫者，任他吊上去，果见一女子。和尚心中大喜，便道："小僧与娘子有缘，今日肯舍我宿一宵，福田似海，恩大如天。"淑玉慌了道："我是鸾交凤配，怎肯失身于你。我宁将银簪一根舍你，你快下楼去。"僧道："是你吊我上来，今夜来得去不得了。"即强去搂抱求欢。女怒甚，高声叫道："有贼在此！"那时父母睡去不闻。僧恐人知觉，即拔刀将女子杀死，取其簪、珥、戒指下楼去。

次日早饭后，其母见女儿不起，走去看时，见杀死在楼，竟不知何人所谋。其时，邻舍有不平许生事者③，与萧辅汉道："你女平素与许献忠来往有半年余。昨夜许生在友家饮酒，必定乘醉误杀，是他无疑。"萧辅汉闻

---

① 道肯——口言许可、答应、允许。
② 兰房——熏染兰香的房间，女子居室的美称。
③ 邻舍句——邻居当中有对许生的事心怀不满的人。

知包公神明，即具状赴告。

　　告为强奸杀命事：学恶许献忠，心邪狐媚，行丑鹑奔①。觇②女淑玉艾色③，百计营谋，千思污辱。昨夜，带酒佩刀，潜入卧室，搂抱强奸，女贞不从，拔刀刺死。遗下簪珥，乘危盗去。邻右可证。托迹黉④门，桃李陡变而为荆榛；驾称泮水，龙蛇忽转而为鲸鳄。法律实类鸿毛，伦风今且涂地。急控填偿，哀哀上告。

是时包公为官极清，识见无差，当日准了此状，即差人拘原被告、干证人等听审。

　　包公先问干证，左邻萧美、右邻吴范俱供：萧淑玉在沿街楼上宿，与许献忠有奸已经半载，只瞒过父母不知。此奸是有的，特非强奸，其杀死缘由，夜深之事众人实在不知。许生道："通奸之情瞒不过众人，我亦甘心肯认。若以此拟罪，死亦无辞；但杀死事实非是我。"萧辅汉道："他认轻罪而辞重罪，情可灼见⑤。女房只有他到，非他杀死，是谁杀之？必是女要绝他勿奸，因怀怒杀之，且后生轻狂性子，岂顾女子与他有情。老爷若非用刑究问，安肯招认。"包公看许生貌美性和，似非凶恶之徒，因问道："汝与淑玉往来时曾有人楼下过否？"答道："往日无人，只本月有叫街和尚夜间敲木鱼经过。"包公因发怒道："此必是你杀死的。今问你罪，你甘心否？"献忠心慌，答道："甘心。"遂打四十收监。包公密召公差王忠、李义问道："近日叫街和尚在何处居住？"王忠道："在玩月桥观音座前歇。"包公吩咐二人可密去如此施行，讨出赏你。

　　其夜，僧明修复敲木鱼叫街，约三更时分，将归桥宿，只听得桥下三鬼一声叫上，一声叫下，又低声啼哭，甚是凄切怕人。僧在桥打坐，口念弥陀。后一鬼似妇人之声，且哭且叫道："明修明修，你要来奸我，我不从罢了。我阳数⑥未终，你无杀我道理。无故杀我，又抢我钗珥。我已告过阎

----

① 鹑奔——男女之间不正当的行为。典出《诗经·鄘风》。
② 觇（chān）——看，窥看。
③ 艾（ài）色——漂亮的容貌。
④ 黉（hóng）——古代学校名，学堂。
⑤ 灼（zhuó）见——明彻见到。
⑥ 阳数——寿命。

王,命二鬼使伴我来取命,你反念阿弥陀佛讲和。今宜讨财帛与我并打发鬼使,方与私休,不然再奏天曹,定来取命。念诸佛难保你命。"明修乃手执弥陀珠佛掌答道:"我一时欲火要奸你,见你不从又要喊叫,恐人来捉我,故一时误杀。今钗环戒珠尚在,明日买财帛并念经卷超度你,千万勿奏天曹。"女鬼又哭,二鬼又叫一番,更觉凄惨。僧又念经,再许明日超度①。忽然,两个公差走出来,将铁链锁住。僧惊慌:"是鬼!"王忠道:"包公命我捉你,我非鬼也。"吓得僧如泥块,只说看佛面求赦。王忠道:"真好个谋人佛、强奸佛。"遂锁将去。李义收取禅担、蒲团等物同行。原来包公早命二公差雇一娼妇,在桥下作鬼声,吓出此情。

　　次日,锁了明修并带娼妇见包公,叙桥下做鬼吓出明修要强奸不从因致杀死情由。包公命取库银赏了娼家并二公差去讫,又搜出明修破衲袄内钗、珥、戒指,辅汉认过,确是伊女插戴之物。明修无词抵饰,一款供招,认承死罪。

　　包公乃问许献忠道:"杀死淑玉是此贼秃,理该抵命;但你做秀才奸人室女,亦该去衣衿②。今有一件,你尚未娶,淑玉未嫁,虽则两下私通,亦是结发夫妻一般。今此女为你垂布,误引此僧,又守节致死,亦无玷名节,何愧于妇?今汝若愿再娶,须去衣衿;若欲留前程,将淑玉为你正妻,你收埋供养,不许再娶。此二路何从?"献忠道:"我稔知淑玉素性贤良,只为我牵引故有私情,我别无外交,昔相通时曾嘱我娶她,我亦许她发科时定谋完娶。不意遇此贼僧,彼又死节明白,我心岂忍再娶。今日只愿收埋淑玉,认为正妻,以不负他死节之意,决不敢再娶也。其衣衿留否,惟凭天台③所赐,本意亦不敢欺心。"包公喜道:"汝心合乎天理,我当为你力保前程。"即作文书,申详学道:

　　　　审得生员许献忠,青年未婚,邻女淑玉,在室未嫁。两少相宜,静
　　夜会佳期于月下;一心合契,半载赴私约于楼中。方期缘结乎百年,

---

①　超度——僧、尼、道人为死者诵经,认为可以救度亡灵超越苦海。
②　衣衿(jīn)——古代读书人的专用衣服,代表其身份地位,此处代称秀才。
③　天台——对包公的敬称。

不意①变生于一旦。恶僧明修，心猿意马，黉夜②直上重楼；狗幸狼贪，粪土将污白璧。谋而不遂，袖中抽出钢刀；死者含冤，暗里剥去钗珥。伤哉淑玉，遭凶僧断丧香魂，义矣献忠，念情妻誓不再娶。今拟僧抵命，庶③雪节妇之冤；留许前程，少奖义夫之概。

未敢擅便，伏候断裁。

学道随即依拟。

后许献忠得中乡试，归来谢包公道："不有老师，献忠已作囹圄之鬼，岂有今日。"包公道："今思娶否？"许生道："死不敢矣。"包公道："不孝有三，无后为大。"许生道："吾今全义，不能全孝矣。"包公道："贤友今日成名，则萧夫人在天之灵必喜悦无穷；就使若在，亦必令贤友置妾。今但以萧夫人为正，再娶第二房令阃④何妨。"献忠坚执不从。包公乃令其同年举人田在懋为媒，强其再娶霍氏女为侧室⑤。献忠乃以纳妾礼成亲，其同年录⑥只填萧氏，不以霍氏参入，可谓妇节夫义，两尽其道。而包公雪冤之德，继嗣之恩，山高海深矣。

---

① 方期……不意……——刚刚想……却不料……。

② 黉（yín）夜——深夜。

③ 庶——希望。

④ 令阃（kǔn）——借指女子，第二房令阃即妾。

⑤ 侧室——妾。

⑥ 同年录——乡试、会试发榜后，刊印的以考试名次为序的人名册。

二

丁娘子忍辱报仇冤　性慧僧匿妇扣人夫

话说贵州道程番府有一秀才丁日中，常在安福寺读书，与僧性慧朝夕交接①。性慧一日往日中家相访，适日中外出，其妻邓氏闻夫常说在寺读书，多得性慧汤饮，因此出来见之，留他一饭。性慧见邓氏容貌华丽，言词清雅，心中不胜喜慕。后日中复往寺读书月余未回，性慧遂心生一计，将银雇二道士假扮轿夫，半午后到邓氏家道："你相公在寺读书，劳神太过，忽然中风死去，得僧性慧救醒，尚奄奄在床，生死未保。今叫我二人接娘子去看他。"邓氏道："何不借眠轿送他回来？"二轿夫道："本要送他回来，奈程途有十余里，恐路上冒风，症候加重，便难救治。娘子可自去看来，临时主意或接回或在彼处医治，有个亲人在旁，也好伏侍病人。"邓氏听得即登轿去，天晚到寺，直抬入僧房深处，却已排整酒筵，欲与邓饮酒。那邓氏即问道："我官人在哪里？领我去看。"性慧道："你官人因众友相邀去游城外新寺，适有人来报他中风，小僧去看，幸已清安。此去有路五里，天色已晚，可暂在此歇，明日早行；或要即去，亦待轿夫吃饭，娘子亦吃些点心，然后讨火把去。"邓氏遂心生疑，然又进退无路，饮酒数杯，又催轿夫去。性慧道："轿夫不肯夜行，各回去了。娘子可宽饮数杯，不要性急。"又令侍者小心奉劝，酒已微醉，乃照入禅房去睡。邓氏见锦衾绣褥，罗帐花枕，件件精美。以灯照之，四边皆密，乃留灯合衣而寝，心中疑虑不寐。及钟声定后，性慧从背地进来，近床抱住。邓氏喊声："有贼！"性慧道："你就喊到天明，也无人来捉贼。我为你费了多少心机，今日乃得到此，亦是前生夙缘②注定，不由你不肯。"邓氏骂道："野僧何得无耻，我宁死决不受辱。"性慧道："娘子肯行方便一宵，明日送你见夫；若不怜悯，小僧定断送你的性命！"邓氏喊骂闹至半夜，被性慧强行剥去衣服，将手足绑缚，

---

① 朝夕交接——早晚相接触。

② 夙（sù）缘——往昔的缘分。

恣行淫污。次日午朝①方起。性慧谓邓氏道:"你被我设计骗来,事已至此,可削发为尼,藏在寺中,衣食受用都不亏你,又有老公陪。你若使昨夜性子,有麻绳、剃刀、毒药在此,凭你死吧!"邓氏暗思身已受辱,死则永无见夫的日子,此冤难报,不如忍耐受辱,倘得见夫,报了此冤,然后就死。乃从其披剃。

过了月余,丁日中来寺拜访性慧,邓氏认得是夫声音,挺身先出,性慧即赶出来。日中方与邓氏作揖,邓氏哭道:"官人不认得我了?我被性慧拐骗在此,日夜望你来救我。"日中大怒,扭住性慧便打,被性慧呼集众僧将日中锁住,取出刀来将杀之。邓氏来夺刀道:"可先杀我,然后杀我夫。"性慧乃收起刀,强扯邓氏入房吊住,再出来杀日中。日中道:"我妻被你拐,夫又被你杀,我到阴司也不肯放你。若要杀,可与我夫妻相见,作一处死罢。"性慧道:"你死则邓氏无所望,便终身是我妻,安肯与你同死。"日中道:"然则全我身体,容我自死罢。"性慧道:"我且积些阴功。方丈后有一大钟,将你盖在钟下,与你自死。"遂将日中盖入钟下。邓氏日夜啼哭,拜祷观音菩萨,愿有人来救他丈夫。

过了三日,适值包公巡行其地,夜梦观音引至安福寺方丈中,见钟下覆一黑龙;初亦不以为意,至第二三夜,连梦此事,心始疑异,乃命手下径往安福寺中,试看何如。到得方丈坐定,果见方丈后有一大钟,即令手下抬开来看,只见一人饿得将死,但气未绝。包公知是被人所困,即令以粥汤灌下,一饭时稍醒,乃道:"僧性慧既拐我妻削发为尼,又将我盖在钟下。"包公遂将性慧拿下,但四处搜觅并无妇人。包公便命密搜。乃入复壁中,有铺地木板,公差揭起木板,有梯入地,从梯下去,乃是地楼,点灯明亮,一少年和尚在坐。公差叫他上来,报见包公。此和尚即是邓氏,见夫已放出,性慧已锁住,邓氏乃从头叙其拐骗情由,害夫根源。性慧不能辩,只磕头道:"死罪甘受。"包公随即判道:

审得淫僧性慧,稔②恶贯盈,与生员丁日中交游,常以酒食征逐,见其妻邓氏美貌,不觉巧计横生,赚其入寺背夫,强行淫玷。劫其披

---

① 午朝(zhāo)——午时。

② 稔(rěn)——事物积久酝酿成熟。

缁削发，混作僧徒。虽抑郁而何言，将待机而图报；偶日中之来寺，幸
邓氏之闻声。相见泣诉，未尽衷肠之话；群僧拘执，欲行刃杀之凶。
恳求身体之全，得盖大钟之下。乃感黑龙之被盖，梦入三更；因至方
丈而开钟，饿经五日。丁日中从危得活，后必亨通；邓氏女求死得生，
终当完聚。性慧拐人妻、坑人命，合枭首①以何疑；群僧党一恶害一
生，皆充军于远卫。

判讫②。将性慧斩首示众，其助恶众僧皆发充军。

　　包公又责邓氏道："你当日被拐便当一死，则身洁名荣，亦不累夫
有钟盖之难。若非我感观音托梦而来，汝夫却不为你而饿死乎？"邓氏
道："我先未死者，以不得见夫，未报恶僧之仇，将图见夫而死③。今
夫已救出，僧已就诛，妾身既辱，不可为人，固当一死决矣！"即以头
击柱，流血满地。包公乃命人扶住，血出晕倒，以药医好，死而复生。
包公谓丁日中道："依邓氏之言，其始之从也，势非得已；其不死者，
因欲得以报仇也。今击柱甘死，可以明志，汝其收之。"丁日中道：
"吾向者④正恨其不死以图后报仇之言为假，今见其撞柱，非真偷生无
耻可知。今幸而不死，吾待之如初，只当来世重会也。"日中夫妇拜谢
而归，以木刻包公之像，朝夕奉侍不懈。其后日中亦登科第，官至
同知⑤。

---

①　枭（xiāo）首——古代的一种死刑；把砍下来的人头高悬在木杆上示众。
②　讫（qì）——完结。
③　将图句——本打算见到丈夫就死。
④　向者——过去，从前。
⑤　同知——官名，宋代枢密院的佐官。

三

蒋光国诬告命难全　克忠妻记账示凶犯

话说西安府乜崇贵,家业巨万,妻汤氏,生子四人:长名克孝,次名克悌,三名克忠,四名克信。克孝治家任事;克悌在外为商;克忠读书进学,早负文名,屡期高捷,亲教幼弟克信,殷勤友爱,出入相随。克忠不幸下第,染病卧床不起。克信时时入房看望,见嫂淑贞花貌惊人,恐兄病体不安,或贪美色,伤损日深,决不能起,欲兄移居书房,静养身心,或可保其残喘。淑贞爱夫心切,不肯与他出房,道:"病者不可移,且书斋无人伏侍,只在房中,时刻好进汤药。"此皆真心相爱,原非为淫欲之计,克信心中快然。亲朋来问疾者,人人嗟叹克忠苦学伤神。克信叹道:"家兄不起,非因苦学。自古几多英雄豪杰皆死于妇人之手,何独家兄。"话毕,两泪双垂。亲朋闻之骇然,须臾罢去。克忠疾革①,蒋淑贞急呼叔来。克信大怒道:"前日不听我言移入书房养病,今必来呼我为何?"淑贞悄然。克信近床,克忠泣道:"我不济事矣,汝好生读书,要发科第,莫负我叮咛。寡嫂贞洁,又在少年,幸善待之。"语罢,遂气绝。克信哀痛弗胜,执丧礼一毫无缺,殡葬俱各尽道,事奉寡嫂淑贞十分恭敬。自克忠死后,长幼共怜悯之。七七追荐,请僧道做功课②。淑贞哀号极苦,汤水不入口者半月,形骸③瘦弱,忧戚不堪。及至百日后,父母慰之,家庭长者妯娌眷属亦各劝慰。微微饮食舒畅,容貌逐日复旧,虽不戴珠翠,不施脂粉,自然美容动人,十分窈窕④,但其性甚介,守甚坚,言甚简静,行甚光明,无一尘可染。

倏尔⑤一周将近,淑贞之父蒋光国安排礼仪,亲来祭奠女婿,用族侄

----

① 疾革——很快地失精亡血。
② 功课——念经超度亡灵。
③ 形骸(hái)——身体。
④ 窈窕(yǎotiǎo)——文静而美好。
⑤ 倏(shū)尔——很快地。

蒋嘉言出家紫云观为道士者作高功,亦领徒子蒋大亨,徒孙蒋时化、严华元同治法事。克信心不甚喜,乃对光国道:"多承老亲厚情,其实无益。"光国怫然不悦,遂入内谓淑贞道:"我来荐汝丈夫本是好心,你幼叔大不欢喜。薄兄如此,宁不薄汝?"淑贞道:"他当日要移兄到书房,我留在房伏侍。及至兄死时,他极恼我不是。到今一载,并不相见,待我如此,岂可谓善。"光国听了此言,益憾①克信。及至功课将完,追荐亡魂之际,光国复呼淑贞道:"道人皆家庭子侄,可出拜灵前无妨。"淑贞哀心不胜,遂拜哭灵前,悲哀已极,人人惨伤。独有腺道严华元,一见淑贞,心中想道:人言淑贞乃绝色佳人,今观其居忧素服之时②,尚且如此标致;若无愁无闷而相欢相乐,真个好煞人也。遂起淫奸之心。迨至夜深,道场圆满之后,道士皆拜谢而去。光国道:"嘉言、大亨与时化三人,皆吾家亲,礼薄些谅不较量;惟严先生乃异姓人物,当从厚谢之。"淑贞复加封一礼。岂知华元立心不良,阳言一谢先行,阴实藏形高阁之上。少俟人静,作鼠耗声。淑贞秉烛视之,华元即以求阳媾合邪药弹上其身。淑贞一染邪药,心中即时淫乱,遂抱华元交欢恣乐。俄而天明,药气既消,始知被人迷奸,有玷名节,嚼舌吐血,登时闷死。华元得遂淫心,遂潜逃而去,乃以淑贞加赐礼银一封,贻于淑贞怀中,盖冀其复生而为之谢也。

日晏③之时,晨炊已熟,婢女菊香携水入房,呼淑贞梳洗,不见形踪,乃登阁上寻觅,但见淑贞死于毡褥之上。菊香大惊,即报克孝、克信道:"三娘子死于阁上。"克孝、克信上阁看之,果然气绝。大家俱惊慌,乃呼众婢女抬淑贞出堂停枢。下阁之时遗落胸前银包,菊香在后拾取而藏之。此时光国宿于女婿书房,一闻淑贞之死,即道:"此必为克信叔害死。"忙入后堂哭之,甚哀甚忿,乃厉声道:"我女天性刚烈,并无疾病,黑夜猝死,必有缘故。你既恨我女留住女婿在房身死,又恨我领道人做追荐女婿功课,必是乘风肆恶,强奸我女,我女咬恨,故嚼舌吐血而死。"遂作状告到包公道:

告为灭伦杀嫂事:风俗先维风教,人生首重人伦。男女授受不

———————————

① 益憾(hàn)——更加怨恨。

② 居忧句——处在忧伤,穿着孝服的时间。

③ 晏(yàn)——晚,迟。

亲,嫂溺手援非正①。女嫁生员乜克忠为妻,不幸夫亡,甘心守节。兽恶克信,素窥嫂氏姿色,淫凶无隙可加;机乘斋醮完功,意料嫂倦酣卧。突入房帷,恣抱奸污。女羞咬恨,嚼舌吐血,登时闷死。狐绥绥,犬靡靡,每痛恨此贱行;鹑奔奔,鹊疆疆,何堪闻此丑声②。家庭偶语,将有丘陵之歌;外众聚谈,岂无墙茨之句。在女申雪无由,不殉身不足以明节;在恶奸杀有据,不填命不足以明冤。哀求三尺,早正五刑。上告。

此时,乜克信闻得蒋光国告已强奸服嫂,羞惭无地,抚兄之灵痛哭伤心,呕血数升,顷刻立死。魂归阴府,得遇克忠,叩头哀诉。克忠泣而语之道:"致汝嫂于死地者,严道人也。有银一封在菊香手可证。汝嫂存日已登簿上。可执之见官,冤情自然明白,与汝全不相干。我的阴灵决在衙门来辅汝,汝速速还阳,事后可荐拔汝嫂。切记切记。"克信苏转,已过一日。包公拘提甚紧,只得忙具状申诉道:

诉为生者暴死,死者不明;死者复生,生者不愧事:寡嫂被强奸而死,不得不死,但死非其时;嫂父见女死而告,不得不告,但告非其人。何谓死非其时?寡嫂被污,只宜当时指陈明白,不宜死之太早;嫂父控冤,会须访确强暴是谁,不应枉及无干。痛身拜兄为师,事嫂如母,语言不通,礼节尤谨。毫不敢亵,岂敢加淫?污嫂致死,实出严道;嫂父不察,飘空诬陷。兔爰③得计,雉罹④实出无辜;鱼网高悬,鸿离难甘代死。泣诉。

包公亦准乜克信诉词,即唤原告蒋光国对理。光国道:"女婿病时,克信欲移入书房服药养病,我女不从,留在房中伏侍,后来女婿不幸身亡,克信深怒我女致兄死地,故强逼成奸,因而致死,以消忿怒。"克信道:"辱吾嫂之身以致吾嫂之死者,皆严道人。"光国道:"严道人仅做一日功课,安敢起奸淫之心入我女房,逼他上阁?且功课完成之时,严道人齐齐出门

---

① 男女句——男女之间应当保持一定的距离,即使嫂子落水,也不能用手直接拉她。

② 狐绥绥句——像禽兽一样的行为,令人痛恨,使人不忍听到。

③ 爰(yuán)——于是。

④ 罹(lí)——遭受不幸。

去了，大众皆见其行。此全是虚词。"包公道："道人非一，单单说严道人有何为凭为证？"克信泣道："前日光国诬告的时节，小的闻得丑恶难当，即刻抚兄之灵痛哭伤心，呕血满地，闷死归阴。一见先兄，叩头哀诉，先兄慰小人道，严道人致死吾嫂，有银在菊香处为证，吾嫂有登记在簿上。乞老爷详情。"包公怒道："此是鬼话，安敢对官长乱谈！"遂将克信打三十板，克信受刑苦楚，泣叫道："先兄阴灵尚许来辅我出官，岂敢乱谈！"包公大骂道："汝兄既有阴灵来辅你，何不报应于我？"忽然间包公困倦，曲肱①而枕于案上，梦见已故生员乜克忠泣道："老大人素称神明，今日为何昏昧？污辱吾妻而致之死者，严道人也，与我弟全不相干。菊香获银一封，原是大人季考赏赐生员的，吾妻赏赐道人，登注簿上，字迹显然，幸大人详察，急治道人的罪，释放我弟。"包公梦醒，抚然叹曰："有是哉！鬼神之来临也。"遂对克信道："汝言诚非谬谈，汝兄已明白告我，我必为汝辨此冤诬。"遂即差人速拿菊香拶起②，究出银一封，果是给赏之银。问菊香道："汝何由得此？"菊香道："此银在娘子身上，众人抬他下阁时，我从后面拾得。"又差人同菊香入房取淑贞日记簿查阅，果有用银五钱加赐严道人字迹。包公遂急拿严道人来，才一夹棍，便直招认，不合③擅用邪药强奸淑贞致死，谬以原赐赏银一封纳其胸中是实，情愿甘罪，与克信全无干涉。包公判道：

　　审得严华元，素叩玄门，情迷欲海，滥叨羽衣之列，窃思红粉之娇。受赏出门，阳播先归之语；贪淫登阁，阴为下贱之行。弹药染贞妇之身，清修安在？贪花杀服妇之命，大道已忘。淫污何敢对天尊，冤业几能逃地狱？淑贞含冤，丧娇容于泉下；克忠托梦，作对头于阳间。一封之银足证，数行之字可稽。在老君既不容徐身之好色，而王法又岂容华元之横奸？填命有律，断首难逃。克信无干④，从省发还家⑤之例；光国不合，拟诬告死罪之刑。

---

①　曲肱(gōng)——弯着上臂。
②　拶(zǎn)起——古代一种酷刑，即用刑具将五指夹紧。
③　不合——不应该。
④　无干——没有干系。
⑤　省发句——简单地放回家去。

四

陈月英含舌诉冤屈　朱弘史语蹇露劣迹

　　话说山东兖州府曲阜县，有姓吕名毓仁者，生子名如芳，十岁就学，颖异①非常。时本邑陈邦谟副使闻知，凭其子业师傅文学即毓仁之表兄为媒，将女月英以妻②如芳。冰议一定，六礼遂成。越及数年。毓仁敬请表兄傅文学约日完娶，陈乃备妆奁送女过门。国色天姿，人人称羡，学中朋友俱来庆新房。内有吏部尚书公子朱弘史，是个风情浇③友。自夫妇合卺之后，陈氏奉姑至孝，顺夫无违。岂期喜事方成，灾祸突至，毓仁夫妇双亡，如芳不胜哀痛，守孝三年，考入黉宫，联捷秋闱④，又产麟儿。陈氏因留在家看顾。如芳功名念切，竟别妻赴试，陡遇倭警，中途被执，惟仆程二逃回，报知陈氏。陈氏痛夫几绝，父与兄弟劝慰乃止。其父因道："我如今赴任去急，虑汝一人在家，莫若携甥同往。"陈氏道："爷爷严命本不该违，奈你女婿鸿雁分飞，今被掳去，存亡未知，只有这点骨血，路上倘有疏虞，绝却吕氏之后。且家中无主，不好远去。"副使道："汝言亦是。但我今全家俱去，只汝二位嫂嫂在家，汝可常往，勿在家忧闷成疾。"副使别去。陈氏凡家中大小事务，尽付与程二夫妻照管，身旁惟七岁婢女叫做秋桂伏侍，闺门不出，内外凛然。不意程二之妻春香，与邻居张茂七私通，日夜偷情。茂七因谓春香道："你主母青年，情欲正炽，你可为我成就此姻缘。"春香道："我主母素性正大，毫不敢犯，轻易不出中堂。此必不可得。"茂七复戏道："你是私心，怕我冷落你的情意，故此不肯。"春香道："事知难图。"自此，两人把此事亦丢开不提。

　　且说那公子朱弘史，因庆新房而撼动春心，无由得入。得知如芳被

---

①　颖(yǐng)异——聪明，与众不同。

②　妻——名词用作动词，嫁给。

③　浇——浮薄。

④　考入句——考进学校，在科举的秋试中接连获得成功。

掳,遂卜馆①与吕门相近,结交附近的人,常常套问内外诸事,倒像真实怜悯如芳的意思。不意有一人告诉:"吕家世代积德,今反被执,是天无眼睛。其娘子陈氏执守妇道,出入无三尺之童,身旁惟七岁之婢,家务支持尽付与程二夫妻,程二毫无私意,可羡可羡。"弘史见他独夸程二,其妇必有出处。遂以言套那人道:"我闻得程妻与人有通,终累陈氏美德。"其人道:"相公何由得知?我此处有个张茂七,极好风月,与程二嫂朝夕偷情。其家与吕门连屋,或此妇在他家眠,或此汉在彼家睡,只待丈夫在庄上去,就是这等。"弘史心生计道:我当年在他家庆新房时,记得是里外房间,其后有私路可入中间。待我打听程二不在家时,趁便藏入里房,强抱奸宿,岂不美哉。计较已定。次日傍晚,知程二出去,遂从后藏入已定。其妇在堂唤秋桂看小官,进房将门扣上,脱衣将洗,忽记起里房透中间的门未关,遂赤身进去,关讫就洗。此时弘史见雪白身躯,已按捺不住,陈氏浴完复进,忽被紧抱,把口紧紧掩住,弘史把舌舔入口内,令彼不能发声。陈氏猝然遇此,举手无措,心下自思道:身已被污,不如咬断其舌,死亦不迟。遂将弘史舌尖紧咬。弘史不得舌出,将手扣其咽喉,陈氏遂死。弘史潜迹走脱,并无人知。

移时,小儿啼哭,秋桂喊声不应,推门不开,遂叫出春香,提灯进来,外门紧闭,从中间进去,见陈氏已死,口中出血,喉管血洇,袒身露体,不知从何致死。乃惊喊,族众见其妇如此形状,竟不知何故。内有吴十四、吴兆升说道:"此妇自来正大,此必是强奸已完,其妇叫喊,遂扣喉而死。我想此不是别人,春香与茂七有通②,必定是春香同谋强奸致死。"就将春香锁扣绊死,将陈氏幼子送往母家乳哺。

次日,程二庄上回来,见此大变,究问缘由,众人将春香通奸同谋事情说知,程二即具状告县:

告为强奸杀命事:极恶张茂七,迷曲蘖③为好友,指花柳为神仙。贪妻春香姿艾,乘身出外调奸,恣意横行,往来无忌。本月某日,潜入卧房,强抱主母行奸,主母发喊,剪喉杀命。身妻喊惊邻甲共证。满

① 卜(bǔ)馆——选择教书的地方。
② 通——通奸。
③ 曲蘖(niè)——不正的苗芽,借喻行为不端者。

口血凝,任挽天河莫洗;裸形床上,忍看被垢尸骸。痛恨初奸某妻,再奸主母;奸妻事小,杀主事大。恳准正法填命,除恶申冤。上告。

当时知县即行相验。只见那妇人尸喉管血洇,口中血出。令仆将棺盛之。带春香、茂七一干人犯鞫问。即问程二道:"你主母被强奸致死,你妻子与茂七通奸同谋,你岂不知情弊①?"程二道:"小的数日往庄上收割,昨日回来,见此大变,询问邻族吴十四、吴兆升说,妻子与张茂七通奸,同谋强奸主母,主母发喊,扣喉绝命。小的即告爷爷台下。小的不知情由,望爷爷究问小的妻子,便知明白。"县官问春香道:"你与张茂七同谋,强奸致死主母,好好从直招来。"春香道:"小妇人与茂七通奸事真,若同谋强奸主母,并不曾有。"知县道:"你主母为何死了?"春香道:"不知。"官令拶起,春香当不起刑法,道:"爷爷,同谋委实没有,只茂七曾说过,你主母青年貌美,教小妇人去做脚②。小妇人道,我主母平日正大,此事毕竟不做。想来必定张茂七私自去行也未见得。"官将茂七夹起问道:"你好好招来,免受刑法。"茂七道:"没有。"官又问道:"必然是你有心叫春香做脚,怎说没有此事?"当时吴十四、吴兆升道:"爷爷是青天,既一事真,假事也是真了。"茂七道:"这是反奸计。爷爷,分明是他两个强奸,他改做小的与春香事情,诬陷小的。"官将二人亦加刑法,各自争辩。官复问春香道:"你既未同谋,你主母死时你在何处?"春香道:"小妇人在厨房照顾做工人,只见秋桂来说,小官在那里啼哭,喊叫三四声不应,推门又不开,小妇人方才提灯去看,只见主母已死,小妇人方喊叫邻族来看,那时吴十四、吴兆升就把小妇人锁了。小妇人想来,毕竟是他二人强奸扣死出去,故意来看,诬陷小妇人。"官令俱各收监,待明日再审。次日,又拿秋桂到后堂,官以好言诱道:"你家主母是怎么死了?"秋桂道:"我也不晓得。只是傍晚叫我打水洗浴,叫我看小官,他自进去把前后门关了。后来听得脚声乱响,口内又像是说不出,过了半时,便无声息,小官才啼,我去叫时他不应,门又闭了。我去叫春香姐姐拿灯来看,只见衣服也未穿,死了。"官又问:"吴十四、吴兆升常在你家来么?"秋桂道:"并不曾来。"又问:"茂七来否?"秋桂道:"常在我家来,与春香姐姐笑。"官审问详细,取出一干人犯

---

① 情弊(bì)——真情被遮盖之处。

② 做脚——做手脚,行动、计策,多指诡计。

到堂道："吴某二人事已明白,与他无干。茂七,我知道你当初叫春香做脚不遂,后来你在他家稔熟①,晓得陈氏在外房洗浴,你先从中间藏在里房,俟陈氏进来,你掩口强奸,陈氏必然喊叫,你恐怕人来,将咽喉扣住死了。不然,他家又无杂人来往,哪个这等稔熟?后来春香见事难出脱,只得喊叫,此乃掩耳盗铃的意思。你二人的死罪定了。"遂令程二将棺埋讫,开豁邻族等众,即将行文申明上司。程二忠心看顾小主不提。

　　越至三年时,包公巡行山东曲阜县,那茂七的父亲学六具状进上:

　　　　诉为天劈奇冤事:民有枉官为申理,子受冤父为代白。枭恶②程二,主母身故,陷男茂七奸杀,告县惨刑屈招。泣思奸无捉获,指奸恶妻为据;杀不喊明,驾将平日推源。伊妻奸不择主,是夜未知张谁李谁;主母死无证据,当下何不扭住藏住?恶欲指鹿而为马,法岂易牛而以羊。乞天镜,照飞霜。详情不雨,盆下衔恩。哀哀上诉。

包公准状。次日,夜阅各犯罪案,至强奸杀命一案,不觉精神疲倦,朦胧睡去。忽梦见一女子似有诉冤之状。包公道:"你有冤只管诉来。"其妇未言所以,口吟数句而去道:"一史立口阝人士,八厶还夸一了居。舌尖留口含幽怨,蜘蛛横死恨方除。"时包公醒来,甚是疑惑,又见一大蜘蛛,口开舌断,死于卷上。包公辗转寻思,莫得其解。复自想道:陈氏的冤,非姓史者即姓朱也。次日,审问各罪案明白,审到此事,又问道:"我看起秋桂口词,他家又无闲人来往,你在他家稔熟,你又预托春香去谋奸,到如今还诉什么冤?"茂七道:"小的实没有此事,只是当初县官做杀③了,小的有口难分。今幸喜青天爷爷到此,望爷爷斩断冤根。"包公复问春香,亦道:"并无此事,只是主母既死,小妇人分该死了。"包公乃命带春香出外听候,单问张茂七道:"你当初知陈氏洗浴,藏在房中,你将房中物件一一报来。"茂七道:"小的无此事怎么报得来?"包公道:"你死已定,何不报来!"茂七想道:也是前世冤债,只得妄报几件。"他房中锦被、纱帐、箱笼俱放在床头。"包公令带春香进来,问道:"你将主母房中使用物件逐一报来。"春香不知其意,报道:"主母家虽富足,又出自宦门,平生只爱淡薄,福生

────────────

①　稔(rěn)熟——十分熟悉。

②　枭(xiāo)恶——罪大恶极,十分凶恶。

③　做杀——办理完毕,此处指判案结束。

帐、布被、箱笼俱在楼上,里房别无他物。"包公又问:"你家亲眷并你主人朋友,有姓朱名死的没有?"春香道:"我主人在家日,有个朱吏部公子相交,自相公被掳,并不曾来,只常年与黄国材相公在附近读书。"包公吩咐收监。次日观风①,取弘史作案首,取黄国材第二。是夜阅其卷,复又梦前诗,遂自悟道:一史立口阝人士,一史乃是吏字,立口阝是个部字,人士乃语词也。八厶乃公字,一了是子字。此分明是吏部公子。舌尖留口含幽怨,这一句不会其意。蜘蛛横死恨方除,此公子姓朱,分明是蜘蛛也。他学名弘史,又与此横死声同律;恨方除,必定要问他填命②方能泄其妇之恨。次日,朱弘史来谢考。包公道:"贤契③好文字。"弘史语话不明,舌不叶律④。包公疑惑,送出去。黄国材同四名、五名来谢。包公问黄生道:"列位贤契好文字。"众答道:"不敢。"因问道:"朱友的相貌魁昂,文才俊拔,只舌不叶律,可为此友惜之。不知他还是幼年生成,还是长成致疾?"国材道:"此友与门生四年同在崇峰里攻书,忽六月初八日夜间去⑤其舌尖,故此对答不便。"诸生辞去。包公想道:"我看案状是六月初八日奸杀,此生亦是此日去舌,年月已同;兼相单上载口中血出,此必是弘史近境探知门路去向,故预藏在里房,俟⑥其洗浴已完,强奸恣欲,将舌入其口以防发喊。陈氏烈性,将口咬其舌,弘史不得脱身,扣咽绝命逃去。试思此生去舌之日与陈氏奸杀之日相符,此正应"舌尖留口念幽怨"也,强奸杀命更无疑矣。随即差人去请弘史。及至,以重刑鞫问,弘史一一招承。遂落审语道:

> 审得朱弘史,宦门辱子,黉序⑦禽徒。当年与如芳相善,因庆新房,包藏淫欲。瞰夫被掳,于四年六月初八夜,藏入卧房,探听陈氏洗浴,恣意强奸,畏喊扣咽绝命。含舌诉冤于梦寐,飞霜落怨于

---

① 观风——察看机会。

② 填命——偿还性命。

③ 贤契(qì)——有道德而且志趣相投的朋友。

④ 叶(xié)律——音韵,此处指发音吐字。

⑤ 去——丢失。

⑥ 俟(sì)——等待。

⑦ 黉序——学校。

台前。年月既侔①,招详亦合。合拟大辟之诛,难逃枭首之律。其茂七、春香,填命虽谓无事,然私谋密策,终成祸胎,亦合发遣问流,以振风化。

---

① 侔(móu)——相齐,相等,符合。

五

邹琼玉挽发表真情　王朝栋讨药陷冤狱

话说潮州府邹士龙、刘伯廉、王之臣三人相善，情同管鲍①，义重分金。后臣、龙二人同登乡荐，共船往京会试。邹士龙到船。心中悒怏②。王之臣慰解道："大丈夫志在功名，离别何足叹？"士龙道："我非为此。贱内怀有七月之娠，屈指正月临盆，故不放心。"之臣道："贱内亦然。想天相吉人，谅获平安，不必挂虑。"士龙道："你我二人自幼同学从师，稍长同进黉宫，前日同登龙虎③，今又彼此内眷有孕，事岂偶然。兄若不弃，他日若生者皆男，呼为兄弟；生者皆女，呼为姊妹；倘是一男一女，结为夫妻。兄意何如？"臣道："斯言先得我心。"命仆取酒，尽欢而饮。后益相亲爱。至京会试，龙获联登，臣落孙山。臣遂先辞回家，龙乃送至郊外嘱道："今家书一封劳兄带回，家中事务乞兄代为兼摄一二。"臣道："家中事自当效力，不必挂念，惟努力殿试，决与前三名争胜。"遂掩泪而别。臣抵家见妻魏氏产一男，名朝栋。臣问是何日，魏氏道："正月十五辰时。邹大人家同日酉时得一女，名琼玉。"臣心喜悦，遂送家书到龙家。龙妻李氏已先得联登捷报，又得平安家信，信中备述舟中指腹的事。李氏命婢设酒款臣，臣醉乃归。自后龙家外事臣遂悉为主持，毫无私意。数月后，龙受知县而回，择日请伯廉为二家交聘，臣以金镶玉如意表礼为聘，龙以碧玉鸾钗一对答之。及龙赴任，往来书启通问，每月无间。臣越数科不中，亦受教职，历任松江府同知。病重，遗书一纸于龙，中间别无所云，惟谆谆嘱以扶持幼子。既而，卒于任所。龙偶历南京巡道，得书大恸，亲往吊奠。臣为官清廉，囊无余剩，龙乃赠银百两，代为申明上司，给沿途伏马船只，奔柩归葬。丧事既毕，欲接朝栋来任攻书，朝栋辞道："父丧未终，母寡家

---

① 管鲍——管仲与鲍叔牙，东周时代人，过从甚密。

② 悒(yì)怏(yàng)——忧郁，不高兴。

③ 同登龙虎——金榜题名，共同登第。

贫,为子者安敢远行。"龙闻言颇嘉其孝,常给赀以赡之,令之勤读,而家资日见颓败。十四岁补邑庠生,龙闻知甚喜,亦特遣贺。

自后,朝栋惟知读书,坐食山崩,遂至贫穷。而龙历任参政,以无子致仕回家。朝栋亦与伯廉往贺,衣衫褴褛。偶府县官俱来拜,龙自觉羞耻,心甚不悦。朝栋已十六岁,乃托刘伯廉去说,择日完娶。参政遂道:"彼父在日虽过小聘,未尝纳彩。彼乃宦家子弟,我女千金小姐,两家亦非小可人家,既要完娶,必行六礼。"朝栋闻言乃道:"彼亦知我家贫无措,何故如此留难?我当发奋,倘然侥幸,再作理会。"竟不复言。

一日,参政谓夫人道:"女儿长成,分当该嫁。"夫人道:"前者王公子来议完亲,虽家贫,我只得此女,何不令其入赘我家,岂不两便,何必要他纳彩?"参政道:"吾见朝栋将来恐只是个穷儒,我居此位,安用穷儒做门婿。谅他无银纳彩,故尔留难。且彼大言不惭,再过一年,我叫刘兄去说,既不纳彩,叫他领银百两另娶,我将女别选名门宦宅,庶不致耽误我女。"夫人道:"彼即虽贫,喜好读书,将来必不落后。彼父虽亡,前言犹在,岂可因此改盟?"参政道:"非汝所知,我自有处。"不意琼玉在屏后听知。次日,与丹桂在后花园中观花,见朝栋过于墙外。婢指道:"这就是王公子。各各相盼而去。琼玉见朝栋丰姿俊雅,但衣衫褴褛,心中暗喜。至第二日,乃又与丹桂往花园。朝栋因见女子星眸月貌,光彩动人,与婢观花,意其必是琼玉,次日又往园外经过。琼玉令丹桂呼道:"王公子!"朝栋恐被人见,不敢近前。婢又连呼,生见呼切,意必有说,竟近墙边。琼玉乃令婢开了小门,备以父言相告。朝栋道:"此亲原是先君所定,我今虽贫,银决不受,亲决不退。令尊欲将汝遣嫁,亦凭令尊。"琼玉道:"家君虽有此意,我决不从。你可用心读书,终久团圆。你晚上可在此来,我有事问你。此时恐有人来,今且别去。"

朝栋回去,候至人静更余,径去门边,见丹桂立候,乃道:"小姐请公子进去说话。"朝栋道:"恐你老爷知道,两下不雅。"丹桂道:"老爷、夫人已睡,进去无妨。"朝栋犹豫,丹桂促之乃入。但见备有酒肴,留公子对坐同饮。朝栋欲不能制,竟欲苟合。玉坚不许,乃道:"今日之会,盖悯君之贫耳,岂因私欲致此;倘今苟从,合卺之际将何为质?"朝栋道:"此事固不敢强,但令尊欲易盟①将如之何?"玉道:"我父纵欲别选东床,我岂肯从。
古云:一丝已定,岂容再易。"朝栋道:"你能如此,终恐令尊势不得已。"玉
道:"我父若以势压,惟死而已。"遂牵生手,对天盟誓。既而又饮。时至
三更,女年尚幼,饮酒未节,遂乃醉倦,忘辞生回,和衣而睡。生欲出,丹桂
道:"小姐未辞,想有事说,少坐片时,俟小姐醒来。"生往视之,真若睡未
足之海棠,生兴不能制,抱而同睡。玉略醒,乃道:"我一时醉倦,有失瞻
顾。"生求合,玉意绸缪②,亦不能拒,遂与同寝。鸡啼,二人同起。玉以丝
绸三匹,金手镯一对,银钗数双授生。临别,又令次夜复入,生自后夜来晓
出,两月有余。

一晚,朝栋偶因母病未去,丹桂候门良久,不见生来,忽闻有脚步响,
连道:"公子来矣。"不意祝圣八惯做鼠窃,撞见冲入。丹桂见是贼来,慌
忙走入。圣八遂乃赶进,丹桂欲喊,圣八拔刀杀死。陡然人来,琼玉于灯
下见是贼至,开门走至堂上暗处躲之。圣八入房,尽掳其物而去。玉至天
微明,乃叫母道:"房中被贼劫。"参政道:"如何不叫?"玉道:"我见杀了丹
桂,只得开门走,躲藏于暗处,故不敢喊。"参政往看,见丹桂杀于后门。
问玉道:"丹桂缘何杀于此?"女无言可答。参政心甚疑之。玉乃因此惊
病不能起床。

参政欲去告官,又无赃证,乃令家人梅旺到各处探访。朝栋因母病无
银讨药,将金手镯一个请银匠饶贵换银,贵乃应诺,未收,朝栋出铺。梅旺
偶在铺门经过,望见银匠桌上有金手镯一个,走进问道:"此谁家的物
件?"银匠道:"适才王相公拿来待我换银的。"梅旺道:"既要换银,我拿去
见老爷兑银与他就是。"匠人道:"他说不要说出谁的,你也不必说,勿令
他怪我。"遂付与梅旺拿去。旺回家告参政道:"此物像我家的,可请夫
人、小姐来认。"夫人出见乃认道:"此是小姐的,从何处得来?"旺道:"在
饶银匠铺中得来的,他说是那王朝栋相公把来与他换银的。"参政道:"原
来此子因贫改节,遂至于此。"即去写状,令梅旺具告巡行衙门:

告为杀婢劫财事:狠恶王朝栋,系故同知王之臣孽子,不守本分,
倾败家业。充肠嗟无饭,饿眩目花;蔽体怨无衣,寒生肌粟。因父相

---

① 易盟——改变当初的盟约。
② 玉意绸缪(móu)——琼玉情意缠绵。

知，往来惯熟。突于本月某日二更时分，潜入身家，抱婢丹桂逼奸不从杀死，劫去家财一洗。次日，缉获原赃金镯一只，银匠饶贵现证。劫财杀命，藐无法纪。伏乞追赃偿命，除害安良。上告。

时巡行包公一清如水，明若秋蟾，即差兵赵胜、孙勇，即刻往拿朝栋。栋乃次早亦具状诉冤：

> 诉为烛奸止奸事：东家失帛，不得谬同西家争衣；越人沽酒，何故妄与秦人索价？身父业绍箕裘，教传诗礼。叨登乡荐，历任松江府佐；官居清节，仅遗四海空囊。鲰生樗栎①，名列黉宫。岳父邹士龙曾为指腹之好，长女邹琼玉允谐伉俪之缘。如意聘仪，鸾钗为答。孰意家计渐微，难行六礼。琼玉仗义疏财，私遗镯钗缎匹；岳父爱富嗔贫，屡求退休②另嫁。久设阱机，无由投发；偶因贼劫，飘祸计坑。欲绝旧缘思媾新缘；贼杀婢命坑害婿命。吁天查奸缉盗，断女毕姻，脱陷安良，哀哀上诉。

包公问道："既非你杀丹桂，此金镯何处得来？"朝栋道："金镯是他小姐与生员的。"包公道："事未必然。"朝栋道："可拘他小姐对证。"包公沉吟半晌，问道："你与琼玉有通乎？"朝栋道："不敢。"似欲有言而愧视众人。包公微会其意，即退二堂，带之同入，屏绝左右。问道："既非有通，安肯与你多物？"朝栋道："今日非此大冤，生员决不敢言以丧其德；今遭此事，不得不以直告。"遂将其事详述一遍。包公道："只恐此事不的③。倘事果真，明日互对之时，你将此事一一详说，看他父亲如何处置，我必拘他女来对证。果实，必断完娶；如虚，必向你偿命。"朝栋再三叩头道："望大人周全。"

包公次日拘审，士龙亲出互对，谓包公道："此子不良，望大人看朝廷分上，执法断填。"包公道："理在则执法，法在何论情。朝栋亦宦家子弟，庠序后英④，何分厚薄？"乃呼朝栋道："父为清官，子为贼寇，你心忍玷家

---

① 鲰（zōu）生樗（chū）栎（lì）——小生本是不良之材。樗栎，系臭椿、栎麻一类的材料。

② 退休——退却。

③ 的——确实如此。

④ 宦家子弟，庠序后英——官宦人家的后代，读书人的后起之秀。

谱?"朝栋道:"生员素遵诗礼,居仁由义,安肯为此!"包公道:"你既不为,赃从何出?"朝栋道:"他女付我,岂劫得之。"邹士龙道:"明明是他理亏,无言可对,又推在吾女身上。"包公道:"伊女深闺何能得至?"朝栋道:"事出有因。"包公道:"有何因由? 可细讲来。"朝栋道:"春三月,因事过彼花园,小姐偶同婢女丹桂观花,相视良久而退。生员次日又过其地,小姐已先在矣。小姐令丹桂叫生员至花园,备言其父与母商议欲悔婚,要叫伯廉来说,与银一百退亲,只夫人不肯。小姐见生员衣衫褴褛,约生员夜来说话。生员依期而去,丹桂候门,延入命酒,遂付金镯一对,银钗数双,丝绸三匹。偶因手迫,无银为老母买药,故持金镯一个托饶银匠代换银应用,被伊家人梅旺哄去。其杀死丹桂一事,实不知情。望大人体好生之德,念先君只得生员一人,母亲在疾,乞台曲全姻事,缉访真贼,以正典刑,衔结①有日。"包公道,既然如此,老先生亦箝束不严,安怪此生?"参政道:"此皆浮谈。小女举止不乱,安得有此。"包公道:"既无此,必要令爱出证,泾渭自分。"朝栋道:"小姐若肯面对,如虚甘死。"士龙心中甚是疑惑:若说此事是虚,我对夫人说的话此生何以得知? 倘或果真,一则不好说话,二则自觉无颜。心中犹豫不决。包公遂面激之道:"老大人身系朝纲,何为不加细察?"士龙被激乃道:"知子者莫若父。寒家有此,学生岂不知一二?"包公道:"只恐有此事便不甚雅。既无此事,令爱出来一证何妨?"士龙一时不能回答,乃令梅旺讨轿接小姐来。梅旺即刻回家,对夫人将前事说了,夫人入室与女儿备说前事。小姐自思:此生非我出证,冤不能白。旺又催道:"包老爷专等小姐听审。"小姐无奈只得登轿而去。二门下轿,入见包公。包公道:"此生说金镯是你与他的;令尊说是此生劫得之赃。泾渭在你。公道说来。"小姐害羞不答。朝栋道:"既蒙相与,直说何妨,你安忍令致我于死地?"小姐年雏,终不敢答。包公连敲棋子厉声骂道:"这生可恶! 口谈孔孟,行同盗跖②,为何将此许多虚话欺官罔

---

① 衔结——衔环、结草,报恩之意。东汉杨宝曾经救过一只黄雀,黄雀衔四枚白环相报,使杨宝子孙得登高位;《左传·宣公十五年》载,魏武子死后,其子将魏武子遗妾安排妥善,妾父在战争中结草御敌,救子恩人性命。

② 盗跖——春秋战国时期的起义首领,因其曾经横行天下,被诬蔑为盗。盗跖,借喻行为不轨的人。

上？重打四十,问你一个死罪！"朝栋婴儿之态复萌,乃睡于地下,大哭而言道:"小姐,你有当初,何必有今日？当夜之盟今何在哉？我今受刑是你误我,我死固不足惜,家有老母,谁将事乎？"小姐亦低首含泪,乃道:"金镯是我与此生的,杀丹桂者不是此生。其贼入房,灯影之下,我略见其人半老,有须的模样。"包公道:"此言公道,饶你打罢。"生乃洋洋起来,跑在小姐旁边。小姐见生发皆散了,乃跪近为之挽发。参政见了心中怒起,乃道:"这妮子吓得眼花,见不仔细,一发胡言。"小姐已明白说过,因见父发怒越不敢言。包公道:"令爱既吓得眼花,见不仔细,想老先生见得仔细,莫若你自问此生一个死罪,何待学生千言万语？况丹桂为此生作待月的红娘,彼又安忍心杀之？"参政道:"小女尚年幼,终不然有西厢故事么？"包公道:"先前真情,已见于挽发时矣,何必苦苦争辩。"参政道:"知罪知罪,凭老大人公断。"包公道:"若依我处,你当时与彼父既有同窗之雅,又有指腹之盟,兼有男心女欲,何不令速完娶？"参政道:"据彼之言,丹桂之死虽非彼杀,实彼累之也。必要他查出此贼,方能脱得彼罪。"包公道:"贼易审出,俟七日后定然获之,然后择日毕姻。"参政忿忿而出,包公令生女各回。

是夜,朝栋回家,燃香告于父道:"男不幸误罹此祸,受此不美之名,奈无查出贼处,终不了事。我父有灵,示详报应。"祝毕就寝,梦见父坐于上,朝栋上前揖之,乃掷祝筶一双于地,得圣筶若八字形。朝栋趋而拾之,父乃出去,朝栋遂觉。却说包公退堂,心中思忖,将何策查出此贼。是夜,梦见一人,峨冠博带,近前揖谢道:"小儿不肖,多叨培植。"掷竹筶而去。包公视之,乃是圣筶若八字形。觉而思道:贼非姓祝即名圣或名筶。次早升堂,差人唤王相公到此有事商议。朝栋闻唤,即穿衣来见包公。包公将夜来梦见掷竹筶事说知。朝栋道:"此乃先父感大人之德,特至叩谢。门生是夜亦曾焚香祝父,乞报贼名,即梦见先父亦如此如此,梦相符合,想贼名必寓筶中。"包公道:"我三更细想,此贼非姓祝,即名圣,或名筶；若八字形,或排第八。贤契思之,有此名否？"适有一门子在旁闻得,禀道:"前任刘爷已捕得一名鼠窃祝圣八,后以初犯刺臂释放。"包公道:"即此人无疑矣。"即升堂,朱笔标票,差二人觑觑①拿来。公差至圣八门首,见圣八

---

①　觑觑(xū)——暗暗。

正出门来，二人近前，一手扭住，铁锁扣送。包公道："你这畜生，黑夜杀人劫财，好大的胆！"圣八道："小人素守法度，并无此事。"包公道："你素守法，如何前任刘爷捕获刺臂？"圣八道："刘爷误捉，审明释放。"包公道："以你初犯刺臂释放，今又不改，杀婢劫财。重打四十，从直招来！"圣八推托不招，今将夹起，并不肯认。包公见他腰间有锁匙二个，令左右取来，差二人径往他家，嘱咐道："依计而行，如有泄漏，每人重责四十，革役不用。"二人领了锁匙到其家，对他妻子道："你丈夫今日到官，承认劫了邹家财物，拿此锁匙来叫你开箱，照单取出原赃。"其妻信以为实，遂开箱依单取还。二人挑至府堂，圣八愕然无词争辩，乃招道："小人是夜过他宅花园小门，偶听丹桂说道：'公子来矣。'小人冲入，彼欲喊叫，故尔杀之，掳财是真。"包公即差人请参政到堂，认明色衣四十件，色裙三十件，金首饰一副，银妆盒一个，牙梳，铜镜，一一收领明白。包公判道：

　　审得祝圣八，素行窃诈，猖獗害民；犯刺不悛①，恣行偷盗。杀侍婢劫掳财物以利己；误朝栋几陷缧绁②以离婚。原赃俱在，大辟攸宜③。邹士龙枉列冠裳，不顾仁义；负心死友，欲悔前盟。箝束不严，以致怨女旷夫私相授受；防闲有弛，俾令戴月披星密自往来。侍女因而丧命，女婿几陷极刑。本宜按法，念尔官体年老，姑从减等。王朝栋非罪而受丛脞④，合应免拟；邹琼玉永好而缔前盟，仍断成婚。使效唱随而偕老，俾令山海可同心。

　　王朝栋择日成婚，夫妇和谐，事亲至孝。次年科举，早膺鹗荐⑤，赴京会试，黄榜联登，官授翰林⑥之位。

---

① 悛（quān）——改。

② 缧（léi）绁（xiè）——拘系犯人所用的绳索，引申为囚禁。

③ 大辟（pì）攸（xōu）宜——判处死刑，应当快快执行。

④ 丛脞（cuǒ）——细碎，麻烦之意。

⑤ 鹗（è）荐——孔融曾说："鸷鸟累百，不如一鹗。"后世指推荐有才能的人为鹗荐。

⑥ 翰林——官名，唐代以后，翰林学士职掌为撰拟机要文书。

六

李善辅贪黩害好友　高季玉认物知杀机

　　话说宁波府定海县金事①高科、侍郎夏正二人同乡,常相交厚,两家内眷俱有孕,因指腹为亲。后夏得男名昌时,高得女名季玉。正遂央媒议亲,将金钗二股为聘,高慨然受了,回他玉簪一对。但正为民清廉,家无羡余,一旦死在京城,高科助其资用奔柩归丧。科寻②亦罢官归家,资财巨万。昌时虽会读书,一贫如洗,十六岁以案首入学,托人去高岳丈家求亲。高嫌其贫,有退亲的意,故意作难道:"须备六礼,方可成婚。今空言完亲,吾不能许。彼若不能备礼,不如早早退亲,多送些礼银与他另娶则可。"又延过三年,其女尝谏父母不当负义,父辄道:"彼有百两聘礼,任汝去矣,不然,难为非礼之婚。"季玉乃窃取父之银两及已之镯、钿、宝钗、金粉盒等,颇有百余两,密令侍女秋香往约夏昌时道:"小姐命我拜上公子。我家老爷嫌公子家贫,意欲退亲,小姐坚不肯从,日与父母争辩。今老相公道,公子若有聘金百两,便与成亲。小姐已收拾银两钗钿约值百两以上,约汝明日夜间到后花园来,千万莫误。"昌时闻言不胜欢喜,便与极相好友李善辅说知。善辅遂生一计道:"兄有此好事,我备一壶酒与兄作贺礼。"至晚,加毒酒中,将昌时昏倒。善辅抽身径往高金事花园,见后门半开,至花亭果见侍女持一包袱在手。辅接道:"银子可与我。"侍女在月下认道:"汝非夏公子。"辅道:"正是。秋香密约我来。"侍女再又详认道:"汝果不是夏公子,是贼也。"辅遂拾起石头一块,将侍女劈头打死,急拿包袱回来。昌时尚未醒,辅亦佯睡其旁。少顷,昌时醒来对善辅道:"我今要去接那物矣。"辅道:"兄可谓不善饮酒,我等兄不醒,不觉亦睡。此时人静,可即去矣。"昌时直至高宅花园,回顾寂然,至花亭见侍女在地道:"莫非睡去乎?"以手扶起,手足俱冷,呼之不应,细看又无余物,吃了

---

　　① 金(qiān)事——官名,在按察司供职。
　　② 寻——不久。

一惊,逃回家去。

次日,高金事家不见侍女,四下寻觅,见打死在后花园亭中,不知何故,一家惊异。季玉乃出认道:"秋香是我命送银两钗钿与夏昌时,令他备礼来聘我。岂料此人狠心将他打死,此必无娶我的心了。"高科闻言大怒,遂命家人往府急告:

> 告为谋财害命事:为盗者斩,难逃月中孤影;杀人者死,莫洗衣上血痕。狠恶夏昌时系故侍郎夏正孽子,因念年谊,曾经指腹;自伊父亡,从未行聘。岂恶串婢秋香,搆盗钗钿;见财入手,杀婢灭迹。财帛事轻,人命情重。上告。

昌时亦即诉道:

> 诉为杀人图陷事:念身箕裘遗胤①,诗礼儒生。先君侍郎,清节在人耳目;岳父高科,感恩愿结婚姻。允以季玉长姬,许作昌时正室。金钗为聘,玉簪回仪。谁期家运衰微,二十年难全六礼;遂致岳父反复,千百计求得一休。先令侍女传言,赠我厚略;自将秋香打死,陷我深坑。求天劈枉超冤。上告。

顾知府拘到各犯,即将两词细看审问。高科质称:"秋香偷银一百余两与他,我女季玉可证。彼若不打死秋香,我岂忍以亲女出官证他。且彼虽非我婿,亦非我仇,纵求与彼退亲,岂无别策,何必杀人命图赖他?"夏昌时质称:"前一日,汝令秋香到我家哄道,小姐有意于我,收拾金银首饰一百两零,叫我夜到花园来接。我痴心误信他,及至花园,见秋香已打死在地,并无银两。必此婢有罪犯,汝要将打死,故令他来哄我,思图赖我。若果我得他银两,人心合天理,何忍又打死他?"顾公遂叫季玉上来问道:"一是你父,一是你夫,汝是干证。从实招来,免受刑法。"季玉道:"妾父与夏侍郎同僚,先年指腹为婚,受金钗一对为聘,回他玉簪一双。后夏家贫淡,妾父与他退亲,妾不肯从,乃收拾金银钗钿有百余两,私命秋香去约夏昌时今夜到花园来接。竟不知何故将秋香打死,银物已尽取去,莫非有强奸秋香不从的事,故将打死;或怒我父要退亲,故打死侍婢泄忿。望青天详察。"顾公仰椅笑道:"此干证说得真实。"夏昌时道:"季玉所证前事极实,我死亦无怨;但说我得银打死秋香,死亦不服。然此想是前生冤业,今生

---

① 箕(jī)裘(qiú)遗胤(yìn)——继承父业的后代。

填还，百口难辩。"遂自诬服①。府公即判道：

> 审得夏昌时，仗剑狂徒，滥竽学校；破家荡子，玷辱家声。故外父高科弃葑菲而明告绝婚；乃箄妻季玉重盟誓而暗赠金银。胡为既利其财，且忍又杀其婢；此非强奸恐泄，必应黩货瞒心。赴约而来，花园其谁到也；淫欲以逞，暮夜岂无知乎？高科虽曰负盟，绝凶徒实知人则哲；季玉嫌于背父，念结发亦观过知仁。高女另行改嫁，昌时明正典刑。

昌时已成狱三年，适包公奉旨巡行天下，先巡历浙江，尚未到任，私行入定海县衙，胡知县疑是打点衙门者，收入监去。及在狱中，又说："我会做状，汝众囚若有冤枉者，代汝代状申诉。"时夏昌时在狱，将冤枉从直告诉，包公悉记在心后，用一印令禁子送与胡知县，知县方知是巡行老爷，即忙跪请坐堂。及升堂，即吊②昌时一案文卷来问，季玉坚执是伊杀侍婢，必无别人。包公不能决，再问昌时道："汝曾泄漏与人否？"昌时道："只与相好友李善辅说过，其夜在他家饮酒，醒来，辅只在旁未动。"包公猜道：这等，情已真矣，不必再问。遂考校宁波府生员，取李善辅批首，情好极密，所言无不听纳。至省后又召去相见，如此者近半年。一日，包公谓李善辅道："吾为官拙清，今将嫁女，苦无妆资，汝在外看有好金子代我换些。异日倘有甚好关节，准你一件。汝是我得意门生，外面须为我慎密。"李善辅深信无疑，数日后送到古金钗一对，碧玉簪一对，金粉盒、金镜袋各一对，包公亦佯喜。即吊夏昌时一干人再问。取出金钗、玉簪、粉盒、金镜袋，尽排于桌上。季玉认道："此尽是我以前送夏生者。"再叫李善辅来对，见高小姐认物件是他的，吓得魂不附体，只推是与过路客人换来的。此刻夏昌时方知前者为毒酒所迷，高声喝道："好友！害人于死地。"善辅抵赖不得，遂供招承认。包公批道：

> 审得李善辅，贪黩③害义，残忍丧心。毒药误昌时，几筵中暗藏机阱；顽石杀侍女，花亭上骤进虎狼。利归己，害归人，敢效郦寄卖

---

① 诬服——因滥施刑罚而使犯人认罪。《国语·周语上》："其刑矫诬，百姓携贰。"韦昭注："以诈用法曰矫，加诛无罪曰诬。"

② 吊——调。

③ 贪黩(dú)——贪图不义之财。

友;杀一死,坑一生,犹甚蒯通误人。金盒宝钗,昔日真赃俱在;铁钺斧锁,今秋大辟何辞。高科厌贫求富,思背故友之姻盟;掩实弄虚,几陷佳婿于死地。若正伦法,应加重刑;惜在缙绅,量从末减。夏昌时虽在缧绁之中,非其罪也;高季玉既怀念旧之志,永为好兮。昔结同心,曾山盟而海誓;仍断合卺①,俾夫唱而妇随。

夏昌时罪既得释,又得成亲,二人恩爱甚笃,乃画起包公图像,朝夕供养。后夏昌时亦登科甲,官至给事②。

---

① 合卺(jǐn)——结婚。
② 给事——官名,为门下省要职。

七

葛藤叶带彩释疑团　鞠举人谒友身先死

话说处州府云和县进士罗有文,知南丰县事有年。龙泉县举人鞠躬,与之系瓜葛之亲,带仆三人:贵十八、章三、富十,往谒有文,仅获百金,将银五十两买南丰铜镏金玩器、笼金篦子,用皮箱盛贮,白铜锁钥。又值包公巡行南京,躬与相知,欲往候见之。货齐,辞有文起身。数日,到了瑞洪,先令章三、富十,二人起早往南京,探问包公巡历何府,约定芜湖相会。次日换船,水手葛彩搬过行李上船,见其皮箱甚重,疑是金银,乃报与家长艾虎道:"几只皮箱重得异常,想是金银,决非他物。"二人乃起谋心,议道:"不再可搭别人,以便中途行事。"计排已定,乃佯谓躬道:"我想相公是读书人,决然好静,恐搭做客杂人同船,打扰不便。今不搭别人,但求相公重赏些船钱。"躬道:"如此更好,到芜湖时多与你些钱就是。"二人见说,愈疑银多。是日,开船过了九江,次晚,水手将船艄在僻处,候至半夜时分,艾虎执刀向躬头一砍,葛彩执刀向贵十八头一砍,主仆二人死于非命,丢入江中。搜出钥匙将皮箱开了,见满箱皆是铜器,有香炉、花瓶、水壶、笔山,精致玩器,又有篦子,皆是笼金故事,止得银三十两。彩道:"我说都是银子,二人一场富贵在眼下,原来是这些东西。"虎道:"有这样好货,愁无卖处? 莫若再至芜湖,沿途发卖,即是银子。"二人商议而行。

章三、富十探得包公消息,巡视苏州。径转芜湖,候过半月,未见主来,乃讨船一路上来,并未曾有;又上九江,直抵瑞洪原店查问。店主道:"次日换船即行,何待如今?"二人愕然。又下南京,盘费用尽,只得典衣为路费,往苏州寻问。及于苏州寻访,并无消息。不意包公已起马往巡松江,二人又往松江去问,亦无消息。欲见包公,奈衙门整肃,商议莫若假做告状的人,乘放告日期带了状子进去禀知,必有好处。遂各进讫。包公见了大惊,问道:"你相公此中途如何相别?"章三道:"小人与相公同到南丰罗爷任上,买有镏金铜器、笼金篦等货,离南丰而抵瑞洪。小的二人起早先往南京,探问老爷巡历何府,以便进谒,约定芜湖相会。小人到京得知老爷在苏,复转,候主半月未来。小的二人直上九江,沿途寻觅,没有消息,疑恐来苏。小的盘缠已尽,典衣作费到苏,老爷发驾,遍觅皆无。今到此数日,老爷衙门整肃,不敢进见,故假告状为由,门上才肯放入,乞老爷代为清查。"包公道:"中途别后,或回家去了?"富十道:"来意的确①,岂回家去。"包公道:"相公在南丰所得多少?"答道:"仅得百金。"又问:"买货多少?"答道:"买铜器、丰篦用银五十两。"包公道:"你相公最好驰逞②,既未回家,非舟中被劫,即江上遭风。我给批文一张,银二两与你二人做盘费,沿途缉访,若被劫定有货卖。逢有卖铜器、丰篦的,来历不明者,即给送官起解见我,自有分晓。"二人领批而去,往各处捕缉皆无。章三二人路费将尽,历至南京,见一铺有一副香炉,二人细看是真,问:"此货可卖否?"店主道:"自是卖的。"又问:"还有甚玩器否?"店主道:"有。"章三道:"有则借看。"店主抬出皮箱任拣。二人看得的确,问:"此货何处贩来的?"店主道:"芜湖来的。"富十一手扭结,店主不知其故,乃道:"你这二人无故结人,有何缘故?"两相厮打。适值兵马司朱天伦经过,问:"何人罗唣③?"章三扭出,富十取出批文投下,带转司去,细问来历。章三一一详述,如此如此。朱公问道:"你何姓名?"其人道:"小人名金良,此货是妻舅由芜湖贩来的。"朱公道:"此非芜湖所出,安在此处贩来? 中间必有缘故。"良道:"要知来历,拘得妻舅吴程方知明白。"朱公即将众人收监。次日,拿吴程到司。朱公问道:"你在何处贩此铜货来?"吴程道:"此货出自江西南丰,适有客人贩至芜湖,小人用价银四十两凭牙④掇⑤来。"朱公道:"这客人认得是何处人否?"吴程道:"萍水相逢,哪里识得!"朱公闻言,不敢擅决,只将四人一起解赴包公。

包公巡行至太平府。解人解至,正值审录考察,无暇勘问,发委董推官问明缴报,解人起批到,董推官坐堂,富十二人即具投状:

告为谋财杀命事:天网疏而不漏,人冤久而必伸。恩主鞠躬,往

① 的确——实在。此处作明确。

② 驰逞(chěng)——车马疾行,放任不羁。此处谓随心所欲,到处奔走。

③ 罗唣——纠缠;吵闹。

④ 牙——旧时买卖介绍人。

⑤ 掇(duō)——拾取。此处指取来。

南丰诏戚，用价买得铜器、丰篦，来京叩院，中途别主，杳无踪影。岂料凶恶金良、吴程，利财谋命，今幸获原赃，投天正法，恳念缥缈之冤魂可悲；急追浮沉之白骨何在。泣告。

吴程亦即诉道：

　　诉为平地兴波事：冤头债主，各自有故相当；林木池鱼，亦非无因可及。念身守法经商，芜湖生意。偶因客带铜货，用价拨回，当凭牙侩①段克己见证。岂恶等飘空冒认，无端坑杀。设使货自御至，何敢开张明卖？纵有来历不明，定须详究根由。上诉。

那时推府受词，研审一遍收监。次日，牌拘段克己到，取出各犯听审。推府问段克己："你作牙行，吴程称是凭你拨来，不知原客何名何姓？"克己道："过来往去客多，安能久记姓名。"推府道："此一案乃包爷发来，兼且人命重事，知而不报，必与同谋。吴程你明白招来，免受重刑。"程道："古言：有眼牙人无眼客。当时货凭他买。"克己道："是时你图他货贱，肯与他买，我不过为你解纷息争，以平其价，我岂与你盘诘奸细？"推府道："因利而带货，人情也，倘不图利，安肯乘波抵险，奔走江湖？"吴程你既知货贱卖，必是窃来的物。段克己你做牙行，延揽四方，岂不知此事？二人自相推阻，中间必有话说。从直招来。若是他人，速报名姓；若是自己，快快招明，免受刑拷。"二人不招，俱各打三十，夹敲三百，仍则推阻不招。自思道：二人受此苦刑竟不肯招，且权收监。但见忽有一片葛叶顺风吹来，将门上所挂之红彩一起带下，飘至克己身上，不知其故。及退堂自思：衙内并未栽葛，安有葛叶飞来？此事甚异，竟不能解。

　　次日又审，用刑不招，遂拟成疑狱②，具申包公，倒文令着实查报，且委查盘仪征等县。推官起马，往芜湖讨船，官船皆答应上司去，临时差皂快③捉船应用，偶尔捉艾虎船到。推府登舟问道："你是何名？"答道："小人名艾虎。""彼是何名？"虎道："水手名葛彩。"推府自思：前疑已释，葛叶随彩而下，想逮人者即是葛彩。遂不登舟，令手下擒捉二人，转公馆拷问，二人吓得魂飞魄散。推府道："你谋害举人，前牙行段克己报是你，久缉

————————————

①　牙侩——牙商的旧称。

②　疑狱——案情不明，难以判决的案子。

③　皂快——衙门里的差役。

未获。今既获之，招承成狱，不必多言。"艾虎道："小人撑船，与克己无干，彼自谋人，何故乱扳我等？"推官怒其不认，即令各责四十，寄监芜湖县。乃往各县查盘回报，即行牌取二犯审勘。芜湖知县即将二犯起解到府，送入刑厅，推府即令重责四十迎风，二人毫不招承，乃取出吴程等一干人犯对审。吴程道："你这贼谋人得货售银，累我等无辜受此苦楚，幸天有眼。"葛彩道："你何昧心？我并未与你会面，何故妄扳①？"吴程道："铜货、丰篚得我价银四十二两，克己可作证。"艾虎二人抵饰不招，又夹敲一百。艾虎招道："事皆葛彩所起。当时鞠举人来船，彩为搬过皮箱三只上船，其重异常，意是金银，故萌此心，不搭别人，待过湖口，以刀杀之，丢入江心。后开皮箱见是铜货，止得银三十余两，二人悔之不及。将货在芜湖发，得吴程银四十两。是时只要将货脱卸，故此贱卖，被段克己觉察，分去银一十五两。"克己低首无言。推官令各自招承。富十、章三二人叩谢道："爷爷青天！恩主之冤一旦雪矣。"推府判了参语，申详包公。包公即面审，毫无异词。即批道：

据招：葛彩先试轻重，而起朵颐之想②；艾虎后闻利言，而操害命之谋。驾言多赏船钱，恬探囊中虚实；不搭客商罗唣，装成就里机关。艄船僻处，豫备③人知。肆恶更阑，操刀杀主仆于非命；行凶夜半，丢尸灭踪迹于江湖。欣幸满箱银两，可获贫儿暴富；谁知盈篚铜货，难以旦夕脱身。装至芜湖，牙侩知而分骗；贩来京铺，二仆认以获赃。贼不知名，飘葛叶而详显报应；犯难遽获，提官船而吐真名。悟符前谶，非是风吹败叶；擒来拷鞫，果是谋害正凶。葛、艾二凶，利财谋命，命枭首以示众；吴、段二恶，和骗分赃，皆充配于远方。金良无辜，应皆省发。各如拟行。

遂将葛彩、艾虎秋季斩市，吴程、克己即行发配讫。

按：此断虽鞠躬之幽魂死不瞑目，实包公之英哲，委勘得人，乃能断出此冤。上则不致三纲解纽，次则不致奸凶漏网，是可见天理昭然而法纪大明矣。

----

① 妄扳（bān）——虚妄、不切实际地扭曲真相，背离事实。

② 朵颐（yí）之想——人口咀嚼的想法。此处指吞食他人财物的邪念。

③ 豫（yù）备——豫通预。豫备，即预先有所准备。

八

游子华酗酒逼死妾　方春莲私奔沦为娼

　　话说广东有一客人，姓游名子华，本贯浙人，自祖父以来在广东发卖机布，财本巨万，即于本处讨娶一妾王氏。子华素性酗酒凶暴，若稍有一毫不中其意，遂即毒打。妾苦不胜，一夜更深人静，候子华睡去时走出，投井而死。次日，子华不知其妾投井而死，乃出招帖遍处贴之，贴过数月，并无消息。子华讨取货银已毕，即收拾回浙。

　　适有本府一人名林福，开一酒肉店，积得数块银两，娶妻方氏名春莲。岂知此妇性情好淫，尝与人通奸。福之父母审知其故，详以语福。福怀怒气，逐日打骂，凌辱不堪。春莲乃伪怨其父母道："当初生我丑陋，何不将我淹死？今嫁此等心狠丈夫，贪花好色，嫌我貌丑，昼夜恼恨，轻则辱骂，重则敲打，料我终是死的。"父母劝其女道："既已嫁他，只可低头忍受，过得日子也罢，不可与他争闹。"那父母虽以好言抚慰，其女实疑林福为薄幸之徒。忽一日春莲早起开门烧火，忽有棍徒许达汲水经过，看见春莲一人，悄无人在，乃挑之道："春莲，你今日起来这般早，你丈夫尚未起来，可到吾家吃一碗早汤。"春莲道："你家有人否？"许达道："并无一人，只我单身独处。"春莲本性淫贱，闻说家中无人，又想丈夫每日每时吵闹，遂跟许达同去。许达不胜欢喜，便开橱门取些果品与春莲吃了，又将银簪二根送与春莲，掩上柴门，二人遂即上床。云雨事散，众家俱起，不得回家，许达遂匿之于家中，将门锁上，竟出街上生意去了，直至黑晚回来，与春莲取乐。及林福起来，见妻子早起烧火开门不见回来，意想此妇每遭打骂，必逃走矣。乃遍处寻访无踪，亦写寻人招帖贴于各处，仍报岳父方礼知之。礼大怒道："我女素来失爱，尝在我面前说你屡行打骂，痛恨失所，每欲自尽，我夫妇常常劝慰，故未即死。今日必遭你打死，你把尸首藏灭，故诈言他逃走来哄骗我，我必告之于官，为女伸冤，方消此恨。"乃具状词，赴告本县汤公。其词道：

告为伦法大变事：婚娶论财，夷虏之道；夫嫌妇丑，禽兽不如。身女春莲，凭媒嫁与林福为妻。岂料福性贪淫，嫌女貌丑，日加打骂，凌辱不堪。今月日仍触恶毒，登时殴死。惧罪难逃，匿尸埋灭；驾言逃走，是谁见证？痛思人烟凑密，私奔岂无踪影；女步艰难，数日何无信音？明明是残恶杀匿。女魂遭陷黑天，父朽仰于白日。祈追尸抵偿。哀哀上告。

本县准状，即差役拘拿林福，林福亦具诉词，不在话下。

且说许达闻得方礼、林福两家告状，对春莲道："留你数日，不想你父母告状问夫家要人，在此不便，倘或寻出，如何是好？不若与你同走他乡，又作道理。"春莲闻言便道："事不可迟，即宜速行。"遂收拾行李，连夜逃走，直至云南省城住脚，盘费已尽。许达道："今日到此，举目无亲，食用欠缺，此事将何处之？"春莲本是淫妇，乃道："你不必以衣食为虑，我若舍身，尽你足用。"许达亦不得已从之。乃妆饰为娟，趁钱度日，改名素娥。一时风流子弟，闻得新来一妓甚美，都来嫖耍，衣食果然充足。

且说当日春莲逃走之后，有耆民①呈称：本坊井中有死人尸首在内。县官即命仵作②检验，乃广东客人游子华之妾。方礼认为己女，遂抱尸哭道："此系我女身尸，果被恶婿林福打死，丢匿此井。"遂禀过县官，哀求拷问。县官提林福审问："汝将妻子打死，匿于井中，此事是实？"林福辩道："此尸虽系女人，然衣服、相貌俱与我妻不同。我妻年长，此妇年少；我妻身长，此妇身短；我妻发多而长，此妇发少而短。安得影射以害小人？万望爷爷详情。"方礼向前哀告道："此是林福抵饰的话，望老爷验伤便知打死情由。"县官严行刑法，林福受刑不过，只得屈招，申院未行在狱。

及至岁终，包公巡行天下，奉敕③来到此府，审问林福情由，即知其被诬。叹道："我奉旨搜检冤枉，今观林福这段事情，甚有可疑，安得不为审理。"遂语众官道："方春莲既系淫妇，必不肯死，虽遭打骂，亦只潜逃，其被人拐去无疑。"乃令手下遍将各处招帖收去，一一查勘，内有一帖，原系广东客人游子华寻妇帖子，与死尸衣服、状貌相同，乃拘游子华来证，子华

---

① 耆(qí)民——年岁大的居民。

② 仵(wǔ)作——旧时官府中检验命案死尸的人。

③ 奉敕(chì)——受皇帝的命令。

已去。包公日夜思想林福这段冤枉,我明知之,安可不为伸雪?乃焚香告司土之神道:"春莲逃走事情,胸中狐疑不决,伏望神祇大彰报应。"告祝已毕。次日,发遣人役往云南公干,承行吏名汤瑁,竟去云南省城,投下公文,宿于公馆,候领回文,不觉延迟数日。闻得新娼素娥风情出色,姿丽过人,亦往素娥家中去嫖耍。便问道:"汝系何处女子为娼于此?"其妇道:"我亦良家子女,被夫打骂,受苦不过,故尔逃出,奈衣食无措,借此度日。"汤瑁道:"听你声音好似我同乡,看你相貌好似林福妻子。"其妇一惊,满面通红,不敢隐瞒,只得说出前事,如此如此,乃是邻右许达带我来,望乡人回府切勿露出此事,小妇加倍奉承,歇钱亦不敢受。汤瑁佯应道:"你们放心,只管在此接客,我明日还要来耍。我若归家,决不露出你们机关。"乃相别而回,至公馆中叹道:"世间有此冤枉事。林福与我切近邻舍,今落重狱。"恨不得即到家中报说此事。次日,领了回文,作速起程归家,即以春莲被许达拐在云南省城为娼告知林福,林福状告于包爷台下。包公遂即差人同林福随汤瑁径往云南省城,拘拿春莲、许达两人还家,包公鞫问明白,把春莲当官嫁卖,财礼悉付林福收领;拟许达徒罪;方礼反坐诬告;林福无辜放归;仍给官银三两赏赐汤卢。即判道:

> 审得方氏,水性漂流,风情淫荡。常赴桑中之约①,屡经濮上之行②。其夫闻知有污行,屡屡打骂,理所宜然。夫何顿生逃走之心,不念同衾之意。清早开门,遇见许达;遂匿他家,纵行淫佚。而许达乃奔走仆夫,负贩俗子。投甘言而引尤物,贵丽色而作生涯。将谓觅得爱卿,不愿封侯之贵;哪知拐骗逃妇,安免徒流之役。方礼不咎闺门之有玷,反告女婿之不良。诬以打死,诳以匿尸。妄指他人之毙妾,认为系女之伤骸。告杀命而女犹生;控匿尸而女尚在。虚情可诳,实罪难逃。林福领财礼而另娶,汤瑁受旌赏而奉公。取供存案。

包公判讫。百姓闻之,莫不醉心悦服。

---

① 桑中之约——男女间不正当的约会。
② 濮上之行——男女间不正当的行为。

九

刁船户分审露马脚　宁商人认货凭鼎字

话说苏州府吴县船户单贵,水手叶新,即贵之妹丈,专谋客商。适有徽州商人宁龙,带仆季兴,来买缎绢千有余金,写雇单贵船只,搬货上船。次日,登舟开船,径往江西而去,五日至漳湾艄船。是夜,单贵买酒买肉,四人盘桓①而饮,劝得宁龙主仆尽醉。候至二更人静,星月微明,单贵、叶新将船魆魆②抽绑,潜出江心深处,将主仆二人丢入水中。季兴昏昏沉醉,不醒人事,被水淹死。宁龙幼识水性,落水时随势钻下,偶得一木缘之,跟水直下,见一只大船悠悠而上,龙高声喊叫救命。船上有一人姓张名晋,乃是宁龙两姨表兄,闻其语系同乡,速令艄子救起,两人相见,各叙亲情。晋即取衣与换,问以何故落水,龙将前事备细说了一遍,晋乃取酒与他压惊。天明,二人另讨一船,知包公巡行吴地,即写状具告:

　　告为谋命谋财事:肆恶害人,船户若负嵎之虎③;离乡陷本,客商似涸水之鱼。身带银千两,一仆随行,来苏贩缎,往贸江西,寻牙雇船装载。不料舟子单贵、水手叶新等,揽身货载,行至漳湾,艄船设酒,苦苦劝醉,将身主仆推入江心。孤客月中来,一篙撑载菰蒲去;四顾人声静,双拳推落碧潭忙。人坠波心,命丧江鱼之腹;伊回渡口,财充饿虎之颐。无奈仆遭淹死,身幸张晋救援。恶喜夜无人知,不思天理可畏。乞准追货断填。上告。

包公接得此状,细审一番。随行牌捕捉,二人尚未回家。公差回禀,即拿单贵家小收监,又将宁龙同监。差捕快谢能、李隽二人即领批径巡水路挨访。岂知单贵二人是夜将货另载小船,将空船扬言被劫,将船寄在漳湾,二人起货往南京发卖。既到南京,将缎绢总掇上铺,得银一千三百两,

---

①　盘桓(huán)——逗留。

②　魆魆(xū)——暗暗。

③　负嵎(yú)之虎——有险要的山势作为凭借的老虎。比喻凭险顽抗的残敌。

掉船而回。至漳湾取船，偶遇谢、李二公差，乃问道："既然回家，可搭我船而去。"谢、李二人毫不言动，同船直回苏州城下。谢、李取出扭锁，将单贵、叶新锁起。二人魂不附体，不知风从何来。乃道："你无故将我等锁起，有何罪名？"谢、李道："去见老爷就有分晓。"二人捉入城中，包公正值坐堂，公差将二人犯带进道："小的领钧旨挨拿单贵一起人犯，带来投到，乞金笔销批。"包公又差四人往船上，将所有尽搬入府来。问："单贵、叶新，你二人谋死宁龙主仆二人，得银多少？"单贵道："小人并未谋人，知甚宁龙？"包公道："方有人说凭你代宁龙雇船往江西。中途谋死，何故强争？"单贵道："宁龙写船，中途被劫，小人之命险不能保，安顾得他？"包公怒道："以酒醉他，丢入波心，还这等口硬。可将各打四十。"叶新道："小人纵有亏心，今无人告发，无赃可证，缘何追风捕影，不审明白，将人重责，岂肯甘心。"包公道："今日到此，不怕你不甘心。从直招来，免受刑法；如不直招，取夹棍来夹起。"单贵二人身虽受刑，形色不变，口中争辩不一。俄而众兵搬出船上行李，一一陈于丹墀①之下。监中取出宁龙来认，中间动用之物一毫不是，银子一两没有，缎绢一匹也无——岂料其银并宁龙的物件皆藏于船中夹底之下——单贵见陈之物无一样是的，乃道："宁龙你好负心。是夜你被贼劫，将你二人推入水中，缘何不告贼而诬告我等？你没天理。"龙道："是夜何尝被贼？你二人将酒劝醉，魆将船抽出江中，丢我二人下水，将货寄在人家，故自口强。"包公见二人争辩，一时狐疑，乃思：既谋宁龙，船中岂无一物？岂无银子？千两之货置于何地？乃令放刑收监。

包公次早升堂，取单贵二人，令贵站立东廊，新站立西廊。先呼新问道："是夜贼劫你船，贼人多少？穿何衣服？面貌若何？"新道："三更时分，四人皆在船中沉睡，忽众贼将船抽出江心，一人七长八大，穿青衣，涂脸，先上船来，忽三只小船团团围住，宁龙主仆见贼入船，惊走船尾，跳入水中。那贼将小的来打，小的再三哀告道：'我是船户。'他才放手，尽掠其货而去。今宁龙诬告法台，此乃瞒心昧己。"包公道："你出站西廊。"又叫单贵问道："贼劫你船，贼人多少？穿何衣服？面貌若何？"贵道："三更时分，贼将船抽出江心，四面小船七八只俱来围住，有一后生身穿红衣，跳

---

① 丹墀（chí）——古代宫殿前的红色石阶。

过船来将宁龙二人丢入水中，又要把小的丢去，小的道："我非客商，乃是船户。"方才放手，不然同入水中，命亦休矣。"包公见口词不一，将二人夹起。皆道："既谋他财，小的并未回家，其财货藏于何处？"并不招认，无法可施，又令收监。亲乘轿往船上去看，船内皆空，细看其由。见船底有隙，皆无棱角，乃令左右启之。内有暗栓不能启，令取刀斧撬开，见内货物广多，衣服器具皆有，两皮箱皆是银子。验明，抬回衙来，取出宁龙认物。龙道："前物不是，不敢冒认；此物皆是，只是此新箱不是。"包公令取单贵二人道："这贼可恶不招，此物谁的？"贵道："此物皆是客人寄，何尝是他的？"龙道："你说是他人寄的，皮箱簿账谅你废去，此旧皮箱内左旁有一鼎字号，难道没有？"包公令左右开看，果然有一鼎字号。乃将单贵二人重打六十，熬刑不过，乃招出其货皆在南京卖去，得银一千三百两，分作两箱，二人各得一箱。包公判道：

> 审得单贵、叶新，干没利源，驾扁舟而载货；贪财害客，因谋杀以成家。客人宁龙，误写其船。舟行数日，携酒频斟。杯中设饵，腹内藏刀。趁酒醉兮睡浓，一篙抽船离畔；俟更深兮人静，双手推客入江。自意主仆落江中，决定葬于鱼腹；深幸财货入私橐①，得以遂其狼心。不幸暮夜无知，犹庆皇天有眼；虽然仆遭溺没，且喜主获救援。转行赴告，俟批诱捉于舟中；真赃未获，巧言争辩于公堂。船底中搜出器物银两，簧舌上招出谋命劫财。罪应大辟②，以偿季兴冤命；赃还旧主，以给宁龙宁家。

判讫，拟二凶秋后斩首，余给省发。可谓民奸不终隐伏，而王法悉得其平矣。

---

① 私橐（tuó）——自己的袋子，私囊。

② 大辟（bì）——大刑。

十

张稚子作联招冤魂　　堂侄子具状告谋杀

　　话说徐隆乃剑州人，家甚贫窘，父丧母存，日食不给。有弟徐清，雇工供母。其母见隆不能任力，终日闲游，时常骂詈①，隆觉羞颜。一日，奋然相约知己冯仁，同往云南生意，一去十数余年，大获其利，满载而归。归至本地接迹渡头，天色将晚，只见昔年渡子张杰将船撑接，两人笑容拱手。问道："隆官你去多年不归，想获大利。"徐隆步行负银力倦，微微答道："钱虽积些，所得不多。"遂将雨伞、包袱丢入船舱，响声颇重。张知其云南远回，其包袱内必是有银，陡起枭心②，将隆一篙打落水中淹死，天晚无人看见。

　　杰将包袱密藏归家，一时富贵，渐渐买田创屋。有子名曰张尤，年登七岁，杰单请一师诂训③，其师时常对杰称誉道："令郎善诗善对。"杰不深信，至端阳日请先生庆赏佳节。饮至中间，杰道："承先生常誉小儿能为对句，今乃端阳佳节，莫若将此佳节为题以试小儿何如？"先生道："令郎天资隽雅，联句何难。"随口占一联与之对道："黄丝系粽，汨罗江上吊忠魂。"张尤沉思半晌，不能答对。杰甚不悦，先生亦觉无颜。张尤亦羞颜无地。假意厕房出恭，那冤魂就变作一老人在厕房之旁，问张尤道："汝今日为何不悦？"张尤答道："我被父亲叫先生在席上出对考我，甚是难对，故此不悦。"冤魂问道："对句如何？"尤道："黄丝系粽，汨罗江上吊忠魂。"冤魂笑道："此对不难，我为汝对之。"尤道："这等极好。"冤魂对道："紫竹挑包，接迹渡头谋远客。"尤甚欢喜，慌忙奔入席间禀告先生道："先生所出之对，我今对得。"先生不胜欢悦："汝既对得，可速说来。"答道："紫竹挑包，接迹渡头谋远客。"其父骇然失色。先生道："对虽对得，不见

---

①　骂詈(lì)——责骂。

②　陡起枭(xiāo)心——此处指突然生出害人之心。

③　诂训——解释古书的文义。

甚美。"其父道："此对必是汝请人对的,好好直说出来,免受鞭笞。"其子
受逼不过,将那老人代对的事说出。其父问："这老人今还在厕房否?"尤
道："不知。"杰慌忙奔看不见,心中自疑:此必是渡头谋死冤魂出现。骇
得胆战心惊,胡言乱语,悉以谋死徐隆的事直告先生,不觉被堂侄张奔窃
听。奔为昔年与杰争占有仇,次日遂具状出首。董侯准其状词,即差精兵
五名密拿张杰赴台鞫问①。张杰拿至台下,面无人色,手足无措。董侯知
其谋害是实,将杰三拷六问。张杰受刑不过,将谋害徐隆事情一一供招,
将杰枷锁入监。次日申明上司,上司包公吊问填命,家业尽追入官,妻子
逃走不究。

---

①　鞫(jū)问——审问。鞫,通鞫。

十 一

刘都赛观灯害阖家　黄叶菜露底知真凶

话说西京河南府,离城五里有一师家,弟兄两个,家道殷富。长的名官受,二的名马都,皆有志气。二郎现在扬州府当织造匠。师官受娶得妻刘都赛,是个美丽佳人,生下一个儿子,取名金保,年已五岁。其年正月上元佳节,西京大放花灯。刘娘子禀过婆婆,梳妆齐备,打扮得十分俊俏,与梅香、张院公入城看灯。行到鳌山寺,不觉众人喧挤,梅香、院子各自分散。娘子正看灯时,回头不见了伙伴,心下慌张。忽然刮起一阵狂风,将逍遥宝架灯吹落,看灯的人都四下散走,止有刘娘子不识路径。正在惊慌之际,忽听得一声喝道,数十军人随着一个贵侯来到,灯笼无数,却是皇亲赵王,马上看见娘子美貌,心中暗喜,便问:"你是谁家女子,半夜在此为何?"娘子诈道:"妾是东京人氏,随丈夫到此看灯,适因吹折逍遥宝架灯,丈夫不知哪里去了,妾身在此等候。"赵王道:"如今更深,可随我入府中,明日却来寻访。"娘子无奈,只得随赵王入府中来。赵遂着使女将娘子引到睡房,赵王随后进去,笑对娘子道:"我是金枝玉叶,你肯为我妃子,享不尽富贵。"那娘子吓得低头无语,寻死无路,怎当得那赵王强横之势,只得顺从,宿却一宵。赵王次日设宴,不在话下。且说张院公与梅香回去见师婆婆说知,娘子看灯失散,不知去向。婆婆与师郎烦恼无及,即着家人入城寻访。有人传说在赵王府里,亦不知的实。

不觉将近一月。刘娘子虽在王府享富贵,朝夕思想婆婆、丈夫、儿子。忽有老鼠将刘娘子房中穿的那一套织成万象衣服咬得粉碎,娘子看见,眉头不展,面带忧容。适赵王看见,遂问道:"娘子因甚烦恼?"娘子说知其故。赵王笑道:"这有何难,召取西京织匠人来府中织造一件新的便了。"次日,赵王遂出告示。不想师家祖上会织此锦,师郎正要探听妻子消息。听了此语,即便辞了母亲来见赵王。赵王道:"汝既会织,就在府中依样造成。"师郎承命而去。众梅香传与娘子,王爷着五个匠人在东廊下织锦。娘子自忖:西京只有师家会织,叔叔二郎现在扬州未回,此间莫非是

我丈夫？即抽身来看。那师郎认得是妻子，二人相抱而哭。旁边织匠人
各各惊骇，不知其故。不道赵王酒醒，忽不见了刘都赛，因问侍女，知在看
匠人织造，赵王忙来廊下看时，见刘娘子与师郎相抱不舍。赵王大怒，即
令刀斧手押过五个匠人，前去法场处斩，可怜师郎与四个匠人无罪，一时
死于非命。那赵王恐有后累，命五百刽子手将师家门首围了，将师家大小
男女尽行杀戮，家财搬回府中，放起一把火来，将房屋烧个干净。当下只
有张院公带得小主人师金保出街坊买糕，回来见杀死死尸无数，血流满
地，房屋火烧尚未灭。张院公惊问邻居之人，乃知被赵王所害。张院公没
奈何抱着五岁主人，连夜逃走扬州报与二官人去了。

赵王回府思忖：我杀了师家满门，尚有师马都在扬州当匠，倘知此事，
必去告御状。心生一计，修书一封，差牌军往东京见监官孙文仪，说要除
师二郎一事。孙文仪要奉承赵王，即差牌军往扬州寻捉师马都。是夜师
马都梦见一家人身上带血，惊疑起来，去请着先生卜卦，占道：大凶，主阖
家有难。师马都忧虑，即雇一匹快马，径离了扬州回西京来，行至马陵庄，
恰遇着张院公抱着小主人，见了师马都大哭，说其来因。师二郎听罢，跌
倒在地，移时方苏，即同院公来开封府告状。师马都进得城来，吩咐院公
在茶坊边伺候，自往开封府告状，正遇着孙文仪喝道而过，牌军认得是师
马都，禀知文仪。文仪即着人拿入府中，责以擅冲马头之罪，不由分说，登
时打死。文仪令人搜捡，身上有告赵王之状。忖道：今日若非我遇见，险
些误了赵王来书。又虑包大尹知觉，乃密令四名牌军，将死尸放在篮底，
上面用黄菜叶盖之，扛去丢在河里。正值包大尹出府来，行到西门坊，座
马不进。包公唤过左右牌军道：“这马有三不走：御驾上街不走，皇后、太
子上街不走，有屈死冤魂不走。”便差张龙、赵虎去茶坊、酒店打听一遭。
张、赵领命，回报：“小巷有四个牌军抬一篮黄菜叶，在那里趋避①。”包公
令捉来问之。

牌军禀道：“适孙老爷出街，见我四人不合将黄菜叶堆在街上，每人
责了十板，令我等抬去河里丢了。”包公疑有缘故，乃道：“我夫人有病，正
想黄菜叶吃，可抬入我府中来。”牌军惊惧，只得抬进府里，各赏牌军，吩
咐：“休使外人知道来取笑，包公买黄菜叶与夫人吃。”牌军拜谢而去。包

---

① 趋避——疾步快走以求躲避。

公令揭开菜叶视之,内有一死尸。因思:此人必被孙文仪所害。令狱卒且停在西牢。

　　且说那张院公抱着师金保等师马都不来,径往府前去寻,见开封府门首有屈鼓,张院公遂上前连打三下,守军报知包爷。包公吩咐:"不许惊他,可领进来。"守军领命,引张院公到厅前。包公问:"所诉何事?"张院公逐一从头将师家受屈事情说得明白。包公又问:"这五岁孩儿如何走脱?"张院公道:"因为思母啼哭,领出买糕与他吃,逃得性命。"包公问:"师马都何在?"张院公道:"他侵早来告状,并无消息。"包公知其故,便着张院公去西牢看验死尸,张院公看见是师马都,放声大哭。包公沉吟半晌,即令备马到城隍庙来,当神祝道:"限今夜三更,要放师马都还魂。"祝罢而回。也是师马都命不该死,果是三更复苏。次日,狱卒报知包公,唤出厅前问之,师马都哭诉被孙文仪打死情由,包公吩咐只在府里伺候。思量要赚赵王来东京,心生一计,诈病在床,不出堂数日。

　　那日,仁宗知道了,即差御院医官来诊视。李夫人道:"大尹病得昏沉,怕生人气,免见罢。"医官道:"可将金针插在臂膊上,我在外面诊视,即知其症。"夫人将针插在屏风上,医官诊之,脉全不动,急离府奏知去了。包公与夫人议道:"我便诈死了,待圣上问我临死时曾有甚事吩咐,只道:'惟荐西京赵王为官清正,可任开封府之职。'"次日,夫人将印绶入朝,哭奏其事,文武尽皆叹息。仁宗道:"既临死时荐御弟可任开封府之职,当遣使臣前往迎取赵王。"一面降敕差韩、王二大臣御祭包大尹。是时使命领敕旨前往河南,进赵王府宣读圣旨已毕,赵王听了,甚是欢喜,即点起船只,收拾上任。不觉数日,到东京入朝。仁宗道:"包文拯临死荐汝,今朕重封官职,照依他的行事。"赵王谢恩而出。次日,与孙文仪摆列銮驾,十分整齐,进开封府上任。行过南街,百姓惧怕,各各关门。赵王在马上发怒道:"汝这百姓好没道理,今随我来的牌军在路上日久,欠缺盘缠,人家各要出绫锦一匹。"家家户户抢夺一空。赵王到府,看见堂上立着长幡。左右禀道:"是包大尹棺木尚未出殡。"赵王怒道:"我选吉日上任,如何不出殡?"张龙、赵虎报与包公,包公吩咐二人准备刑具伺候,乃令夫人出堂见赵王说知,尚有半个月方出殡。赵王听了,怒骂包夫人不识方便。骂未绝口,旁边转过包公,大喝一声:"认得包黑子否?"赵王愕然。包公即唤过张龙、赵虎,将府门关上,把赵王拿下,监于西牢,孙文仪监于东牢。次日升堂,将棺木抬出焚了,东西牢取出赵王、孙文仪两个跪在阶下,两边列着二十四名无情汉,将出三十六般法物,挂起圣旨牌,当厅取过师马都来证,将状念与赵王听了。赵王尚不肯招,包公喝令极刑拷问,赵王受刑不过,只得招出谋夺刘都赛杀害师家满门情由。次及孙文仪,亦难抵讳①,招出打死师马都情弊②。包公叠成文案,拟定罪名,亲领刽子手押出赵王、孙文仪到法场处斩。次日,上朝奏知,仁宗抚慰之道:"朕闻卿死,忧闷累日。今知卿盖为此事诈死,御弟及孙文仪拟罪允当,朕何疑焉。"包公既退,发遣师马都宁家;刘都赛仍转师家守服;将赵王家属发遣为民,金银器物,一半入库,一半给赏张院公,以其有义能报主冤也。

---

① 抵讳(huì)——抵赖,推脱,隐瞒。
② 情弊(bì)——作弊的事实情节。

十　二

刘义子冒功成驸马　崔长者赴京辨真伪

话说登州管下一个地名市头镇,居民稠密,人家并靠河岸筑室。为恶者多,行善者少。惟有镇东崔长者好善布施,不与人争。娶妻张氏,性情温柔,治家勤俭。所生一子名崔庆,年十八岁,聪明颖达,父母惜如掌上之珠。忽一日有个老僧来家抄化①道:“贫僧是五台山云游僧家,闻府中长者好善,特来化斋饭一餐。”崔长者整衣冠出,延那僧人入中堂坐定,崔长者纳头便拜道:“有失款迎,万勿见罪。”那僧人连忙扶起道:“贫僧不识进退,特候员外见一面。”长者大悦,便令作斋款待僧人,极其丰厚。长者席上问其所来,僧人答以:“云游到此,要见员外有一事禀知。”长者举手请道:“上人若要化缘或化斋,老拙②不敢推阻。”僧人道:“足见长者善心。贫僧不为化缘而来。即日本处当有洪水之灾,员外可预备船只伺候走路。敬以此事告知,余无所言。”长者听罢,连连应诺。便问道:“洪水之灾何时当见?”僧人道:“但见东街宝积坊下那石狮子眼中流血,便要收拾走路。”长者道:“既有此大灾,当与乡里说知。”僧人道:“你乡皆为恶之徒,岂信此言;就是长者信我逃得此难,亦不免有苦厄累及。”长者问道:“苦厄能丧命否?”僧人道:“无妨。将纸笔来,我写几句与长者牢记之。”

天行洪水浪滔滔,遇物相援报亦饶;只有人来休顾问,恩成冤债苦监牢。

长者看了不解其意。僧人道:“后当知之。”斋罢辞去,长者取过十两花银相赠。和尚道:“贫僧云游之人,纵有银两亦无用处。”竟不受而去。

长者对张氏说知,即令匠人于河边造十数只大船。人问其故,长者说有洪水之灾,造船逃避。众人大笑。长者任众人讥笑,每日令老姬前往东街探石狮子有血流出否。老姬看探日久,往来频数,坊下有二屠夫问其缘

---

① 抄化——用瓢匙求讨、募化。

② 老拙(zhuō)——长者自谦之词。

故，老妪直告其故。二屠待妪去，自相笑道："世上有此等痴人。天旱若是，有甚么水灾？况那石狮子眼孔里哪讨血出！"一屠相约戏之，明日宰猪，乃血洒在石狮眼中。是日，老妪看见，连忙走回报知，长者即吩咐家人，收拾动用器物，一齐搬上船。当下太阳正酷，日气蒸人。等待长者携得一家老幼登船已毕，黄昏左侧，黑云并集，大雨滂沱，三昼夜不息，河水拥入市头镇。一时间那人民居屋流荡无遗，溺死二万余人。正因乡民作孽太过，天以此劫数灭之，止有崔长者夫妇好善，预得神人救之。那日长者数十大船随洪水流出河口，忽见山岩崩下，有一初生黑猿被溺不能起，长者即令家人取竹竿接之，那猿及岸得生而去。船正行间，又见一树木流来，有鸦巢在上，新乳数鸦飞不起，长者又令家僮取船板托之，那鸦展开两翼各飞将去了。适有湾处，见一人被浪激流下来，口叫救命，长者令人接之。张氏道："员外岂不记僧人所言遇人休顾之嘱。"长者道："物类尚且救之，况人而不恤哉。"竟令家僮取竹竿援之上船，遂取衣服与换。忽次日雨止，长者乃令家僮回去看时，只见洪水过去，尽成沙丘，惟有崔长者房屋，虽被浸损，未曾流荡。家僮报知，长者令工人修整完备如前，携老幼回家。同乡邻里后归者，十有一二而已。长者问那所救之人愿回去否？那人哭道："小人是宝积坊下刘屠之子，名刘英，今被水冲，父母不知存亡，家计尽空，情愿为长者随行执鞭之人，以报救命之恩。"长者道："既肯留我家下，就作养子看待。"刘英拜谢。

时光似箭，日月如梭，长者回家不觉又有半载。时东京国母张娘娘失去一玉印，不知下落。仁宗皇帝出下榜文，张挂诸州，但有知玉印下落者，官封高职。忽一夜崔长者梦见神人说："今国母张娘娘失落玉印，在后宫八角琉璃井中。上帝以君有阴德，特来说与你，可着亲儿子去报知，以受高官。"长者醒来，将梦与妻子说知。忽家人来报，登州衙门首有榜文张挂，所说与长者梦中之言相同。长者甚喜，欲令崔庆前去奏知受职。张氏道："只有一子，岂肯与他远离。富贵有命，员外莫望此事。"刘英近前见父母道："小儿无恩报答，既是神人报说，我情愿代弟一行，前往京都报知，倘得一官半职，回来与弟承受。"长者欢然，准备银两，打点刘英起程。次日，刘英相辞，长者再三叮咛："若有好事，休得负心。"刘英领诺而别，上路往东京进发，不一日来到京城，径来朝门外揭了榜文。守军捉见王丞相，刘英先通乡贯姓名，后以玉印下落说知，王丞相即令牌军送刘英于馆驿中伺候。次日，王丞相入朝奏知，仁宗召宫中嫔妃问之，娘娘方记得，因中秋赏月，夜阑，同宫女八角琉璃井边探手取水，误落井中。遂令宫监下井看取，果有之。仁宗宣刘英上殿，问其何知玉印之由。刘英不隐，直以神人梦中所报奏知。仁宗道："想是你家积有阴德。"遂降敕封英为西厅驸马，以偏后黄娘娘第二公主招之。刘英谢恩，不胜欢喜。过数日，朝廷设立驸马府与刘英居住，当下刘英一时显达，权势无比，就不思量旧恩了。

却说崔长者，自刘英去后将两个月，日夜悬望消息。忽有人自东京来，传说刘英已招为驸马，极其贵显。长者遂分付①家人小二同崔庆赴京。崔庆拜辞父母，往东京进发，不一日来到东京，寻店歇下。次日，正访问驸马府，那人道："前面喝道，驸马来矣。"崔庆立在一边候过了道，恰好刘英在马上端坐，昂昂然来到。崔庆故意近前要与相认，刘英一见崔庆，喝声："谁人冲我马头？"便令牌军捉下。崔庆惊道："哥哥缘何见疏？"刘英怒道："我有什么兄弟？"不由分说，拿进府中，重责三十棍。可怜崔庆，打得皮开肉绽，两腿血流，监入狱中。此时小二在店中得知主人被难，要来看时，不得进去。崔庆将其情哀告狱卒，狱卒怜而济之。崔庆原是富家，每日肉食不绝，一旦受此苦楚，怎生忍得。正在饥渴之际，思想肉食，忽墙外一猿攀树而入，手持一片熟羊肉来献。崔庆俄然记得，此猿好似我父昔日洪水中所救者，接而食之。猿去，过了数日又将物食送进来，如此者不绝。狱卒见了，知其来由，叹道："物类尚有恩义，人反不如。"自是随其来往。又一日，墙外有十数乌鸦集于狱中，哀鸣不已。崔庆亦疑莫非是父所救者，乃对鸦道："尔若怜念我，当代我带书一封寄回吾父。"那鸦识其意，都飞向前。庆即向狱卒借纸笔修了书，系于鸦足上，即飞去，不数日，已飞到其家。正值崔长者与张氏正在说儿子没音信之事，忽鸦飞下，立于身边。长者惊疑，看鸦足上系一封书，长者解下看之，却是崔庆笔迹，内具刘英失义及狱中受苦情由。长者看罢大哭。张氏问知其故，遂痛哭道："当初叫汝莫收留他人，果然恩将仇报，陷我儿子于缧绁②之中，怎能得出。"长者道："鸟兽尚知仁义，彼有人心，岂得如此负恩之甚？我只得自往东京走一遭，探其虚实。"张氏道："儿受苦，作急而行。"

---

① 分付——吩咐。
② 缧（léi）绁（xiè）——拘系犯人的绳索，引申为囚禁。

次日，崔长者准备行李，辞妻赴京。数日，已到东京，寻店安下。侵早，正值出街访问消息，忽见家人小二，身穿破衣，乞食廊下，一见长者，遂抱之而哭，长者亦悲，问其备细。小二将前情诉了一遍，长者不信，要进府里见刘英一面。小二紧紧抱住，不放他去，恐遭毒手。忽报驸马来了，众人都回避，长者立廊下候之。刘英近前，长者叫道："刘英我儿，今日富贵不念我哉！"刘英看见，认得是崔长者，哪里肯顾盼他，只做不见。长者不肯休，一直随马后赶去，不料已闭上府门，不得进去。长者大恨道："不认我父子且由则可，又将吾儿监禁狱中受苦。"即投开封府告状。正值包公行香转衙，长者跪马头下告状，包公带入府中审问，长者哀诉前情，不胜悲憾。包公令长者只在府廊下居止，即差公牌去狱中唤狱卒来问："有崔庆否？"狱卒复道："某月日监下，狱里饮食不给，极是狼狈。"包公遂令狱卒散诞拘之①。

次日，即差人请刘驸马到府中饮酒。刘英闻包公请，即来赴席。包公延入后堂相待，吩咐牌军闭上府门，不许闲杂人走动，牌军领命，便将府门闭止。然后排过筵席，酒至半酣，包公怒道："缘何不添酒来？"厨下报道："酒已尽了。"包公笑道："酒既完了，就将水来斟亦好。"侍吏应诺，即提过一桶水来。包公令将大瓯先斟一瓯与刘英道："驸马大人权饮一瓯。"刘英只道包公轻慢他，怒道："包大尹好欺人，朝廷官员谁敢不敬我？哪有相请用水当酒！"包公道："休怪休怪，众官要敬驸马，偏包某不敬。今年六月间尚饮一河之水，一瓯水难道就饮不得？"刘英听了，毛发悚然。忽崔长者走近前来，指定刘英骂道："负义之贼！今日负我，久后必负朝廷。望大人作主。"包公便令拿下，去了冠带，拖倒阶下，重责四十棍，令其供招。刘英自知不是，吐出实情，招认明白。包公命取长枷系于狱中。次日，具疏奏知。仁宗宣召崔长者至殿前审问，长者将前事奏知一遍，仁宗称羡道："君之重义如此，亲子当受爵禄，朕明日有旨下。"长者谢恩而退。次日，旨下：刘英冒功忘义，残虐不仁，合问死罪；崔庆授武城县尉，即日走马赴任；崔长者平素好善，敕令有司起义坊旌之。包公依旨判讫，请出崔庆，换以冠带，领文凭赴任而去，长者同去任所。是冬将刘英处决。

---

① 散诞拘之——不受严格控制地拘禁他。

十 三

吴员城偷鞋谋人妻　韩兰英知情自缢死

话说江州城东永宁寺有一和尚,俗姓吴名员城,其性风骚。因为檀越①张德化娶南乡韩应宿之女兰英为妻,多年无子情切,恳请求嗣续后,每遇三元②圣诞,建设醮祠③;凡朔望之日,专请员城在家里诵经。员城见兰英貌美,欲心常动,意图淫奸。晚转寺中,心生一计。次日,瞰德化往外,假讨斋粮为由来至张家,贿托婢女小梅,求韩氏睡鞋一双,小梅悄然窃出与之。员城得鞋,喜不自胜,回到寺中,每日捧着鞋沉吟无奈。适次日张檀越来寺议设醮事,员城故将睡鞋一只丢在寺门,德化拾起,心甚惊疑。既与员城话毕,归家大怒,根究睡鞋,遂将韩氏逐回母家,经官休退。员城闻知计就,潜迹逃回西乡太平原,改姓名为冯仁,蓄发二年,值应宿将兰英改嫁,仁买求邻居汪钦,径往韩宅求姻。宿与钦素交好,遂允其姻,令择吉日过聘,刻期毕姻。钦回复冯仁,即纳彩亲迎,径成婚配。

倏忽韶光掣电,时光正值中秋佳节,月色腾辉,乐声鼎沸,夫妇对饮于亭,两情交畅,仁乐饮沉醉,携妻而笑道:"昔非小梅之功,安有今日之乐。"韩氏心疑,询其故,仁将前情一一说出。韩氏听了,敢怒而不敢言。身虽遭仁计袭,心恨冯仁刻骨,酒罢仁睡,时至三更,自缢而亡。次日,韩应宿闻知,正欲赴县伸冤告状,适遇包公出巡江州,应宿便写状呈告:

　　呈为灭节杀命事:痛女兰英嫁婿张德化为妻,久调琴瑟,无愧唱随④。祸遭恶僧吴员城即今更名冯仁者,窥女艾色,买婢窃鞋,陷女

---

①　檀越——佛教名词,意即施主。

②　三元——旧以农历正月十五为上元节,七月十五为中元节,十月十五为下元节。

③　醮(jiào)祠——祈祷祭祀。

④　唱随——指夫唱妇随。

私情。致婿坚执七出之条①;念女实无一生之路。特原其素抱贞节,又见其事无实据,姑自狐疑,权为收养。岂恶蓄发改名,托邻求配;身实不知,误遭奸计。忽于昨夜威逼身亡,而冤不白。上祈秉三尺之威严,天网不漏;恶必万斩始甘心,哀哀上告。

那时冯仁亦捏虚情抵诉,包公即将两人收监。其夜,坐在后堂,忽然一阵黑风侵人。包公道:"是何怨气?"既而有一女子跪在堂下,包公问道:"汝是何处人氏?有甚冤屈?直对我说。"那女子即将前情诉说一遍,忽然不见。次日,包公坐堂,差张龙、薛霸去禁中取出韩、冯二人审问,即将冯仁捆打,追究睡鞋之事,冯仁心惊色变,俯首无词,只得直招。包公将冯仁家产入官,判断冯仁抵命。自此韩氏之冤得申,远近快之。

---

① 七出之条——封建时代休弃妻子的七条理由:一无子,二淫泆,三不事姑舅,四口舌,五盗窃,六妒忌,七恶疾。丈夫可以用其中任何一条为借口,命妻子离去。

十　四

宋秀娘施善落圈套　刘和尚蓄发配佳妻

话说东京离城二十里,地名新桥,有一富人姓秦名得,娶南村宋泽之女秀娘为妻。那秀娘性格温柔,幼年知书,年十九岁嫁到秦门,待人御下,调和中馈,甚称夫意。一日,秦得表兄有婚姻之期,着人来请秦得,秦得对宋氏道知,径赴约而去,一连留住数日。宋氏悬望不回,因出门首探望。忽见一僧人远远而来,行过秦宅门首,见宋氏立在帘子下,僧人只顾偷眼视之,不提防石路冻滑,一交跌落于沼中,时冬月寒冻,僧人爬得起来,浑身是水,战栗不能当。秀娘见而怜之,叫他入来在外舍坐定,连忙到厨下烧着一盆火出来与僧人烘着,那僧人满口称谢,就将火烘焙衣服。秀娘又持一瓯热汤与僧人饮。秀娘问其从何而来,和尚道:"贫僧居住城里西灵寺,日前师父往东院未回,特着小僧去接,行过娘子门首,不觉路上冰冻石滑,遭跌沼中。今日不是娘子施德,几丧性命。"秀娘道:"你衣服既干,可就前去。倘夫主回来见了不便。"僧人允诺,正待辞别而行,恰遇秦得回来,见一和尚坐舍外向火,其妻亦在一边,心下大不乐。僧人怀惧,径抽身走去。秦得入问秀娘:"僧人从何而来?"宋氏不隐其故,秦得听了怒道:"妇人女子不出闺门,邻里间有许多人,若知尔取火与僧人,岂无议论?我秦得是个清白丈夫,如何容得汝不正之妇?"即令速回母家,"不许再入吾门!"宋氏低头不语,不能辩论,见夫决意要逐他,没奈何只得回归母家。母氏得知弃女之由,埋怨女身不谨,惹出丑声,甚轻贱之。虽是邻里亲族,亦疑其事,秀娘不能自明,悔之莫及,累日忧闷,静守闺门不出。

不觉光阴似箭,日月如梭,在母家有一年余。那僧人闻知宋氏被夫逐出,便生计较,离了西灵寺,还俗蓄发,改名刘意,要图娶宋氏。比发齐,遂投里妪来宋家议亲。里妪先见秀娘之父说道:"小娘子与秦官人不睦,故以丑事压之,弃逐离门,未过两月,便娶刘宅女为室。如此背恩负义之人,顾恋他甚么?老妾特来议亲,要与娘子再成一段好姻缘,未知尊意允否?"其父笑道:"小女不守名节,遭夫逐弃,今留我家也得安静,嫁与不嫁由他心意,我不做主张。"里妪遂入见其母亲,说知与小娘子议婚的事。其母欢悦,谓妪道:"我女儿被逐来家有一年余,闻得前夫已婚,往日嫌疑未息,既有人议婚,情愿劝我女出嫁,免得人再议论。"里妪见允,即回报刘意,刘意暗喜。次日,备重聘于宋家纳姻。秀娘闻知此事,悲哀终日,饮食俱废,争奈被母所逼,推托不地,只得顺从。花烛之夜,刘意不胜欢喜,亲戚都来作贺,待客数日,刘意重谢里妪不题。

　　却说秀娘虽则被前夫所逐,自谓实无污行,亦望久后仍得团圆,谁想已失身他人。刘意虽则爱恋秀娘,秀娘终日还思念前夫不忘。将有半载,一日,刘意为知己邀饮,甚醉而归,正值秀娘在窗下对镜而坐,刘意原是个僧人,淫心狂荡,一见秀娘,乘醉兴抱住,遂戏道:"汝能认得我否?"秀娘答道:"不能认。"刘意道:"独不记得被跌沼中,多得娘子取火来与之烘衣那个僧人乎?"秀娘惊问:"缘何却是俗家?"刘意道:"汝虽聪明,不料吾计。当日闻汝被夫弃归母家,我遂蓄发,遣里妪议亲,不意娘子已得在我枕边。"秀娘听了,大恨于心。过了数日,逃归见父说知此情。其父怒恨道:"我女儿施德于你,你反生不良。"遂具状径赴开封府衙呈告。包公差公牌拘得刘意、宋氏来证。刘意强辩不认,再拘西灵寺僧人勘问,的是寺中逃离之徒还俗是真。包公令取长枷监于狱中,遂判道:

　　　　失脚遭跌,已出有心;蓄发求亲,真大不法。

遂将刘意决杖刺配千里;宋氏断回母家。秦得知其事,再遣人议续前姻,秀娘亦绝念,不思归家。于是宋氏之名节方雪。

十　五

葛富户恤龟得昭雪　陶歹人杀友示锦囊

话说浙西有一人姓葛名洪，家世富贵。葛洪为人最是行善。一日，忽有田翁携得一篮生龟来卖。葛洪问田翁道："此龟从何得来？"田翁道："今日行过龙王庙前窟中，遇此龟在彼饮水，被我罩得来送与官人。"葛洪道："难得你送来卖与我。"便将钱打发田翁走去，令安童将龟蓄养厨下，明日待客。是夜，葛洪持灯入厨下，忽听似有众人喧闹之声。葛洪怪疑道："家人各已出外房安歇去了，如何有喧闹之声不息？"遂向水缸边听之，其声出自缸中。洪揭开视之，却是一缸生龟在内喧闹。葛洪不忍烹煮，次日侵早①，令家童将此龟放在龙工庙潭中去了。

不两月间，有葛洪之友，乃邑东陶兴，为人狠毒奸诈，独知奉承葛洪，以此葛洪亦不疏他。一日，葛洪令人请陶兴来家，设酒待之，饮至半酣，葛洪于席中对陶兴道："我承祖上之业，颇积余财，欲待收些货物前往西京走一遭，又虑程途险阻，当令贤弟相陪。"兴闻其言便欲起意，故作笑容答道："兄要往西京，水火之中亦所不避，即当奉陪。"洪道："如此甚好。但此去卢家渡有七日旱路，方下船往水程而去，汝先于卢家渡等候，某日我装载便来。"陶兴应承而去。比及葛洪妻孙氏知其事，欲坚阻之，而洪行货已发离本地了。临起身，孙氏以子年幼，犹欲劝之，葛洪道："吾意已决，多则一年，少则半载便回。汝只要谨慎门户，看顾幼子，别无所嘱。"言罢，径登程而别。那陶兴先在卢家渡等了七日，方见葛洪来到，陶兴不胜之喜，将货物装于船上，对葛洪道："今天色渐晚，与长兄前往前村少饮几杯，再回渡口投宿，明早开船。"洪依其言，即随兴向前村黄家店买酒而饮，陶兴连劝几杯，不觉醉去。时已黄昏左侧，兴促回船中宿歇，葛洪饮得甚醉，同陶兴回至新兴驿，路旁有一口古井，深不见底。陶兴探视，四顾无人，用手一推，葛洪措手不及，跌落井中。可怜平素良善，今日死于非命。

---

①　侵早——天刚亮。

陶兴既谋了葛洪,连忙回至船中,唤觅艄子,次日侵早开船去了。及兴到得西京,转卖其货时,值价腾涌,倍得利息而还,将银两留起一半,一半径送到葛家见嫂孙氏。孙氏一见陶兴回来,就问:"叔叔,你兄为何不同回来?"陶兴道:"葛兄且是好事,逢店饮酒,但闻胜境便去游玩。已同归至汴河,遇着相知,携之登临某寺,我不耐烦,着先令带银两回交,尊嫂收之,不多日便回。"孙氏信之,遂备酒待之而去。过二日,陶兴要遮掩其事,生一计较①,密令土工死人坑内拾一死不多时之尸,丢在汴河口,将葛洪往常所系锦囊缚在腰间。自往葛宅见孙氏报知:"尊兄连日不到,昨听得过来者道,汴河口有一人渡水溺死,暴尸沙上,莫非葛兄?可令人往视之。"孙氏听了大惊,忙令安童去看时,认其面貌不似,及见腰间系一锦囊,遂解下回报孙氏道:"主人面貌腐烂难辨,惟腰间系一物,特解来与主母看。"孙氏一见锦囊悲泣道:"此物吾母所制,夫出入常带不离,死者的是我夫无疑了。"举家哀伤,乃令亲人前去用棺木盛贮讫。陶兴看得葛家作超度功课完满后,径来见孙氏抚慰道:"死者不复生,尊嫂只小心看顾侄儿长大罢了。"孙氏深感其言。

　　将近一年余,陶兴谋得葛洪资本,置成大家,自料其事再无人知。不意包公因省风谣②,经过浙西,到新兴驿歇马,正坐公厅,见一生龟两目睁视,似有告状之意。包公疑怪,遂唤军牌随龟行去,离公厅一里许,那龟遂跳入井中,军牌回报包公。包公道:"井里必有缘故。"即唤里社命工人下井探取,见一死尸,吊上来验之,颜色未变。及勘问里人可认得此尸是哪里人,皆不能识。包公谅是枉死,令搜身上,有一纸新给路引,上写乡贯姓名明白。包公记之,即差李超、张昭二人径到其县拘得亲人来问,云是某日因过汴河口被水溺死。包公审问愈疑道:"彼既溺于河,却又在井里,安得一人有两处死之理。"再唤其妻来问之,孙氏诉与前同,包公令认其尸,孙氏见之,抱而痛哭:"这正是妾的真夫!"包公云:"彼溺死者何人说是汝夫?"孙氏道:"得夫锦囊认之,故不疑也。"包公令看身上有锦囊否?及孙氏寻取,不见锦囊。包公细询其来历,孙氏将那日同陶兴往西京买卖之情诉明。包公道:"此必是陶兴谋杀,解锦囊系他人之尸,取信于汝,瞒

---

①　计较——打算、办法。

②　风谣——民间风俗习惯。

了此事。"复差李、张前去拘得陶兴到公厅根勘。陶兴初不肯招,包公令取死尸来证,兴惊惧难抵,只得供出谋杀之情,叠成文案,将陶兴偿命,追家财给还孙氏。将那龟代夫伸冤之事说知孙氏,孙氏乃告以其夫在日放龟之由。包公叹道:"一念之善,得以报冤。"乃遣孙氏将夫骸骨安葬。后来葛洪之子登第,官至节度使①。

---

① 节度使——唐代以后设置的官名,总揽一区的军、民、财、政,元代废止。

十　六

谢思泉绝处遭祸殃　砍柴郎贯恶谋财命

话说江阴有一布客,姓谢名思泉,从巴州发布回家,打从捷路苦株地经过,一路崎岖,五里无人,山大无比。其山凹中有一人家姓谭,兄弟二人,假以讨柴营生。兄名贵一,弟名贵二,二人人面兽心,凡遇孤客经过,常常谋劫。思泉正欲借问路程,望见二人远远而来,忙近前唱个喏道:"大哥休怪。此去江阴还有几日路程?"贵一答道:"只有三日之遥。"贵二便问:"客官从何处来?"泉答道:"小弟巴州发布回,到此失路,望二兄相引。"二人指道:"那山凹小路可去。"泉只道二人是樵子,不在意下。来到前途,又是峻岭难攀,只得等人问路。不觉贵一兄弟赶到,将刀挥中思泉后脑,鲜血淋漓,气绝而死,二人将尸埋在山旁。当得银千两,兄弟归家将银均分,半年未露。

包公出巡巴州,从苦株地经过,行至半路间,忽听鸟音连唤:"孤客孤客,苦株林中被人侵克!"包公遂转镇抚司安歇,差张龙、李虎寻到鸟叫之去所,看是甚么冤枉。张、李领命去到苦株林,仍见那鸟叫声如前,即看那鸟所在寻个踪迹,只见山凹土穴露出死人尸首。张、李回报,包公大惊。是夜,凭几而卧,梦见一人散发泣于案前,歌绝句云:

> 言身寸号是咱门,田心白水出江阴。流出巴州浪漂泊,砥柱中流见山凹。桂花有意逐流水,潭涯绝地起萧墙。若非文曲星台照,怎得鳌鱼上钓钩。

歌罢又诉道:"小人银两俱编《千字文》号,大人可差人去他床下搜取,便见明白。"诉讫,乃含泪而去。包公遂会其意,待天明升堂,差张、李二人径往苦株林,牌拘贵一、贵二到堂审究。喝道:"你兄弟假以砍柴为由,惯恶谋人,好生细招,免受重刑。"二人强辩不认。又差赵虎、李万往他家床下搜出白银若干,包公将银细看,果编得有字号。遂骂道:"劫银在此,还不直招!"令左右将兄弟捆打一番。二人受刑不过,只得从实招认。于是唤张龙、李虎押贵一兄弟二人去法场,斩首悬挂巴州门,晓喻示众,其家抄洗,银物入官。

十七

汪家人害主设奸计　吴十二求友临江亭

　　话说开封府有一富家吴十二，为人好交结名士。娶妻谢氏，容貌风情极侈①。吴十二有个知己韩满，是个轩昂丈夫，往来其家甚密。谢氏常以言挑之，韩满以与吴友交厚，敬之如嫂，不及于乱。一日冬残，雪花飘扬，韩满来寻吴友赏雪。适吴十二庄上未回，谢氏闻知韩满来到，即出见之，笑容可掬，便邀入房中坐定，抽身入厨下，整备酒食进来与韩满吃，坐在下边相陪。酒至半酣，谢氏道："叔叔，今日天气甚寒，婶婶在家亦等候叔回去同饮酒否？"韩满道："贱叔家贫，薄酌虽有，不能够如此丰美。"谢氏有意劝他，饮了数杯，淫兴勃然，斟起一杯起身送与韩满道："叔叔，先饮一口看滋味好否？"韩满大惊道："贤嫂休得如此。倘家人知之，则朋友伦义绝矣。从今休要这等。"说罢推席而起。走出门，正遇吴十二冒雪回来，见韩满就欲留住。韩满道："今日有事，不得与兄长叙话。"径辞而去。吴十二入见谢氏问："韩故人来家，如何不留待之？"谢氏怒道："汝结识得好朋友，知汝不在家故来相约，妾以其往日好意，备酒待之，反将言语戏妾，被我叱几句，没意思走去。问他则甚？"吴十二半信半疑，不敢出口。过了数日，雪霁②天晴，韩满入城来，恰遇吴友在街头过来，韩满近前邀入店中饮酒。满乃道："兄之尊嫂是个不良之妇，从今与兄不能相会于家，恐遭人有嫌疑之诮。"吴十二道："贤弟何出此言？就是嫂有不周之言，当看我往日情分，休要见外。"韩满道："兄长门户自宜谨密，只此一言，余无所嘱。"饮罢，各散而去。次年春，韩满有舅吴兰在苏州贩货，有书来约他，满要去，欲见吴十二相辞，不遇径行，比及吴友知之，已离家四日矣。

　　吴十二有家人汪吉，人才出众，言语捷利，谢氏爱他，与之通奸，情意甚密。一日，吴十二着汪吉同往河口收讨账目，汪吉因恋谢氏之故，推不

---

① 侈（chǐ）——浮艳。

② 霁（jì）——本指雨停，引申为风雪停，云雾散。

肯去，被吴十二痛责一番，只得准备行李，临起身，入房中见谢氏商议其事。谢氏道："但只要你有计较谋害了他，回来我自有主张。"汪吉欢喜领诺，同主人离家，在路行了数日，来到九江镇，问往日相识李二艄讨船，渡过黑龙潭，靠晚泊船龙王庙前，买香纸做了神福。汪吉于船上小心服侍，吴十二饮得甚醉。李艄都去歇息。半夜时，吴十二要起来小便，汪吉扶出船头，乘他宿酒未醒，一声响，推落在江中。故意惊叫道："主人落水！"比及李艄起来看时，那江水深不见底，又是夜里，如何救得！挨到天明，汪吉对李艄道："没奈何，只得回去报知。"李艄心中生疑，吴某死必不明。撑回渡船自去。汪吉忙走回家，见谢氏密道其事。谢氏大喜，虚设下灵席，日夜与汪吉饮酒取乐，邻里颇有知者，隐而不言。

　　话分两头，再说韩满。因暮春时景，偶出镇口闲行，正过临江亭，远远望见吴十二来到，韩满认得，连忙近前携住手道："贤兄因何来此？"吴十二形容枯槁，皱了双眉，对韩满道："自贤弟别后，一向思慕。今有一事投托，万望勿阻。"韩满道："前面亭上少坐片时。"遂邀到亭上坐定，乃道："日前小弟因母舅书来相约，正待要见兄长一辞，不遇径行。今幸此会，为何沉闷不乐？"吴十二泣下道："当日不听贤弟之言，惹下终天之别，一言难尽。"韩满不知其死，乃道："兄长烈烈丈夫，为何出此言？"吴十二道："贤弟休惊。自那日相别之后，如此如此。"韩满听了，毛骨悚然，抱住吴十二道："贤兄此言是梦中耶？如果有此事情，必不敢负。且问，当夜落水之时可有人知否？"吴十二道："镇江口李艄颇知。吾与贤弟幽明之隔，再难会面，今且从此别矣。"道罢，韩满忽身便倒，昏迷半响方醒。比寻故人，不见所在。连忙转苏州店中见母舅道："家下有信来催促，特来辞别，回去无事便来。"吴兰挽留不住。比及回到乡里访问，吴友已死过六十日矣。韩满备了香纸至灵前哭奠一番。谢氏恨之，不肯出见。

　　韩满回家，思量要去告状，又没有头绪，复来苏州见母舅，道知故人冤枉之事。吴兰道："此他人事，又无对证，莫惹连累。"韩满笑道："愚甥与吴友结交，有生死之誓，只因不良嫂在，以此疏阔。近日曾以幽灵托我，岂可负之！"吴兰道："既如此，即日包大尹往边关赏劳，才回东京。具状申诉，或能伸雪。"满依其言，连夜来东京，侵早入府告状。包公审问的实，即差公牌拿得汪吉及谢氏当厅勘问。汪吉、谢氏争辩，不肯招认，究问数日，未能断决。包公思量通奸之弊的有，谋死主人未得证见，他如何肯招？

乃密召韩满问道："汝故人既有所托，曾言当日渡艄是谁?"韩满道："镇江口李二艄也。"包公次日差黄兴到镇江口拘得李二艄来衙，问其情由。李艄道："某日夜深，落水之后，彼家人叫知，待起来时，救不及矣。"包公遂取出人犯当厅审究。汪吉见李艄在旁边，便有惧色，不用重刑拷究，只得从直招出，叠成案卷。将汪吉、谢氏押赴法场处斩；给了赏钱与李艄回去；韩满有故人之义，能代申冤枉，访得吴十二有女年十四岁，嫁与韩满之子为妻，将家资器物尽与女儿承其家业，以不负异姓而骨肉云。

十 八

淫妇人插钉杀亲夫　陈土工验尸问杨氏

话说包公守东京之日，治下宁静，奸宄①敛迹，每以判断为心，案牍②不致留滞。皇佑元年正月十五日，包公同胥吏③去城隍庙行香毕，回到白塔前巷口经过，闻有妇人哭丈夫声，其声半悲半喜，并无哀痛之情，包公暗记在心，回衙即唤值堂公差郑强问道："适来白塔前巷口有一妇人哭着甚么人？"强告道："是谢家巷口刘十二日前死了，他妻吴氏在家中哭。"包公心上忖道：这人定死得不明。莫是吴氏谋了丈夫性命，不然哭声如何半悲半喜？便差人去拘吴氏来，问其夫因何身死？吴氏供道："妾身夫主刘十二以卖小菜为生，忽于前月气疾身死，埋在南门外五里牌后，因家中有小儿子全无倚赖，以此悲哭。"包公听了，看那妇人脸上似搽脂粉。想："她守服如何还整容颜？随唤着土工陈尚押吴氏同去坟所，启棺检验丈夫有无伤痕。土工回报："刘十二身上并无伤痕，病死是实。"包公拍案怒道："陈尚隐匿情弊，故来我跟前遮掩，限三日内若不明白，决不轻恕。"陈尚回家忧愁，双眉不展。其妻杨氏问尚有何事忧愁，尚以此事告知。杨氏道："曾看死人鼻中否？"尚道："此人原是我收殓，鼻中未看。"杨氏道："闻得人曾用铁钉插人鼻中，坏了人性命。何不勘视此处？"尚亦狐疑，即依妻言再去看验，刘十二鼻中果有铁钉二个，从后脑发中插入。遂取钉来呈知。包公便将吴氏勘审，吴氏初不肯招，及上起刑具，只得招认为与张屠户通奸，恐丈夫知觉，不合谋害身死情由。案卷既成，遂判吴氏谋害亲夫，押赴市曹④处斩；张屠奸人妻小，因致人死，发问军罪。判断已定，司吏依令施行。

---

① 奸宄(guǐ)——坏人。
② 案牍(dú)——官府的文书。
③ 胥(xū)吏——官府中办理文书的小吏。
④ 市曹——商肆集中的地方。

　　再说包公当下又究问陈尚："是谁人教你如此检验？"尚禀道："当日小人领命前去检看，刘十二尸身并无伤痕。台前定要在小人身上根究，回家忧闷，不料小人妻子倒有见识，教我如此检验，果得明白。"包公道："汝妻有如此见识，不是个等闲妇人，可唤来给赏。"不多时唤杨氏来到，赐以钱五贯，酒一瓶，杨氏欢喜拜受。方欲出衙，包公唤转问道："当初陈尚与你是结发夫妻，还是半路夫妻？"杨氏道："妾身前夫早亡，再嫁与陈尚为妻。"包公又问："前夫姓甚名谁？"答道："姓梅名小九。"包公道："得何病身死？"杨氏见包公问得情切，不觉失色。勉强对道："他染疯癫病而死，埋在南门外乱葬冈上。"包公道："你前夫也死得不明。"便差王亮押杨氏同去坟所，检验梅小九尸骨。杨氏思量道：乱葬冈有多少坟墓，终不然个个人鼻中有钉。遂乃胡乱指一个别人的坟墓与差人，掘开视之，并无伤痕，检验鼻中，又无缘故。杨氏道："人称包老爷如秋月之明，今日此事直欲逼人于死地。"王亮正没奈何之际，忽见一个老人，年七十余岁，扶杖而行，前来问亮在此何事。亮告道，如此如此。老人听了，指着杨氏道："你休要胡指他人坟墓，枉抛了别人骸骨，教你一干人受罪。"便指与王亮道："这便是梅小九坟墓。"言讫，化阵清风而去。亮遂掘开取棺检验，果见鼻中有两个钉。亮便押了杨氏回报。包公遂勘得杨氏亦曾谋杀前夫是实，将杨氏押赴市曹处斩，闻者无不称奇。

十　九
三屠夫被告无姓名　一血衫叫街识真的

　　话说包公守肇庆之日，离城三十里有个地名宝石村，村中黄长老家颇富足，祖上惟事农业。生有二子，长曰黄善，次曰黄慈。善娶城中陈许之女琼娘为妻，琼娘性格温柔，自过黄家门后，奉事舅姑极尽孝道，未及一年。忽一日，陈家着小仆进安来报琼娘道："老官人因往庄中回来，偶染重疾，叫你回来看他几日。"琼娘听说是父亲染病，如何放心得下，吩咐进安入厨下酒饭，即与丈夫说知："吾父有疾，着人叫我看视，可对公婆说，我就要一行。"黄善道："目下正值收割时候，工人不暇，且停待数日去未迟。"琼娘道："吾父卧病在床，望我归去，以日为岁①，如何等得。"善因意要阻他，不肯放他去。琼娘见丈夫阻他，遂闷闷不悦，至夜间思忖：吾父只生得我一人，又无兄弟倚靠，倘有差失，悔之晚矣。不如莫与他知，悄悄同进安回去。

　　次日侵早，黄善径起去赶人收稻子。琼娘起来，梳妆齐备，吩咐进安开后门而出。琼娘前行，进安后随。其时天色尚早，二人行上数里，来到芝林，雾气漫漫，对面不相见。进安道："日还未出，雾又下得浓，不如入村子里躲着，待雾露散而行。"琼娘是个机警女子，乃道："此处险僻，恐人撞见不便，可往前面亭子上去歇。"进安依其言。正行间，忽前面有三屠夫要去买猪，亦赶早来到，恰遇见琼娘，见他头上插戴金银首饰极多，内有姓张的最凶狠，与二伙伴私道："此娘子想是要入城去探亲，只有一小厮跟行，不如劫了她的首饰来分，胜做几日生意。"一姓刘的道："此言极是。我前去将那小厮拿住，张兄将女子眼口扣了，吴兄去夺首饰。"琼娘见三人来的势头不好，便将首饰拔下要藏在袖中，径被吴某用手抢入袖中去，琼娘紧紧抱住，哪肯放手。姓张的恐遇着人来不便，抽出一把屠刀将女子左手砍了一刀，女子忍痛跌倒在地，被三人将首饰尽行夺去。进安近前来

----

　　①　以日为岁——度日如年。

看时,琼娘不省人事,满身是血,连忙奔回黄家报知。正值黄善与工人吃饭,听得此消息,大惊道:"不听我言,遭此毒手。"慌忙叫三四人取轿来到芝林,琼娘略醒,黄善便抱入轿中,抬回家下看时,左手被刀伤,吩咐家人请医调治,一面具状领进安入府哭诉包公。

　　包公看状没有姓名,乃问进安:"汝可认得劫贼人否?"进安道:"面貌认他众人不着,像是伙买猪屠夫模样。"包公道:"想贼人不在远处,料尚未入城。"吩咐黄善去取他妻子那一件血染短衫来到,并不与外人扬知。乃唤过值堂公皂黄胜,带着生面人,教他将此短衫穿着,可往城中遍街去喊叫,称道,今早过芝林,遇见三个屠夫被劫,一屠夫因为贼斗,杀死在林中,其二伴各自走去了。胜依教,领着一生面人穿着血染短衫,满城去叫,行到东巷口张蛮门首,其妻朱氏闻说,连忙走出门来问道:"我丈夫侵早出去买猪,不知同哪个伙伴去,又没人问个的实。"胜听见,就坐在对门酒店中等着。张屠至午后恰回来,被胜走近前一把抓住,押来见包公,随即搜出金银首饰数件。包公道:"汝快报出同伙伴来,饶汝的罪。"张蛮只得报出吴、刘二屠夫。包公即时差黄胜、李宝分头去捉。不多时拿得吴、刘二屠夫解来,吴、刘初则不知官府捉他根由,及见张蛮跪于厅下,惊得哑口无言,亦搜出首饰各数件,三人抵赖不过,只得从直招供谋夺之情。着司吏叠成案卷,拟判张蛮三人皆问斩罪;给还首饰与黄善收讫去。后来琼娘亦得名医医好,仍与黄善夫妇团圆。

二　十
两光棍撮谷屡得手　一靛子作记追贼身

话说许州有光棍，一名王虚一，一名刘化二，专一诈骗人家，又学得撮挊之术①。二人探得南乡富户蒋钦谷积千仓，遂设一计，将银十两，径往他家籴谷。来到蒋家见了蒋钦道："在下特来向翁籴些谷子。"蒋钦道："将银来看。"虚一递过银十两，蒋钦收了，即唤来保开仓发谷二十担付二位客人去。二人得谷暗喜，遂用摄法将谷撮将去了。又假行了半里，将谷推回还钦，说是吃了亏，要退银别买。蒋钦看谷入仓，付还原银。那二人得了原银，遂将钦谷一仓尽行撮去。忽有佃夫张小一在路遇见，来到蒋家道："恭喜官人，粜了许多谷，得了若干银两。"蒋钦回说："没有粜得。"小一道："我明明遇见推去许多车子，官人何故瞒我？我闻得有一起撮挊的，休要被他撮了去！"钦大惊疑，忙唤来保开仓来看，只见一仓之谷全无半粒。蒋钦大惊，遂具状投告开封府，包公准状，发钦且回。

次日，乃发义仓谷二百担，内放青靛为记，装载船上，扮作湖广客人，径往许州来粜。到了许州河下，那虚一、化二闻知，径来船上拜访，动问客官何处来的。包公道："在下湖广姓尤名喜，敢问二籴户尊姓名？"二人直答道："在下王虚一、刘化二，特来与尊客籴些谷子。"包公道："借银来看。"当时虚一递出银子，议定价钱，发谷二十余车布在岸上。那二人见了谷，先撮将去了。少顷，那二人假相埋怨，说是籴亏了，将谷退回还尤客人，取银另买。包公遂付还原银，看将原谷搬入船仓。等待那二人去后，开舱板验看，一船之谷并无一粒。

包公回衙，心生一计，出示晓谕②百姓，建立兴贤祠缺少钱粮，有民出粮一百担者，给冠带荣身；出谷三百担者，给下帖免差。令著耆老各报乡村

---

①　撮挊之术——偷盗的技巧。

②　晓谕——亦作"晓喻"。昭示，明白地告知。

富户。当时王虚一、刘化二攗得谷上千余担，有耆老不忿他家谷多，即报他在官。他二人欲图免差，虽被耆老报作富户，自以为庆。包公见报王虚一等名，即差薛霸牌唤他到厅领取下帖。那二人见了牌上领帖二字，遂集人运谷来府交割。包公见谷内有靛子，果然是我原谷，喝问："王虚一、刘化二，你乃是有名光棍，今日这多谷从何而来？"王、刘二人道："是小人收租来的。"初不肯认，包公骂道："这贼好胆大。你前次攗去蒋钦谷，后又攗我的谷，还要硬争。这谷我原日放有靛子作记，你看是不是？"便令左右将虚一、化二捆打一百，二人受刑不过，一款招认。包公便将二人拟徒①，追还义仓原谷，并追还蒋钦之谷，人共称快。

---

① 拟徒——量情判刑，使之服役。

二十一

彭监生丢妻做裁缝　王明一知情放生路

话说山东有一监生①,姓彭名应凤,同妻许氏上京听选,来到西华门,寓王婆店安歇,不觉选期还有半年。欲要归家,路途遥远,手中空乏,只得在此听候。许氏终日在楼上刺绣枕头、花鞋,出卖供馔②。时有浙江举人姚弘禹,寓褚家楼,与王婆楼相对,看见许氏貌赛桃花,径访王婆问道:"那娘子何州人氏?"王婆答道:"是彭监生妻室。"禹道:"小生欲得一叙,未知王婆能方便否?"王婆知禹心事,遂萌一计,答道:"不但可以相通,今监生无钱使用,肯把出卖。"禹道:"若如此,随王婆区处③,小生听命。"话毕相别。王婆思量那彭监生今无盘费,又欠房银。遂上楼看许氏,见他夫妇并坐。王婆道:"彭官人,你也去午门外写些榜文,寻些活计。"许氏道:"婆婆说得是,你可就去。"应凤听了,随即带一枝笔,前往午门讨些字写。只见钦天监走出一校尉,扯住应凤问道:"你这人会写字么?"遂引应凤进钦天监见了李公公,李公公唤他在东廊抄写表章。至晚,回店中与王婆、许氏道:"承王婆教,果然得入钦天监李公公衙门写字。"许氏道:"如今好了,你要用心。"王婆听了此言,喜不自胜,遂道:"彭官人,那李公公爱人勤谨,你明日到他家去写,一个月不要出来,他自敬重你,日后选官他亦扶持。娘子在我家中,不必挂念。"应凤果依其言,带儿子同去了,再不出来。王婆遂往姚举人下处说监生卖亲一事,禹听了此言大悦,遂问王婆几多聘礼。王婆道:"一百两。"禹遂将银七十,又谢银十两,俱与王婆收下。王婆道:"姚相公如今受了何处官了?"禹道:"陈留知县。"王婆道:"彭官人说叫相公行李发船之时,他着轿子送到船边。"禹道:"我即起程去到张家湾船上等候。"王婆雇了轿子回见许氏道:"娘子,彭官人在李公

---

① 监生——在国子监肄业者。

② 馔(zhuàn)——食品。

③ 区处——处理。

公衙内住得好了,今着轿子在门外,接你一同居住。"许氏遂收拾行李上轿,王婆送至张家湾上船。许氏下轿见是官船俟候迎接他,对王婆道:"彭官人接我到钦天监去,缘何到此?"王婆道:"好叫娘子得知,彭官人因他穷了,怕误了你,故此把你出嫁于姚相公,相公今任陈留知县,又无前妻,你今日便做奶奶可不是好!彭官人现有八十两婚书在此,你看是不是?"许氏见了,低头无语,只得随那姚知县上任去了。

彭监生过了一月出来,不见许氏,遂问王婆。王婆连声叫屈:"你那日叫轿子来接了他去,今要骗我家银,假捏不见娘子诳我。"遂要去投五城兵马。那应凤因身无钱财,只得小心别过王婆,含泪而去。又过半年,身无所倚,遂学裁缝。一日,吏部邓郎中衙内叫裁缝做衣,遇着彭应凤,遂入衙做了半日衣服。适衙内小仆进才递出二馒头来与裁缝当点心,应凤因儿子睡浓,留下馒头与他醒来吃。进才问道:"师傅你怎么不用馒头?"应凤将前情一一对进才泣告,我今不吃,留下与儿子充饥。进才入衙报知夫人。彼时那邓郎中也是山东人氏,夫人闻得此言,遂叫进才唤裁缝到屏帘外问个详细,应凤仍将被拐苦情泣诉一番。夫人道:"监生你不必做衣,就在衙内住,俟候相公回,我对他讲你的情由,叫他选你的官。"不多时邓郎中回府,夫人就道:"相公,今日裁缝非是等闲之人,乃山东听选监生,因妻子被拐,身无盘费,故此学艺度日,老爷可念乡里情分,扶持他一二。"郎中唤应凤问道:"你既是监生,将文引来看。"应凤在胸前袋内取出文引,郎中看了,果然是实,道:"你选期在明年四月方到。你明日可具告远方词一纸,我就好选你。"应凤大喜,写词上吏部具告远方。邓郎中径除他做陈留县县丞。应凤领了凭往王婆家辞行。王婆问:"彭相公恭喜,今选哪里官职?"应凤道:"陈留县县丞。"王婆忽然心中惶惶无计,遂道:"相公,你大官①在我家数年,怠慢了他。今取得一件青布衣与大官穿,我把五色绢片子代他编了头上髻子。相公几时启程?"应凤道:"明日就行。"应凤相别而去。

王婆唤亲弟王明一道:"前日彭监生今得官,邓郎中把五百两金子托他寄回家里,你可赶去杀了他头来我看。劫来银子,你拿二分,我受一分。"明一依了言语,星夜赶到临清,喝道:"汉子休走!"拔刀就砍,只见刀

---

① 大官——官人为旧时对男子的敬称。此处称彭应凤的儿子为大官。

望后去。明一道:"此何冤枉?"遂问:"那汉子,曾在京师触怒了何人?"应凤泣告王婆事情,明一亦将王婆要害之事说了一番,遂将孩儿头发编割下,应凤又把前日王婆送的衣服与之而去。明一回来见王婆道:"彭监生是我杀了,今有发编、衣服为证。"王婆见了,心中大喜,道:"祸根绝矣!"

应凤到了陈留上任数月,孩儿游入姚知县衙内,夫人见了:这儿子是我生的,如何到此? 又值弘禹安排筵席,请二官长相叙,许氏屏风后觑①看,果是丈夫彭生,遂抢将出来。应凤见是许氏,相抱大哭一场,各叙原因。时姚知县吓得哑口无言。夫妇二人归衙去了,母子团圆。应凤告到开封府,包公大怒,遂表奏朝廷,将姚知县判武林卫充军;差张龙、赵虎往京城西华门速拿王婆到来,先打一百,然后拷问,从直招了,押往法场处斩。大为痛快。

---

① 觑(qù)——窥伺。

二十二

孙氏子下毒害张虚　谢厨子招认求宽恕

话说包公在陈州赈济饥民，事毕，忽把门公吏入报，外面有一妇人，左手抱着一个小孩子，右手执着一张纸状，悲悲切切称道含冤。包公听了道："吾今到此，非只因赈济一事，正待要体察民情，休得阻挡，叫她进来。"公人即出，领那妇人跪在阶下。包公遂出案看那妇人，虽是面带惨色，其实是个美丽佳人。问："汝有何事来告？"妇人道："妾家离城五里，地名莲塘。妾姓吴，嫁张家，丈夫名虚，颇识诗书。近因交结城中孙都监之子名仰，来往日久，以为知己之交。一日，妾夫因往远处探亲，彼来吾家，妾念夫蒙他提携，自出接待。不意孙氏子起不良之意，将言调戏妾身，当时被妾叱之而去。过一二日，丈夫回来，妾将孙某不善之意告知丈夫，因劝他绝交。丈夫是读书人，听了妾言，发怒欲见孙氏子，要与他定夺。妾又虑彼官家之子，又有势力，没奈何他，自今只是不睬他便了。那时丈夫遂绝不与他来往。将一个月，至九月重阳日，孙某着家人请我丈夫在开元寺中饮酒，哄说有甚么事商议。到晚丈夫方归，才入得门便叫腹痛，妾扶入房中，面色变青，鼻孔流血。乃与妾道："今日孙某请我，必是中毒。"延至三更，丈夫已死。未过一月，孙某遣媒重赂妾之叔父，要强娶妾，妾要投告本府，彼又叫人四路拦截，道妾若不肯嫁他，要妾死无葬身之地。昨日听得大人来此赈济，特来诉知。"包公听了，问道："汝家还有甚人？"吴氏道："尚有七十二岁婆婆在家，妾只生下这两岁孩儿。"包公收了状子，发遣吴氏在外亲处伺候。密召当坊里甲问道："孙都监为人如何？"里甲回道："大人不问，小里甲也不敢说起。孙都监专一害人，但有他爱的便被他夺去。就是本处官府亦让他三分。"包公又问："其子行事若何？"里甲道："孙某恃父势要，近日侵占开元寺腴田①一顷，不时带领娼妓到寺中取乐饮酒，横行乡村，奸宿庄家妇女，哪一个敢不从他。寺中僧人恨入骨

---

① 腴（yú）田——肥沃的土地。

髓,只是没奈何他。"

包公闻言,嗟叹良久,退入后堂,心生一计。次日,扮作一个公差模样,后门出去,密往开元寺游玩,正走至方丈,忽报孙公子要来饮酒,各人回避。包公听了暗喜,正待根究此人,却好来此。即躲向佛殿后在窗缝里看时,见孙某骑一匹白马,带有小厮数人,数个军人,两个城中出名妓女,又有个心腹随侍厨子。孙某行到廊下,下了马,与众人一齐入到方丈,坐于圆椅上,寺中几个老僧都拜见了。霎时间军人抬过一席酒,排列食味甚丰,二妓女侍坐歌唱服侍,那孙某昂昂得意,料西京势要惟我一人。包公看见,性如火急,怎忍得住!忽一老僧从廊下经过,见包公在佛殿后,便问:"客是谁?"包公道:"某乃本府听候的,明日府中要请包大尹,着我来叫厨子去做酒。正不知厨子名姓,住在哪里。"僧人道:"此厨子姓谢,住居孙都监门首。今府中着此人做酒,好没分晓。"包公问:"此厨子有何缘故?"老僧道:"我不说尔怎得知。前日孙公子同张秀才在本寺饮酒,是此厨子服侍,待回去后,闻说张秀才次日已死。包老爷是个好官,若叫此人去,倘服侍未周,有些失误,本府怎了?"包公听了,即抽身出开元寺回到衙中。

次日,差李虎径往孙都监门首提那谢厨子到阶下。包公道:"有人告你用毒药害了张秀才,从直招来,饶你的罪。"谢厨初则不肯认,及待用长枷收下狱中,狱卒勘问,谢厨欲洗己罪,只得招认用毒害死张某情由,皆由于孙某使令。包公审明,就差人持一请帖去请孙公子赴席,预先吩咐二十四名无情汉严整刑具伺候。不移时报公子来到,包公出座接入后堂,分宾主坐定,便令抬过酒席。孙仰道:"大尹来此,家尊尚未奉拜,今日何敢当大尹盛设。"包公笑道:"此不为礼,特为公子决一事耳。"酒至二巡,包公袖中取出状一纸递与孙某道:"下官初然到此,未知公子果有此事否?"孙仰看见是吴氏告他毒死他丈夫状子,勃然变色,出席道:"岂有谋害人而无佐证?"包公道:"佐证已在。"即令狱中取出谢厨子跪在阶下,孙仰吓得浑身水淋,哑口无言。包公着司吏将谢厨招认情由念与孙仰听了。孙仰道:"学生有罪,万望看家尊分上。"包公怒道:"汝父子害民,朝廷法度,我决不饶。"即唤过二十四名狠汉,将孙仰冠带去了,登时揪于堂下打了五十,孙仰受痛不过,气绝身死。包公令将尸首曳出①衙门,遂即录案卷奏知仁宗,圣旨颁下:孙都监残虐不法,追回官诰②,罢职为民;谢厨受雇于人用毒谋害人命,随发极恶郡充军;吴氏为夫伸冤已得明白,本处有司每月给库钱赡养其家;包卿赈民公道,于国有光,就领西京河南府到任。敕旨到日,包公依拟判讫。自是势宦皆为心寒。

---

① 曳(yè)出——拖出。
② 官诰(gào)——皇帝赐爵或授官的诏令。

二十三

孙船艄谋财杀情妇　冤和尚落井误坐牢

　　话说东京城三十里有一董长者，生一子名董顺，住居东京城之马站头，造起数间店宇，招接四方往来客商，日获进益甚多，长者遂成一富翁。董顺因娶得城东茶肆杨家女为妻，颇有姿色，每日事公姑甚是恭敬，只是嫌其有些风情，顺又常出外买卖，或一个月一归，或两个月一归。城东十里外有个船艄名孙宽，每日往来董家店最熟，与杨氏笑语，绝无疑忌，年久月深，两下情密，遂成欢娱，相聚如同夫妇。

　　宽伺董顺出外经商，遂与杨氏私约道："吾与娘子情好非一日，然欢娱有限，思恋无奈。娘子不若收拾所有金银物件，随我奔走他方，庶得永为夫妇。"杨氏许之。乃择十一月二十一日良辰，相约同去。是日杨氏收拾房中所有，专等孙宽来。黄昏时，忽有一和尚称是洛州翠玉峰大悲寺僧道隆，因来此方抄化，天晚投宿一宵。董翁平日是个好善之人，便开店房，铺好床席款待，和尚饭罢便睡。时正天寒欲雪，董翁夫妇闭门而睡。二更时候，宽叩门来，杨氏遂携所有物色与宽同去。出得门外，但见天阻雨湿，路滑难行。杨氏苦不能走，密告孙宽道："路滑去不得，另约一宵。"宽思忖道：万一迟留，恐漏泄此事。又见其所有物色颇富，遂拔刀杀死杨氏，却将金宝财帛夺去，置其尸于古井中而去。未几，和尚起来出外登厕，忽跌下古井中，井深数丈，无路可上。至天明，和尚小伴童起来，遍寻和尚不见，遂唤问店主。董翁起来，遍寻至饭时，亦不见杨氏，径入房中看时，四壁皆空，财帛一无所留。董翁思量，杨氏定是与和尚走了，上下山中直寻至厕屋古井边。但见芦草交加，微露鲜血，忽闻井中人声，董翁遂请东舍王三将长梯及绳索直下井中，但见下边有一和尚连声叫屈，杨氏已杀死在井中。王三将绳缚了和尚，吊上井来，众人将和尚乱拳殴打，不由分说，乡邻里保具状解入具衙。知县将和尚根勘拷打；要他招认。和尚受苦难禁，只得招认，知县遂申解府衙。

　　包公唤和尚问及缘由，和尚长叹道："前生负此妇死债矣。"从直实招。包公思之：他是洛州和尚，与董家店相去七百余里，岂有一时到店能与妇人相通期约？必有冤屈。遂将和尚散禁在狱。日夕根探，竟无明白。偶得一计，唤狱司就狱中所有大辟该死之囚，将他密地剃了头发，假作僧人，押赴市曹斩首，称是洛州大悲寺僧，为谋杀董家妇事今已处决。又密遣公吏数人出城外探听，或有众人拟议此事是非，即来通报。诸吏行至城外三十里，因到一店中买茶，见一婆子，因问："前日董翁家杀了杨氏，公事可曾结断否？"诸吏道："和尚已偿命了。"婆子听了，捶胸叫屈："可惜这和尚枉了性命。"诸吏细问因由。婆子道："是此去十里头有一船艄孙宽，往来董家最熟，与杨氏私通，因谋她财物故杀了杨氏，与和尚何干？"诸吏即忙回报包公。

　　包公便差公吏数人密缉孙宽，枷送入狱根勘，宽苦不招认，令取孙宽当堂，笑对之曰："杀一人不过一人偿命，和尚既偿了命，安得有二人偿命之理；但是董翁所诉失了金银四百余两，你莫非捡得，便将还他，你可脱其罪名。"宽甚喜，供说："是旧日董家曾寄下金银一袱，至今收藏柜中。"包公差人押孙宽回家取金银来到，就唤董翁前来证认。董翁一见物色，认得金银器皿及锦被一条："果是我家物色。"包公再问董家昔日并无有寄金银之事。又唤王婆来证，孙宽仍抵赖，不肯招认。包公道："杨氏之夫经商在外，汝以淫心戏之成奸，因利其财物遂致谋害，现有董家物色在此证验，何得强辩不招？"孙宽难以遮掩，只得一笔招成，遂押赴市曹处斩；和尚释放还山，得不至死于非命。

二十四

白鹤寺飘叶索冤债　小妇人殉节送皂靴

话说包公为开封府尹，按视治下①休息风谣。行到济南府升堂坐定，司吏各呈进案卷与包公审视，检察内中有事体轻可者，即当堂发放回去，使各安生业。正决事间，忽阶前起阵旋风，尘埃荡起，日色苍黄，堂下侍立公吏，一时间开不得眼。怪风过后，了无动静，惟包公案上吹落一树叶，大如手掌，正不知是何树叶。包公拾起，视之良久，乃遍示左右，问："此叶亦有名否？"内有公人柳辛认得，近前道："城中各处无此树，亦不知树之何名。离城二十五里有所白鹤寺，山门里有此树二株，又高又大，条干茂盛，此叶乃是白鹤寺所吹来的。"包公道："汝果认得不错么？"柳辛道："小人居住寺旁，朝夕见之，如何会认差了？"

包公知有不明之事，即令乘轿去白鹤寺行香，寺中僧行连忙出迎，接入方丈坐定，茶罢，座下风生。包公忆昨日旋风又起，即差柳辛随之而去，柳辛领诺，那一阵风从地下滚出方丈，直至其树下而息，柳辛回复包公。包公道："此中必有缘故。"乃令柳辛锄开看之，见一条破席包卷着一个十八九岁的妇人在内，看验身上并无伤痕，只唇皮迸裂，眼目微露，撬开口视之，乃一根竹签直透咽喉。将尸掩了，再入方丈召集众僧行问之。众僧各道："不知其故。"一时根究不出，转归府中，退入私衙后，近夜，秉烛默坐，自忖：寺门里缘何有妇人死尸？就是外人有不明之事，亦当埋向别处，自然是僧行中有不良者谋杀此妇，无处掩藏，故埋树下。思忖良久，将近一更，不觉困倦，隐几而卧。忽梦见一青年妇人哭拜阶下道："妾乃城外五里村人氏，父亲姓索名隆，曾做本府狱卒。妾名云娘，今年正月十五元宵夜，与家人入城看灯，夜半更深，偶失伙伴，行过西桥，遇着一个后生，说是与妾同村，指引妾身回去。行至半路又一个来，却是一个和尚。妾月下看见，即欲走转城中，被那后生在袖中取出毒药来，扑入妾口中，即不能言

---

①　按视治下——巡视、考察自己所管辖的地区。

语，径被二人拖入寺中。妾知其欲行污辱，思量无计，适见倒篱竹签，被妾拔下，插入喉中而死。将妾随行首饰尽搜捡去，把尸埋于树下。冤魂不散，乞为伸理。"

　　包公正待细问，不觉醒来，残烛犹明，起行徘徊之间，见窗前遗下新皂靴一只，包公计上心来。次日升堂，并不与人说知，即唤过亲随黄胜，吩咐："汝可装作一皮匠，密密将此皂靴挑在担上，往白鹤寺各僧房出卖，有人来认，即来报我。"胜依言来到寺中，口称叫卖僧靴。正值各僧行都闲在舍里，齐来看买。内一少年行者①提起那新靴来，看良久道："此靴是我日前新做的，藏在房舍中，你如何偷在此来？"黄胜初则与之争辩，及行者取出原只来对，果是一样。黄胜故意大闹一场，被行者众和尚夺得去了。胜忙走回报，包公即差集公人围绕白鹤寺，捉拿僧行，当下没一个走脱，都被解入衙中，先拘过认靴的行者来，审问谋杀妇人根由。行者心惊胆落，不待用刑，从实一一招出逼杀索氏情由。包公将其口词叠成案卷，当堂判拟行者与同谋和尚二人为用毒药以致逼死索氏，押上街心斩首示众；其同寺僧知情不报者，发配充军。后包公回京奏知，仁宗大加钦奖，下敕有司为索氏茔其坟而旌表之。

---

　　①　行者——住在佛教寺院里服杂役而未曾剃发出家者的通称。

二十五

支弘度试假反成真　轻狂子受托变死鬼

却说临安府民支弘度，痴心多疑，娶妻经正姑，刚毅贞烈。弘度尝问妻道："你这等刚烈，倘有人调戏你，你肯从否？"妻子道："吾必正言斥骂之，人安敢近？"弘度道："倘有人持刀来要强奸，不从便杀，将如何？"妻道："吾任从他杀，决不受辱。"弘度道："倘有几人来捉住成奸，不由你不肯，却又如何？"妻道："吾见人多，便先自刎以洁身明志，此为上策；或被其污，断然自死，无颜见你。"弘度不信，过数日，故令一人来戏其妻以试之，果被正姑骂去。弘度回家，正姑道："今日有一光棍来戏我，被我斥骂而去。"再过月余，弘度令知友于谟、应信、莫誉试之。于谟等皆轻狂浪子，听了弘度之言，突入房去。于谟、应信二人各捉住左右手，正姑不胜发怒，求死无地。莫誉乃是轻薄之辈，即解脱其下身衣裙。于谟、应信见污辱太甚，遂放手远站。正姑两手得脱，即挥起刀来，杀死莫誉。吓得于谟、应信走去。正姑是妇人无胆略，恐杀人有祸，又性暴怒，不忍其耻，遂一刀自刎而亡。

于谟驰告弘度，此时弘度方悔是错，又恐外家及莫誉二家父母知道，必有后患。乃先去呈告莫誉强奸杀命，于谟、应信明证。包公即拘来问，先审干证道："莫誉强奸，你二人何得知见？"于谟道："我与应信去拜访弘度，闻其妻在房内喊骂，因此知之。"包公道："可曾成奸否？"应信道："莫誉才入即被斥骂，持刀杀死，并未成奸。"包公对支弘度道："你妻幸未污辱，莫誉已死，这也罢了。"弘度道："虽一命抵一命，然彼罪该死，我妻为彼误死，乞法外情断，量给殡银。"包公道："此亦使得。着令莫誉家出一棺木来贴你。但二命非小，我须要亲去验过。"及去相验，见经氏刎死房门内，下体无衣；莫誉杀死床前，衣服却全。包公即诘于谟、应信道："你二人说莫誉才入便被杀，何以尸近床前？你说并未成奸，何以经氏下身无衣？必是你三人同入强奸已毕后，经氏杀死莫誉，因害耻羞，故以自刎。"将二人夹起，令从直招认。二人并不肯认。包公就写审单，将二人俱以强奸拟下死罪。于谟从实诉道："非是我二人强奸，亦非莫誉强奸，乃弘度以他妻常自夸贞烈，故令我等三人去试他。我二人只在房门口，莫誉去强抱，剥其衣服，被经氏闪开，持刀杀之，我二人走出。那经氏真是烈女，怒想气激，因而自刎。支弘度恐经氏及莫誉两家父母知情，告他误命，故抢先呈告，其实意不在求殡银也。"弘度哑口无辩。包公听了，即责打三十，又对于谟等道："莫誉一人，岂能剥经氏衣裙，必汝二人帮助之后，见莫誉有恶意，你二人站开，经氏因刺死莫誉，又恐你二人再来，故先行自刎。经氏该旌奖，汝二人亦并有罪。"于谟、应信见包公察断如神，不敢再辩半句。包公将此案申拟，支弘度秋后处斩，又旌奖经氏，赐之匾牌，表扬贞烈贤名。

二十六

假奶婆借宿成奸情　小婢女露言陷鱼沼

话说有张英者,赴任做官,夫人莫氏在家,常与侍婢爱莲同游华严寺。广东有一珠客邱继修,寓居在寺,见莫氏花容绝美,心贪爱之。次日,乃妆作奶婆,带上好珍珠,送到张府去卖。莫氏与他买了几粒,邱奶婆故在张府讲话,久坐不出。时近晚来,莫夫人道:"天色将晚,你可去得。"邱奶婆乃去,出到门首复回来道:"妾店去此尚远,妾一孤身妇人,手执许多珍珠,恐遇强人暗中夺去不便,愿在夫人家借宿一夜,明日早去。"莫氏允之,令与婢爱莲在下床睡。一更后,邱奶婆爬上莫夫人床上去道:"我是广东珠客,见夫人美貌,故假妆奶婆借宿,今日之事乃前生宿缘。"莫夫人以丈夫去久,心亦甚喜。自此以后,时常往来与之奸宿,惟爱莲知之。

过半载后,张英升任回家。一日,昼寝,见床顶上有一块唾干。问夫人道:"我床曾与谁人睡?"夫人道:"我床安有他人睡。"张英道:"为何床上有块唾干?"夫人道:"是我自唾的。"张英道:"只有男子唾可自下而上,妇人安能唾得高?我且与你同此睡着,仰唾试之。"张英的唾得上去,夫人的唾不得上。张英再三追问,终不肯言。乃往鱼池边呼婢爱莲问,爱莲被夫人所嘱,答道:"没有此事。"张英道:"有刀在此。你说了则罪在夫人,不说便杀了你,丢在鱼池中去。"爱莲吃惊,乃从直说知。张英听了,便想要害死其妻,又恐爱莲后露丑言,乃推入池中浸死。

本夜,张英睡至二更,谓妻道:"我睡不着,要想些酒吃。"莫氏道:"如此便叫婢去暖来。"张英道:"半夜叫人暖酒,也被婢女所议。夫人你自去大埕①中取些新红酒来,我只爱吃冷的。"莫氏信之而起。张英潜蹑其后,见莫氏以杌子②衬脚向埕中取酒,即从后提起双脚推入酒埕中去,英复入

---

①　埕(chéng)——酒瓮。

②　杌(wù)子——小凳。

房中睡。有顷,谅已浸死,故呼夫人不应,又呼婢道:"夫人说她爱吃酒,自去取酒,何许多时不来,叫又不应,可去看来。"众婢起来,寻之不见,及照酒埕中,婢惊呼道:"夫人浸死酒埕中了。"张英故作慌张之状,揽衣而起,惊讶痛悼。

次日,请莫氏的兄弟来看入殓,将金珠首饰锦绣衣服满棺收贮。因寄灵柩于华严寺,夜令二亲随家人开棺,将金珠首饰锦绣衣服尽数剥起。次日,寺僧来报说,夫人灵柩被贼开了,劫去衣财。张英故意大怒,同诸舅往看,棺木果开,衣财一空,乃抚棺大哭不已,再取些铜首饰及布衣服来殓之。因穷究寺中藏有外贼,以致开棺劫财,僧等皆惊惧无措,尽来磕头道:"小僧皆是出家人,不敢作犯法事。"张英道:"你寺中更有何人?"僧道:"只有一广东珠客在此寄居。"英道:"盗贼多是此辈。"即锁去送县,再补状呈进。知县将继修严刑拷打一番,勒其供状。邱继修道:"开棺劫财,本不是我;但此乃前生冤债,甘愿一死。"即写供招承认。

那时包公为大巡,张英即去面诉其情,嘱令即决继修以完其事,便好赴任。包公乃取邱继修案卷夜间看之,忽阴风飒飒,不寒而栗。自忖道:莫非邱犯此事有冤?反复看了数次,不觉打困,即梦见一丫头道:"小婢无辜,白昼横推鱼沼而死;夫人养汉,清宵打落酒埕而亡。"包公醒来,乃是一梦。心忖道:此梦甚怪。但小婢、夫人与开棺事无干,只此棺乃莫夫人的。明日且看何如。次日,吊邱继修审道:"你开棺必有伙伴,可报来。"继修道:"开棺事实不是我;但此是前生注定,死亦甘心。"包公想:那夜所梦夫人酒埕亡之联,便问道:"那莫夫人因何身亡?"继修道:"闻得夜间在酒埕中浸死。"包公惊异与梦中言语相合,但夫人养汉这一句未明,乃问道:"我已访得夫人因养汉被张英知觉,推入酒埕浸死。今要杀你甚急,莫非与你有奸么?"继修道:"此事并无人知,惟小婢爱莲知之。闻爱莲在鱼池浸死,夫人又已死,我谓无人知,故为夫人隐讳,岂知夫人因此而死。必小婢露言,张英杀之灭口。"包公听了此言,全与梦中相符,知是小婢无故屈死,故阴灵来告。

少顷,张英来相辞,要去赴任。包公写梦中的话递与张英看,英接看了,不觉失色。包公道:"你闺门不肃,一当去官;无故杀婢,二当去官;开棺赖人,三当去官。更赴任何为?"张英跪道:"此事并无人知,望大人遮庇。"包公道:"你自干事,人岂能知!但天知地知你知鬼知,鬼不告我,我

岂能知？你夫人失节该死，邱继修奸命妇该死，只爱莲不该死。若不淹死
小婢，则无冤魂来告你，官亦有得做，丑声亦不露出，继修自合就死，岂不
全美！"说得张英羞脸无言。是秋将邱继修斩首，即上本章奏知朝廷，张
英治家不正，杀婢不仁，罢职不叙。

二十七

隔墙贼劫财坑店主　宋商客认银报仇冤

话说江西南昌府有一客人,姓宋名乔,负白金万余两往河南开封府贩卖红花,过沈丘县寓曹德克家。是夜,德克备酒接风,宋乔尽饮至醉,自入卧房,解开银包,称完店钱,以待明日早行。不觉间壁赵国桢、孙元吉一见就起谋心,设下一计,声言明日去某处做买卖。次日,跟乔来到开封府,见乔搬寓龚胜家,自入城去了。孙、赵二人遂叩龚胜门叫:"宋乔转来。"胜连忙开门,孙赵二人腰间拔出利刀,捉胜要杀,胜急奔入后堂,喊声:"强人至此!"往后走出。国桢、元吉将乔银两一一挑去,投入城中隐藏,住东门口。

乔回龚宅,胜将强盗劫银之事告知,乔遂入房看银,果不见了。心忿不已,暗疑胜有私通之意,即具状告开封府。包公差张千、李万拿龚胜到厅,审问道:"这贼大胆包身,通贼谋财,罪该斩首。"吩咐左右拷打一番。龚胜哀告:"小人平生看经念佛,不敢非为。自宋乔入家,即刻遭强盗劫去银两,日月三光可证。小人若有私通,粉身碎骨亦当甘受。"包公听了,喝令左右将胜收监,密探消息,一年无踪。包公沉吟道:"此事这等难断。"自己悄行禁中,探龚胜在那里如何。闻得胜在禁中焚香诵经,一祝云:"愿黄堂①功业绵绵,明伸胜的苦屈冤情";二祝云:"愿吾儿学书有进";三祝云:"愿皇天保佑我出监,夫妇偕老。"包公听了自思:此事果然冤屈。又唤张千拘原告客人宋乔来审:"你一路来可在何处住否?"乔答道:"小人只在沈丘县曹德克家歇一晚。"包公听了此言退堂。次日,自扮南京客商,径往沈丘县投曹德克家安歇,托买毡套,凡遇酒店进去饮酒,已经数月。

忽一日,同德克往景宁桥买套,又遇店吃酒,遇着二人亦在店中饮酒,那二人见德克来,与他拱手动问:"这客官何州人氏?"克答道:"南京人

---

① 黄堂——古时太守衙中的正堂。

氏。"二人遂与德克笑道："如今赵国桢、孙元吉获利千倍。"克道："莫非得了天财？"那二人道："他两人去开封府做买卖，半月间，捡银若干。就在省城置家，买田数顷，有如此造化。"包公听了心想：宋乔事必是这二贼了。遂与德克回家，问及方才二人姓甚名谁。克道："一个唤作赵志道，一个唤作鲁大郎。"包公记了名字。次日，唤张千收拾行李回府，复令赵虎带数十匹花绫锦缎，径往省城借问赵家去卖。赵虎入其家，国桢起身问："客人何处？"虎道："杭州人，名松乔。"桢遂拿五匹缎来看，问："这缎要多少价？"松乔道："五匹缎要银十八两。"桢遂将银锭三个，计十二两与讫。元吉见国桢买了，亦引松到家，仍买五匹，给六锭银十二两与之。虎得了此银，忙奔回府报知。

包公将数锭银吩咐库吏藏在匣中，与别锭银同放在内，唤张千拘宋乔来审。乔至厅跪下，包公将匣内银与乔看，乔亦认得数锭云："小的不瞒老爷说，江西银子青丝出火，匣内只有这几锭是小人的，望老爷做主，万死不忘。"包公唤张千将乔收监，急差张龙、李万往省城捉拿赵国桢、孙元吉，又差赵虎往沈丘县拘赵志道、鲁大郎。至第三日，四人俱赴厅前跪下，包公大怒道："赵国桢、孙元吉，你这两贼全不怕我，黑夜劫财，坑陷龚胜，是何道理？罪该万死，好好招来。"孙、赵二人初不肯招认，包公即唤志道、大郎道："你说半月获利之事，今日敢不直诉！"那二人只得直言其情。桢与元吉俯首无词，从直供招。包公令李万将长枷枷起，捆打四十；唤出宋乔，即给二家家产与乔；发出龚胜，赏银回家务业；又发放赵、鲁二人回去；吩咐押赵国桢、孙元吉到法场斩首，自此民皆安堵①。

---

① 安堵——安居，不受骚扰。

二十八

叶广妻惹奸招窃贼　吴外郎备银露赃物

话说河南开封府阳武县有一人，姓叶名广，娶妻全氏，生得貌似西施，聪明乖巧，居住村僻处，正屋一间，少有邻舍。家中以织席为生，妻勤纺绩，仅可度活。一日，叶广将所余银只有数两之数，留一两五钱在家，与妻作食用纺绩之资，更有二两五钱往西京做些小买卖营生。

次年，近村有一人姓吴名应者，年近二八，生得容貌俊秀，未娶妻室，偶经其处，窥见全氏，就有眷恋之心，随即根问近邻，知其来历，陡然思忖一计，即讨纸笔写伪信一封，入全氏家向前施礼道："小生姓吴名应，去年在西京与尊嫂丈夫相会，交契甚厚。昨日回家，承寄有信一封在此，吩咐自后尊嫂家或缺用，某当一任包足，候兄回日自有区处，不劳尊嫂忧心。"全氏见吴应生得俊秀，言语诚实，又闻丈夫托其周济，心便喜悦，笑容满面。两下各自眉来眼去，情不能忍，遂各向前搂抱，闭户同衾。自此以后，全氏住在村僻，无人管此闲事，就如夫妻一般，并无阻碍。

不觉光阴似箭，日月如梭。叶广在西京经营九载，趁得白银一十六两，自思家中妻单儿小，遂即收拾回程。在路晓行夜住，不消几日到家，已是三更时分。叶广自思：住屋一间，门壁浅薄，恐有小人暗算，不敢将银拿进家中，预将其银藏在舍旁通水阴沟内，方来叫门。是时其妻正与吴应歇宿，忽听丈夫叫门之声，即忙起来开门，放丈夫进来。吴应惊得魂飞天外，躲在门后，候开了门潜躲在外。全氏收拾酒饭与丈夫吃，略叙久别之情。食毕，收拾上床歇宿。全氏问道："我夫出外经商，九载不归，家中极其劳苦，不知可趁得些银两否？"叶广道："银有一十六两，我因家中门壁浅薄，恐有小人暗算，未敢带入家来，藏在舍旁通水阴沟内。"全氏听了大惊道："我夫既有这许多银回来，可速起来收藏在家无妨。不可藏于他处，恐有知者取去。"叶广依妻所言，忙起出外寻取。不防吴应只在舍旁窃听叶广夫妻言语，听说藏银在彼，即忙先盗去。叶广寻银不见，因与全氏大闹，遂以前情具状赴包公案前陈告其事。

　　包公看了状词，就将其妻勘问，必有奸夫来往，其妻坚意不肯招认。包公遂发叶广，再出告示，唤张千、李万私下吩咐："汝可将告示挂在衙前，押此妇出外枷号官卖，其银还他丈夫，等候有人来看此妇者，即使拿来见我，我自有主意。"张李二人依其所行，押出门外将及半日，忽有吴应在外打听得此事，忙来与妇私语。张、李看见，忙扭吴应入见包公。包公问道："你是什么人？"吴应道："小人是这妇人亲眷，故来看她。"包公道："汝既是她亲眷，可曾娶有内眷否？"吴应道："小人家贫，未及婚娶。"包公道："汝既未婚娶，吾将此妇官嫁于你，只要汝价银二十两，汝可即备来称。"吴应告道："小人家中贫难，难以措办。"包公道："既二十两备不出，可备十五两来。"吴应又告贫难。包公道："谁叫你前来看他？若无十五两，如今只要汝备十二两来称何如？"吴应不能推辞，即将所盗原银熔过十二两诣台前称。包公将吴应发放在外，又拘叶广进衙问道："你看此银可是你的还不是你的？"叶广认了又认，回道："不是我的原银，小人不敢妄认。"包公又叫叶广出外，又唤吴应来问道："我适间叫他丈夫到此，将银给付与他，他道他妻子生得甚是美貌，心中不甘，实要银一十五两。汝可揭借前来称兑领去，不得有误。"吴应只得回家。包公私唤张、李吩咐："汝可跟吴应之后，看他若把原银上铺煎销，汝可便说我吩咐，其银不拘成色①，不要煎销，就拿来见我。"张千领命，直跟其后。吴应又将原银上铺煎销，张千即以包公言语说了，应只得将原银三两完足。包公又叫且出去，又唤叶广认之，广看了大哭："此银实是小人之物，不知何处得来！"包公又恐叶广妄认，冤屈吴应，又道："此银是我库中取出，何得假认？"广再三告道："此银是小人时时看惯的，老爷不信，内有分两可辨。"包公即令试之，果然分厘不差，就拘吴应审勘，招供伏罪，其银追完。将妇人脱衣受刑；吴应以通奸窃盗杖一百，徒三年。复将叶广夫妇判合放回，夫妇如初。

---

　　① 不拘成色——成色，指金属与货币的金属纯度。不拘成色，是说不限制纯度、含量。

二十九

陈顺娥节烈失首级　章氏女献头全孝悌

话说福建福宁州福安县有民章达德，家贫，娶妻黄蕙娘，生女玉姬，天性至孝。达德有弟达道，家富，娶妻陈顺娥，德性贞静，又买妾徐妙兰，皆美而无子。达道二十五岁卒，达德有意利其家财，又以弟妇年少无子，常托顺娥之兄陈大方劝其改嫁。顺娥欲养大方之子元卿为嗣，以继夫后，言不改节，达德以异姓不得承祀，竭力阻挡，大方心恨之。

顺娥每逢朔望及夫生死忌日，常请龙宝寺僧一清到家诵经，追荐其夫，亦时与之言语。一清只说章娘子有意，心上要调戏她。一日，又遣人来请诵经超度，一清令来人先挑经担去，随后便到其家，见户外无人，一清直入顺娥房中去，低声道：“娘子每每召我，莫非有怜念小僧的意？乞今日见舍，恩德广大。”顺娥恐婢知觉出丑，亦低声答道：“我只叫你念经，岂有他意？可快出去！”一清道：“娘子无夫，小僧无妻，成就好事，岂不两美。”顺娥道：“我只道你是好人，反说出这臭口话来。我叫大伯惩治你死。”一清道：“你真不肯，我有刀在此。”顺娥道：“杀也由你。我乃何等人，你敢无礼？”正要走出房来，被一清抽刀砍死，遂取房中一件衣服将头包住，藏在经担内，走出门外来叫声：“章娘子！”无人答应，再叫二三声，徐妙兰走出来道：“今日正要念经，我叫小娘来。”走入房去，只见主母杀死，鲜血满地，连忙走出叫道：“了不得，小娘被人杀死。”隔舍达德夫妇闻知，即走来看，寻不见头，大惊，不知何人所杀，只有经担先放在厅内，一清独自空身在外。哪知头在担内，所谓搜远不搜近也。达德发回一清去：“今日不念经了。”一清将经担挑去，以头藏于三宝殿后，一发无踪了。妙兰遣人去请陈大方来，外人都疑是达德所杀，陈大方赴包巡按处告了达德。

包公将状批府提问，知府拘来审道：“陈氏是何时被杀？”大方道：“是早饭后，日间哪有贼敢杀人？惟达德左邻有门相通，故能杀之，又盗得头去。倘是外贼，岂无人见！”知府道：“陈氏家可有奴婢使用人否？”大方道："小的妹性贞烈，远避嫌疑，并无奴仆，只一婢妾妙兰，倘婢所杀，亦藏不得头也。"知府见大方词顺，便将达德夹起，勒逼招承，但不肯认。审讫，解报包大巡，包公又批下，令详究陈顺娥首级下落结报。时尹知县是个贪酷无能之官，只将章达德拷打，限寻陈氏之头，且哄道："你寻得头来与他全体去葬，我便申文书放你。"累至年余，达德家空如洗，蕙娘与女纺织刺绣及亲邻哀借度日，其女玉姬性孝，因无人使用，每日自去送饭，见父必含泪垂涕，问道："父亲何日得放出？"达德道："尹爷限我寻得陈氏头来即便放我。"玉姬回对母亲道："尹爷说，寻得婶娘头出，即便放我父亲。今根究年余，并无踪迹，怎么寻得出？我想父亲牢中受尽苦楚，我与母亲日食难度，不如待我睡着，母亲可将我头割去，当做婶娘的送与尹爷，方可放得父亲。"母道："我儿说话真乃当要，你今一十六岁长大了，我意欲将你嫁与富家，或为妻为妾，多索几两聘银，将来我二人度日，何说此话？"女道："父亲在牢受苦，母亲独自在家受饿，我安忍嫁与富家自图饱暖。况得聘银若吃尽了，哪里再有？那时我嫁人家是他人妇，怎肯容我归替父死。今我死则放回父亲，保得母亲，是一命保二命。若不保出父亲，则父死牢中，我与母亲贫难在家亦是饿死。我念已决，母亲若不肯忍杀，我便去缢死，望母亲割下头去当婶娘的，放出父亲，死无所恨。"母道："我儿你说替父虽是，我安忍舍得。况我家未曾杀婶娘，天理终有一日明白，且耐心挨苦，从今再不可说那断头话。"母遂防守数日，玉姬不得缢死，乃哄母道："我今从母命，不须防矣。"母听亦稍懈怠。未几日，玉姬缢死，母乃解下抱住，痛哭一日，不得已，提起刀来又放下数次，不忍下手，乃想道：若不忍割他头来，救不得父，他亦枉死于阴司，亦不瞑目。焚香祝之，将刀来砍，终是心酸手软胆寒，割不得断，连砍几刀方能割下。母拿起头来一看，昏迷倒地。须臾苏醒，乃脱自己身上衣服裹住女头。次日，送在牢中交与丈夫，夫问其所得之故，黄氏答以夜有人送来，想其人念汝受苦已久，送出来也。章达德以头交与尹知县，尹爷欢喜，有了顺娥头出，此乃达德所杀是真，即坐定死罪，将达德以命犯解上。

　　巡按包公相验，见头是新砍的，发怒道："你杀一命已该死，今又在何处杀这头来？顺娥死已年余，头必腐臭，此头乃近日的，岂不又杀一命？"达德推黄氏得来，包公将黄氏拷问，黄氏哭泣不已，欲说数次说不出来。包大巡奇怪，问徐妙兰，妙兰把玉姬自己缢死要救父亲之事细说一遍，达德夫妇一齐大哭起来。包公再取头看，果然死后砍的，刀痕并无血洇①，官吏俱下泪。包公叹息道："人家有此孝亲之女，岂有杀人之父。"再审妙兰道："那日早晨有什么人到你家来？"妙兰道："早晨并无人来，早饭后有念经和尚来，他在外叫，我出来，主母已死了，头已不见了。"包公将达德轻监收候，吩咐黄氏常往僧寺去祈告许愿，倘僧有调戏言语，便可向他讨头。

　　黄氏回家，时常往龙宝寺或祈签，或求筶②，或许愿，哭泣祷祝，愿寻得顺娥的头。往来惯熟，与僧言语，一清留之午饭，挑之道："娘子何愁无夫，便再嫁个好的，落得自己快乐。"黄氏道："人也不肯娶犯人之妻，也没奈何。"一清道："娘子不须嫁，若肯与我好时，也济得你的衣食。"黄氏笑道："济得我便好，若更得佛神保佑，寻得婶婶头来与他交官，我便从你。"一清把手来扯住道："你但与我好事，我有灵牒③，明日替你烧去，必牒得头出来。"黄氏半推半就道："你今日先烧牒，我明日和你好。若牒得出来，休说一次，我誓愿与你终身相好。"一清引起欲心，抱住要奸。黄氏道："你无灵牒只是哄，我不信你。你果然有法先牒出头来，待明日任你饱；不然，我岂肯送好事与你！"一清此时欲心难禁，说道："只要和我好，少顷无头，变也变一个与你。"黄氏道："你变个头来即与你今日饱。若与你过手了，将和尚头来当么？我不信你哄骗。"一清不得已说出道："以前有个妇人来寺，戏之不肯，被我杀了，头藏在三宝殿后。你不从，我亦杀你凑双；肯，就将头与你。"黄氏道："你装此吓我。先与我看，然后行事。"一清引出示之。黄氏道："你出家人真狠心也。"一清又要交欢，黄氏推道："先前与你闲讲，引动春心，真是肯了。今见这枯头，吓得心碎魂飞，全不爱矣，决定明日罢。"那头是一清亲手杀的，岂不亏心，亦道："我见此也心惊肉战，全没兴了，你明日千万来。"黄氏道："我不来，你来我家也不妨，要我先与你过手，然后你送那物与我。"黄氏归，召章门几人，叫他直入三

---

①　血洇(yīn)——血液向四外散开或渗透的痕迹。

②　筶(gào)——卜具。多用竹苋剖为两半制成，合拢拿在手里，掷于地面，观其俯仰，剖面均仰为阳筶，剖面均俯为阴筶，一阴一阳为圣筶。迷信者以此占吉凶。

③　灵牒(dié)——灵验的神前誓词。

宝殿后拽出头来,将僧一清锁送包公,一夹便认,招出实情,即押一清斩首;仰该县为陈氏、章玉姬树立牌坊,赐以二匾,一曰"慷慨完节",一曰"从容全孝";又拆章达道之宅改立贞孝祠,以达道田产一半入祠,供奉四时祭祀之用费,家宅田产仍与达德掌管。

三　十

周可立执孝惊神明　吕进寿仗义疏钱财

话说山东唐州民妇房瑞鸾，一十六岁嫁夫周大受，至二十二岁而夫故，生男可立仅周岁，苦节守寡，辛勤抚养儿子，可立已长成十八岁，能任薪水，耕农供母，甚是孝敬，乡里称服。房氏自思：子已长成，奈家贫不能为之娶妻，佣工所得之银，但足供我一人。若如此终身，我虽能为夫守节，而夫终归无后，反为不孝之大。乃焚香告夫道："我守节十七年，心可对鬼神，并无变志。今夫若许我守节终身，随赐圣阳二筶①；若许我改嫁以身资银代儿娶妇，为夫继后，可赐阴筶。"掷下去果是阴筶。又祝道："筶本非阴则阳，吾未敢信。夫故有灵，谓存后为大，许我改嫁。可再得一阴筶。"又连丢二阴筶。房氏乃托人议婚，子可立泣阻道："母亲若嫁，当在早年。乃守儿到今，年老改嫁，空劳前功。必是我为儿不孝，有供养不周处，凭母亲责罚，儿知改过。"房氏道："我定要嫁，你阻不得我。"

上村有一富民卫思贤，年五十岁丧室，素闻房氏贤德，知其改嫁，即托媒来说合，以礼银三十两来交过。房氏对子道："此银你用木匣封锁了与我带去，锁匙交与你，我过六十日来看你。"可立道："儿不能备衣妆与母，岂敢要母银？母亲带去，儿不敢受锁匙。"母子相泣而别。房氏到卫门两月后，乃对夫道："我意本不嫁，奈家贫，欲得此银代儿娶妇，故致失节。今我将银交与儿，为他娶了妇，便复来也。"思贤道："你有此意，我前村佃户吕进禄是个朴实人，有女月娥，生得庄重，有福之相，今年十八，与你儿同年，我便为媒去说之。"房氏回儿家谓可立道："前银恐你浪费，我故带去。今闻吕进禄有女与你同年，可将此银去娶之。"可立依允，娶得月娥入家，果然好个庄重女子。房氏见之欢喜，看儿成亲之后，复往卫门去。

谁料周可立是个孝道执方人，虽然甚爱月娥，笑容款洽②，却不与她

①　圣阳二筶——见前文"筶"字注文。此指两次阳筶。
②　款洽——亲密。

交合,夜则带衣而寝。月娥已年长知事,见如此将近一年,不得已乃言道:"我看你待我又是十分相爱,我谓你不知事,你又长大,说来你又百事晓得,如何旧年四月成亲到今正月将满一年,全不行夫妇之情,你先不与我交合,我今要强你交媾,云雨欢合,不由你假至诚也。"可立道:"我岂不知少年夫妇意乐情浓,奈娶你的银子是嫁母的,我不忍以卖母身之银娶妻奉衾枕也。今要积得三十两银还母,方与你交合。"吕氏道:"你我空手作家,只足度日,何时积得许多银? 岂不终身鳏寡①。"可立道:"终身还不得,誓终身不交,你若恐误青春,凭你另行改嫁别处欢乐。"吕氏道:"夫妇不和而嫁,亦是不得已;若因不得情欲而嫁,是狗彘②之行也,岂忍为之。不如我回娘家与你力作,将银还了,然后来完娶;若供了我,银越难积。"可立道:"如此甚好。"将月娥送至岳丈家去。

至年冬,吕进禄将女送回夫家,月娥再三推托不去,父怒遣之,月娥乃与母言其故。进禄不信,与兄进寿叙之,进寿道:"真也。日前我在侄婿左邻王文家取银,因问可立为人何如。王文对我说道:'那人是个孝子,因未还母银不敢宿妻是实。'"进禄道:"我家若富,也把几两助他,我又不能自给,女又不肯改嫁,在我家也不是了局。"进寿道:"侄女既贤淑,侄婿又是孝子,天意必不久困此人。我正为此事已凑银二十两,又将田典银十两,共三十两与侄女去,他后来有得还我亦可,没得还我便当相赠他孝子。人生有银不在此处用,枉作守虏③何为?"月娥得伯父助银,不胜欣喜,拜谢而回。父命次子伯正送姐姐到家,伯正便回。月娥回至房中,将银摆在桌上看了一番,数过件数,乃收置橱内,然后入厨房炊饭。谁料右邻焦黑在壁缝中窥见其银,遂从门外入来偷去,其房门虽响,月娥只疑夫回入房,不出来看。少时,周可立回来,入厨房见妻,二人皆有喜色,同吃了午饭,即入房去,不见其银。问夫道:"银子你拿何处去了?"夫不知来历,问道:"我拿什么银子?"妻道:"你莫欺我,我问伯父借银三十两与你还婆婆,我数过二十五件,青绸帕包放在橱内。方才你进来房门响,是你入房中拿去,反要故意恼我。"夫道:"我进到厨房来,并未入卧房去。你伯父甚大

---

① 鳏(guān)寡——无妻或丧妻的男人为鳏,妇女死了丈夫为寡。

② 彘(zhì)——猪。

③ 枉作守虏——白白地做守财奴。

家财,有三十两银子借你? 你把这见识来图赖我,要与我成亲。我定要嫁你,决不落你圈套。"吕氏道:"原来你有外交,故不与我成亲。拿了我银去,又要嫁我,是将银催你嫁也,且何处得银还得伯父?"可立再三不信。吕氏思想今夜必然好合,谁知遇着此变,心中十分恼怒,便去自缢,幸得索断跌下,邻居救了,却去本司告首,无处追寻。

　　包公每夜祝告天地,讨求冤白。却有天雷打死一人,众人齐看,正是焦黑,衣服烧得干净,浑身皆炭,只裤头上一青绸帕未烧,有胆大者解下看是何物,却是银子,数之共二十五件。众人皆道:"可立夫妇正争三十两银子,说二十五件,莫非即此银也。"将来称过,正是三十两,送吕氏认之。吕氏道:"正是。"众人方知焦黑偷银,被雷打死。惊动吕进禄、进寿、卫思贤、房氏皆闻知来看,莫不共信天道神明,咸称周可立孝心感格 ①;吕月娥之义不改嫁,此志得明;吕进寿之仗义疏财;无不称服。由是,卫思贤道:"吕进寿百金之家耳,肯分三十金赠侄女以全其节孝;我有万金之家,只亲生二子,虽捐三百金与你之前子亦不为多。"即写关书一扇,分三百金之产业与周可立收执。可立坚辞不受道:"但以母与我归养足矣,不愿产业也。"思贤道:"此在你母意何如。"房氏道:"我久有此意,欲奉你终身,或少延残喘,则回周门。但近怀三个月身孕,正在两难。"思贤道:"孕生男女,则你代抚养,长大还我,以我先室为母,汝子有母,吾亦有前妻;若强你回我家,则你子无母,你前夫无妻,是夺人两天②也。向三百产业你儿不受,今交与你,以表二年夫妇之义。"将此情呈于包公,包公为之旌表其门。房氏次年生一子名恕,养至十岁还卫家,后中经魁③。

------

① 感格——感动、感通,感而遂通天下之意。
② 两天——天,所依存或依靠的对象。两天,指房氏为其子之母、前夫之妻。
③ 经魁——乡试中的前五名。

三十一

许弟兄怀恨断人嗣　乳臭子探访示线索

　　话说潞州城南有韩定者，家道富实，与许二自幼相交。许二家贫，与弟许三作盐客小佣人，常往河口觅客商趁钱度活。一日，许二与弟议道："买卖我弟兄都会做，只是缺少本钱，难以措手。若只是商贾边觅些微利趁口①，怎能得发达？"许三道："兄即不言，我常要计议此事，只是没讨本钱处。尝闻兄与韩某相交甚厚，韩家大富，何不问他借得几千钱做本，待我兄弟加些利息还他，岂不是好。"许二道："你说得是，只怕他不肯。"许三道："待他不肯，再作主张。"许二依其言，次日，径来韩家相求。韩定出见许二笑道："多时不会老兄，请入里面坐。"许二进后厅坐下，韩定吩咐家下整备酒席出来相待，二人对席而饮，酒至半酣，许二道："久要与贤弟商议一事，不敢开口，诚恐贤弟不允。"韩定道："老兄自幼相知，有甚话但说不妨。"许二道："要往江湖贩些货物，缺少银两凑本，故来见弟商议要借些银子。"韩定道："老兄还是自为，约伙伴同为？"许二不隐，直告与弟许三同往。韩定初则欲许借之，及闻得与弟相共就推托说道："目下要解官粮，未有剩钱，不能从命。"许二知其推托，再不开言，即告酒多，辞别而去。韩定亦不甚留。当下许二回家不快，许三见兄不悦，乃问道："兄去韩某借贷本钱，想必有了，何必忧闷？"许二道知其意，许三听了道："韩某太欺负人，终不然我弟兄没他的本钱就成不得事么？须再计议。"遂复往河口寻觅客商去了不提。

　　时韩定有一养子名顺，聪明俊达，韩甚爱之。一日，三月清明，与朋友郊外踏青，顺带得碎银几两在身，以作逢店饮酒之资。是日，游至晚边，众朋友已散，独韩顺多饮几杯酒，不觉沉醉，遂伏在兴田驿半岭亭子上睡去。却遇许二兄弟过亭子边，许二认得亭子上睡的是韩某养子，遂与许三说知。许三恨其父不肯借银，猛然怒从心上起，对兄道："休怪弟太毒，可恨

---

　　①　趁口——赚碗饭吃。

韩某无礼,今乘此时四下无人,谋害此子以雪不借贷之恨。"许二道:"由弟所为,只宜谨密。"许三取利斧一把,劈头砍下,命丧须臾。搜检身上藏有碎银数两,尽劫剥而去,弃尸于途中。当地岭下是一村人家,内有张一者,原是个木匠,其住房后面便是兴田驿。张木匠因要往城中造作,趁早出门,正值五更初天,携了器具,行至半岭,忽见一死尸倒在途中,遍体是血,张木匠吃了一惊道:"今早出门不利,待回家明日再来吧。"抽身回去。及午后韩定得知来认时,正是韩顺,不胜痛哭,遂集邻里验看,其致命处乃是斧痕。跟随血迹寻究,正及张木匠之家,邻里皆道是张木匠谋杀无疑,韩亦信之,即捉其夫妇解官首告。本官审勘邻证,合口指说木匠谋死,木匠夫妇有口不能分诉,仰天叫屈,哪里肯招。韩定并逼勘问,夫妇不胜拷打,夫妇二人争认。本司官见其夫妇争认,亦疑之,只监系狱中,连年不决。

　　是时包大尹正承敕旨审决西京狱事,道过潞州,潞州所属官员出郭迎接。包公入潞州公厅坐定,先问有司本处有疑狱否。职官近前禀道:"别无疑狱,惟韩某告发张木匠谋杀其子之情,张夫妇各争供招,事有可疑,至今监候狱中,年余未决。"包公听了乃道:"不论情之轻重,系狱者动经一年,少者亦有半载,百姓何堪? 或当决者即决,可开者即放之。都似韩某一桩,天下能有几罪犯得出?"职官无言,怀惭而退。次日,包公换了小帽,领二公人自入狱中,见张木匠夫妇细问之。张木匠悲泣呜咽,将前情诉了一遍。包公想:被谋之人,不合头上砍一斧痕,且血迹又落你家,今何不甘服? 必有缘故,须再勘问。次日,又提审问,一连数次,张木匠所诉皆如前言。正在疑惑间,见一小孩童手持一帕饭送来与狱卒,连说几句私语,狱卒点头应之。包公即问狱卒:"适那孩童与你说什么话?"狱卒不敢直对,乃道:"那孩童报道,小人家下有亲戚来到,令今晚早些回家。"包公知其诈,径来堂上,发遣左右散于两廊,呼那孩童入后堂,吩咐门子李十八取四十文钱与之,便问:"适见狱卒有何话说?"孩童乃是乳臭不雕①之子,口快,直告道:"今午出东街,遇二人在茶店里坐,见我来,用手招入店内,那人取过铜钱五十文与我买果子吃,却教我狱中探访,今有什么包丞相审勘张木匠,看其夫妇何人承认。是此缘故,别无他事。"包公即唤张龙、赵

————————

　　① 乳臭不雕——年幼无知,未经雕琢。

虎吩咐道:"你同这孩子前往东街茶店里,捉得那二人来见我。"张、赵领命,便跟孩童到东街茶店里拿人,正值许二兄弟在那里候孩童回报,张、赵抢进,登时捉住,解入公厅。包公便喝道:"你谋死人奈何要他人偿命?"初则许二兄弟还抵赖不肯认,包公令孩童证其前言,二人惊骇,不能隐瞒,供出谋杀情由。及拘韩定问之,韩定方悟当日许二来借银两不允,致恨之由。包公审决明白,遂将许二兄弟偿命;放张木匠夫妇回家。民自此冤能申矣。

三十二

李贼人再盗错认妓　谢家门冤屈白于世

话说扬州离城五里，地名吉安乡，有一人姓谢名景，颇有些根基。养一子名谢幼安，娶得城里苏明之女为媳。苏氏过门后甚是贤惠，大称姑意①。忽一日，苏氏有房侄苏宜来其家探亲，谢幼安以为无赖之徒，颇怠慢之，宜怀恨而去。未过半月间，幼安往东乡看管耕种，路远不能回家。是夜，有贼李强闻知幼安不在家，乘黄昏入苏氏房中躲伏。将及半夜，盗取其妇首饰，正待开房门走出，被苏氏知觉，急忙喊叫有贼，李强惧怕被捉，抽出一把尖刀，刺死苏氏而去。比及天明，谢景夫妇起来，见媳妇房门未闭，乃问："今日尚早，缘何就开了房门？"唤声不应，其姑进房问之，见死尸倒在地下，血污满身。大叫道："祸哉！谁人入房中杀死媳妇，偷取首饰而去。"谢景听了，慌张无措，正不知贼是谁人。及幼安庄上回来，不胜悲哀，父子根勘杀人者，十数日不见下落，乡里亦疑此事。苏家不明，只道婿家自有缘故，假指被盗所杀。苏宜深恨往日慢他之仇，陈告于刘大尹处，直告谢某欲淫其媳，不从，杀之以灭口。刘大尹拘得谢景来衙勘之，谢某直诉以被盗杀死夺去首饰之情。及刘大尹再审邻里，都道此事未必是盗杀。刘大尹又问谢景道："宁有盗杀人而妇不喊，内外并无一人知觉？此必是你谋死，早早招认，免受刑法。"谢景不能辩白，惟叫冤枉而已。刘大尹用长枷监于狱中根究，谢景受刑不过，只得诬服，虽则案卷已成而终未决，将近一年。适包公按行郡邑，来到扬州，审决狱囚。幼安首陈告父之枉情，包公复卷再问，谢景所诉与前情无异，知其不明，吩咐禁卒散疏谢景之狱，三、五日当究下落。

却说李强既杀谢家之妇，得其首饰，隐埋未露，恶心未休。在城有姓江名佐者，极富之家，其子荣新娶，李强因乘人杂时潜入新妇房中，隐伏床下，伺夜深行盗。不想是夜房里明烛到晓，三夜如此，李强动作不得，饥困

---

① 大称姑意——十分适宜婆婆的心意。

已甚，只得奔出，被江家众仆捉之，乱打一顿，商议次日解到刘衙中拷问。李强道："我未尝盗得你物，被打极矣，若放我不首官，则两下无事；若送到官，我自有话说。"江惧其诈，次日不首于本司，径解包衙。包公审之，李道："我非盗也，乃是医者，被他诬执到此。"包公道："你既不是盗，缘何私入其房？"李道："彼妇有僻疾①，令我相随，常为之用药耳。"包公审问毕，私忖道：女家初到，纵有僻疾，亦当后来，怎肯令他同行？此人相貌极恶，必是贼矣。包公根究，那李强辩论妇家事体及平昔行藏与包公知之，及包公私到江家，果与李盗所言同。包公又疑盗若初到其家，则妇家之事焉能得知详细；若与新妇同来，彼又不执为盗。思之半晌，乃令监起狱中。退后堂细忖此事，疑此盗者莫非潜入房中日久，听其夫妇枕席之语记得来说。遂心生一计，密差军牌一人往城中寻个美妓进衙，令之美饰，穿着与江家媳妇无异。次日升堂，取出李强来证。那李只道此妇是江家新妇，乃呼妇小名道："是你请我治病，今反执我为盗。"妓者不答，公吏皆掩口而笑。包公笑道："强贼，你既平日相识，今何认妓为新妇？想往年杀谢家妇亦是汝矣！"即差公牌到李贼家搜取，公牌去时，搜至床下有新土，掘之，有首饰一匣，拿来见包公。包公即召幼安来认，内中拣出几件首饰乃其妻苏氏之物。李强惊服，不能抵隐，遂供招杀死苏氏之情及于江家行盗，潜伏三昼夜奔出被捉情由。审勘明白，用长枷监入狱中，问成死罪；复杖苏宜诬告之罪；谢景出狱得释。人称神异。

---

① 僻疾——怪僻，不常见或与众不同的疾病。

三十三

陈军人新婚被捕杀　刘惇娘怀恨守节操

话说广州肇庆府,陈、邵二姓最为盛族。陈长者有子名龙,邵秀有子名厚。陈郎聪俊而贫,邵郎奸滑而富,二人幼年同窗读书,皆未成婚。城东刘胜原是宦族,有女惇娘聪敏,一闻父说便晓大意,年方十五,诗、词、歌、赋件件皆通,远近争欲求聘。一日,其父与族兄商议道:"惇娘年已及笄,来议亲者无数,我欲择一佳婿,不论其人贫富,不知谁可以许否?"兄答道:"古人择姻惟取婿之贤行,不以贫富而论。在城陈长者有子名龙,人物轩昂,勤学诗书,虽则目前家寒,谅此人久后必当发达。贤弟不嫌,我当为媒,作成这段姻缘。"胜道:"吾亦久闻此人。待我回去商议。"即辞兄回家,对妻张氏说将惇娘许嫁陈某之事,张氏答道:"此事由你主张,不必问我。"胜道:"你须将此意通知女儿,试其意向如何。"父母遂把适陈氏之事道知,惇娘亦闻其人,口虽不言,心深慕之矣。未过一月,邵宅命里妪来刘家议亲,刘心只向陈家,推托女儿尚幼,且待来年再议。里妪去后,刘遣族兄密往陈家通意,陈长者家贫不敢应承。刘某道:"吾弟以令郎才俊轩昂,故愿以女适从,贫富非所论,但肯许允,即择日过门。"陈长者遂应允许亲。刘某回报于弟,胜大喜,唤着裁缝即为陈某做新衣服数件,只待择取吉日送女惇娘过门。

是时邵某听知刘家之女许配陈子,深怀恨道:"是我先令里妪议亲,却推女年幼,今便许适陈家。"此耻不忿,心想寻个事端陷他。次日忖道:陈家原是辽东卫军,久失在伍,今若是发配,正应陈长者之子当行,除究此事,使他不得成婚。遂具状于本司,告首陈某逃军之由。官府审理其事,册籍已除军名,无所根勘,将停其讼。邵秀家富有钱,上下买嘱,乃拘陈某听审。陈家父子不能辩理,军批已出,陈龙发配远行,父子相抱而泣。龙道:"遭值不幸,家贫亲老,今儿有此远役,父母无依,如何放心得下。"长者道:"虽则我年迈,亲戚尚有,旦暮必来看顾;只你命蹇,未完刘家之亲,不知此去还有相会日否?"龙道:"儿正因此亲事致恨于仇家,今受这大祸,亲事尚敢望哉!"父子叹气一宵。次日,龙之亲戚都来赠行,龙以亲老嘱托众人,径辞而别。

　　比及刘家得知陈龙遭配之事,吁嗟①不已。惇娘心如刀割,恨不及陈郎相见一面。每对菱花,幽情别恨,难以语人。次年春间,城里大疫,刘女父母双亡,费用已尽,家业凋零,房屋俱卖与他人。惇娘孤苦无依,投在姑娘②家居住,姑怜念之,爱如己出。尝有人来其家与惇娘议亲,姑未知意,因以言试道:"汝知父母已丧,身无所依,先许陈氏之子,今从军远方,音耗③不通,未知是生是死。今女孙④青年,何不凭我再嫁一个美郎,以图终身之计?"惇娘听了泣谓姑道:"女孙听得,陈郎遭祸本为我身上起,使女儿再嫁他人,是背之不义。姑若怜我,女儿甘守姑家,以待陈郎之转,若倘有不幸,愿结来世姻缘;若要他适,宁就死路,决不相从。"其姑见其烈,再不说及此事。自此惇娘在姑家谨慎守着闺门,不是姑唤,足迹不出堂,人亦少见面。

　　是年十月,海寇作乱,大兵临城,各家避难迁逃,惇娘与姑亦逃难于远方。次年,海寇平息,民乃复业。比及惇娘与姑回时,厅屋被寇烧毁,荒残不堪居住,二人就租平阳驿旁舍安下。未一月,适有宦家子黄宽骑马行至驿前,正值惇娘在厨炊饮,宽见其容貌秀美,便问左右居人,是谁家之女。有人识者,近前告以城里刘某的女,遭乱寄居在此。宽次日即令人来议亲,惇娘不允,宽以官势压之,务要强婚。其姑惊惧,对惇娘道:"彼父为官,若不许嫁,如何能够在此停泊。"惇娘道:"彼要强婚,几只有死而已。姑且许他待过六十日父母孝服完满,便议过门。须缓缓退之。"姑依其言,直对来议者说知,议亲人回报于宽,宽喜道:"便过六十日来娶。"遂停其事。

　　忽一日,有三个军家行到驿中歇下。二军人炊饭,一军人倚驿栏而坐,适惇娘见之,入对姑道:"驿中军人来到,姑试问之从哪里来,若是陈

　　————————

　　① 吁嗟——叹息,感慨。
　　② 姑娘——姑母。
　　③ 音耗——消息。
　　④ 女孙——孙女。观前后文义,应为侄女。

郎所在,亦须访个消息。"姑即出见军人问道:"你等是何卫①来此?"一军应道:"从辽东卫来,要赴信州投文书。"姑听说便道:"若是辽东来,辽东卫有陈龙你可识否?"军人听了,即向前作揖道:"妈妈何以识得陈龙?"姑氏道:"陈龙是妾女孙之夫,曾许嫁之,未毕婚而别,故问及他。"军人道:"今女孙可适人否?"姑道:"专等陈郎回来,不肯嫁人。"军人忽然泪下道:"要见陈某,我便是也。"姑大惊,即入内与惇娘说知。惇娘不信,出见陈龙问及当初事情,陈龙将前事说了一遍,方信是真,二人相抱而哭。二军伙闻其故,齐欢喜道:"此千里之缘,岂偶然哉!我二人带来盘费钱若干,即与陈某今宵毕姻。"于是整备酒席,二军待之舍外,陈龙、惇娘并姑三人饮于舍内,酒罢人散,陈龙与惇娘进入房中,解衣就寝,诉其衷情,不胜凄楚。次日,二军伙对陈龙道:"君初婚不可轻离,待我二人自去投文书,回来相邀,与惇娘同往辽东,永谐鱼水之欢。"言毕径去。于是陈龙留此舍中。与惇娘成亲才二十日,黄宽知觉陈某回来,恐他亲事不成,即遣仆人到舍中诱之至家,以逃军捕杀之,密令将尸身藏于瓦窑之中。次日,令人来逼惇娘过门。惇娘忧思无计,及闻丈夫被宽所害,就于房中自缢。姑见救之,说道:"想陈郎与你只有这几日姻缘,今已死矣,亦当绝念嫁与贵公子便了,何用自苦如此。"惇娘道:"女儿务要报夫之仇,与他同死,怎肯再嫁仇人?"其姑劝之不从,正没奈何,忽驿卒报开封府包大尹委任本府之职,今晚来到任上,准备迎接。惇娘闻之,谢天谢地,即具状迎包公马头呈告。

包公带进府衙审实惇娘口词,惇娘悲哭,将前情之事逐一诉知。包公即差公牌拘黄宽到衙根究,黄宽不肯招认。包公想道:既谋死人,须得尸首为证,彼方肯服;若无此对证,怎得明白?正在疑惑间,忽案前一阵狂风过,包公见风起得怪异,遂喝一声道:"若是冤枉,可随公牌去。"道罢,那阵风从包公座前复绕三回,那值堂公牌是张龙、赵虎,即随风出城二十里,直旋入瓦窑里而没。张龙、赵虎入窑中看时,有一男子尸首,面色未变,乃回报包公。包公令人抬得入衙来,令惇娘认之。惇娘一见认得是丈夫尸身,痛哭起来。验身上伤痕,乃是被黄宽捉去打死之伤。包公再提严审,

---

① 卫——古代军人编制名,于要害地区设卫,卫五千六百人,由都司率领,隶属于五军都督府,防地可以包括若干个府,一般驻地在某地即称某卫。

黄宽不能隐，遂招服焉。叠成文卷，问宽偿命，追钱殡葬，付惇娘收管；复根究出邵秀买嘱吏胥陷害之情，决配远方充军；惇娘令亲人收领，每月官给库银若干赡养度日，以便养活，终身守节，以全其烈志。

三十四

黄屠夫谋妻杀至友　李氏女再嫁明真相

话说岳州离城二十里，地名平江，有个张万，有个黄贵，二人皆宰屠为生，结交往来，情好甚密。张万家道不足，娶妻李氏，容貌秀俊。黄贵有钱，尚未有室。一日，张万生辰，黄贵持果酒来贺，张万欢喜，留待之，命李氏在旁斟酒。黄贵目视李氏，不觉动情，怎奈以嫂呼之，不敢说半句言语，至晚辞回。夜间想着李氏之容，睡不成寝，挨到五更，心生一计，准备五六贯钱，侵早来张万家叫门。张万听得黄贵声音，起来开了门接入，问道："贤弟有甚事来我家这早？"黄贵笑道："某亲戚有几个猪，约我去买，恐失其信，特来邀兄同去，若有利息，当共分之。"张万甚喜，忙叫妻子起来入厨内备些早食。李氏便暖一瓶酒，整些下饭，出来见黄贵道："难得叔叔早到寒舍，当饮一杯，以壮行色。"黄贵道："惊动嫂嫂，万勿见罪。"遂与张万饮了数杯而行。天色尚早，赶到龙江，日出晌午。黄贵道："已行三十余里，肚中饥饿，兄先往渡口坐着，待小弟前村沽酒一瓶便来。"张万应诺，先往渡口去了。须臾间，黄贵持酒来，有意算计，他一连劝张兄饮了数杯，又无下酒的，况行路辛苦，一时昏沉醉倒。黄贵看得前后无人，腰间拔出利刀，从张万胁下刺入，鲜血喷出而死。黄贵将尸抛入江中，尸沉，仓忙走回见李氏道："与兄前往亲戚家买猪，不遇回来。"李氏问道："叔叔既回，兄缘何不同回？"黄贵道："我于龙江口相别而回。张兄说要往西庄问信，想必就回。"言罢而去。李氏在家等到晚边，不见其夫回来，自觉心下惶惶。过三四日，杳无音信，李氏愈慌，正待叫人来请黄贵问个端的，忽黄贵慌慌张张走来道："尊嫂，祸事到了。"李氏忙问："何故？"黄贵曰："适间我往庄外走一遭，遇见一起客商来说，龙江渡有一人溺水身死，我听得往看之，族中张小一亦在，果见有尸首浮泊江口，认来正是张兄，胁下不知被甚人所刺，已伤一孔，我同小一看见，移尸上岸，买棺殓之。"李氏听了，痛哭几绝。黄贵假意抚慰，辞别回去。过了数日，黄贵取一贯钱送去与李氏道："恐嫂嫂日用欠缺，将此钱权作买办。"李氏收了钱，又念得他殡殓丈夫,又送钱物给度,甚感他恩。

　　才过半载,黄贵以重财买嘱里妪前往张家见李氏道:"人生一世,草茂一春。娘子如此青年,张官人已死日久,终日凄凄冷冷守着空房,何不寻个佳偶再续良姻? 如今黄官人家道丰足,人物出众,不如嫁与他成一对好夫妻,岂不美哉。"李氏曰:"妾甚得黄叔叔周济,无恩可报,若嫁他甚好,怎奈往日与我夫相好,恐惹人议论。"里妪笑曰:"彼自姓黄,娘子官人姓张,正当匹配,有何嫌疑?"李氏允诺。里妪回信,黄贵甚是欢喜,即备聘礼迎接过门。花烛之夜,如鱼似水,夫妇和睦,行则连肩,坐则并股,不觉过了十年,李氏已生二子。

　　时值三月,清明时节,家家上坟挂纸。黄贵与李氏亦上坟而回,饮于房中。黄贵酒醉,乃以言挑其妻曰:"汝亦念张兄否?"李氏凄然泪下,问其故。黄贵笑曰:"本不该对你说,但今十年已生二子,岂复恨我! 昔日谋死张兄于江亦是清明之日,不想你今能承我的家。"李氏带笑答曰:"事皆分定,岂其偶然。"其实心下深要与夫报仇。黄贵酒醉睡去,次日忘其所言。李氏候贵出外,收拾衣赀逃回母家,以此事告知兄。其兄李元即为具状,领妹赴开封府首告。包公即差公牌捉黄贵到衙根勘。黄贵初不肯认,包公令人开取张万死尸检验,黄贵不能抵瞒,一一招服。乃判下:谋其命而图其妻,当处极刑。押赴市曹斩首;将黄贵家财尽归李氏,仍旌其门为义妇。后来黄贵二子因端阳竞渡俱被溺死,天报可知。

三十五

秦长孺孤弱被虐死　柳继母狠暴杀子孙

　　话说开封府城内有一个仕宦人家,姓秦字宗祐,排行第七,家道殷富,娶城东程美之女为妻。程氏德性温柔,治家甚贤,生一子名长孺,十数年,程氏遂死,宗祐痛悼不已。忽值中秋,凄然泪下,将及半夜,梦见程氏与之相会,语言若生,相会良久,解衣并枕,交欢之际若在生无异。云收雨散,程氏推枕先起,泣辞宗祐曰:"感君之恩,其情难忘,故得与君相会。妾他无所嘱,吾之最怜爱者,惟生子长孺,望君善抚之,妾虽在九泉亦瞑目矣。"言罢径去。宗祐正待挽留之,惊觉来却是梦中。次年宗祐再娶柳氏为妻,生一子名次孺。柳氏本小户人家出身,性甚狠暴,宗祐颇惧之。柳氏每见己子,则爱惜如宝;见长孺则嫉妒之,日夕打骂。长孺自知不为继母所容,又不敢与父得知,以此栖栖无依①,时年已十五。一日,宗祐因出外访亲,连日不回,柳氏遂将长孺在暗室中打死,吩咐家下俱言长孺因暴病身死,遂葬之于城南门外。逾数日,宗祐回家,柳氏故意佯假痛哭,告以长孺病死已数日,今葬在城南门外。宗祐听得,因思前妻之言,悲不自胜,亦知此子必死于非命,但含忍而不敢言。

　　却说,一日,包公因三月间出郊外劝农,望见道旁有小新坟一所,上有纸钱霏霏,包公过之,忽闻身畔有人低声曰:"告相公,告相公。"连道数声。回头一看,又不见人。行数步,又复闻其声,至于终日相随耳畔不歇。及回来又经过新坟,听其愈明。包公细思之:必有冤枉。遂问邻人里老:"此一座新坟是谁家葬的?"里老回曰:"是城中秦七官人近日死了儿子,葬在此间。"包公遂令左右就与里老借锄头掘开,将坟内小儿尸身检验,果见身上有数伤痕。包公回衙,便差公人唤秦宗祐理究其事因。宗祐供言前妻程氏生男名长孺,年已十五,前日我因出外访亲回来,后妻柳氏告以长孺数日前急病而死,现葬在南门外。包公知其意,又差人唤柳氏至,

---

　　①　栖栖无依——栖栖,又作恓恓,忙碌不安的样子;无依,没有依靠。

将柳氏根勘,长孺是谁打死?柳氏曰:"因得暴症身死。"不肯招认。包公拍案怒曰:"彼既病死,缘何遍身尽是打痕?分明是你打死他,还要强赖!"吩咐用刑。柳氏自知理亏,不得已将打死长孺情由,尽以招认。包公判曰:"无故杀子孙,合问死罪。"遂将柳氏依条处决;宗祐不知情,发回宁家。此案可为后妻杀前妻子者榜样。

三十六
冯陈氏奇妒绝夫嗣　卫母子身死化冤魂

　　话说江州德化有一人,姓冯名叟,家颇饶裕,其妻陈氏,美貌无子,侧室卫氏,生有二子。陈氏自思己无所出,诚恐一旦色衰爱弛①。每存妒害,无衅可乘。一日,冯叟欲置货物往四川买卖,临行吩咐陈氏,善视二子。陈氏假意应允。后至中秋,陈氏于南楼设下一宴,召卫氏及二子同来会饮;陈氏先把毒药放在酒中,举杯嘱托卫氏曰:"我无所出,幸汝有子,家业我当与汝相共,他日年老之时,皆托汝母子维持,此一杯酒,预为我日后意思。"卫氏辞不敢当,于是痛饮尽欢而罢。是夜药发,卫氏母子七孔流血,相继而死。时卫氏年二十五岁,长子年五岁,次子三岁。当时亲邻大小莫知其故,陈氏乃诈言因暴病而死,闻者无不伤感。陈氏又诈哭甚哀,以礼葬埋。却说冯叟在外,一日忽得一梦,梦见卫氏引二子泣诉其故。意欲收拾回家,奈因货物未脱,不能如愿。且信且疑,闷闷不悦。

　　将及三年后,适值包公按临其地②,下马升厅,正坐间,忽然阶前一道黑气冲天,须臾不见天日。包公疑必有冤。是夜点起灯烛,包公困倦,隐几而卧。夜至三更,忽见一女子,生得仪容美丽,披头散发,两手牵引二子,哭哭啼啼,跪在阶下。包公问道:"你这妇人居住何处? 姓甚名谁? 手牵二子到此有何冤枉? 一一道来,我当与汝申雪。"女子泣道:"妾乃江州卫氏母子。因夫冯叟往四川经商,正母陈氏中秋置酒,毒杀妾母子三人,冤魂不散。幸蒙相公按临,故特哀告,望乞垂怜,代雪冤苦。"说罢,悲泣不已,再拜而退。包公次日即唤公差拘拿陈氏审勘道:"妾子即汝子,何得生此奇妒? 害及三命,绝夫之嗣,莫大之罪,有何分辩?"陈氏悔服无

---

① 弛——衰减。

② 按临其地——巡行、考察来到那个地方。

语,包公拟断凌迟①处死。

后过二载,冯叟回家,畜一大母彘,一岁生数子,获利几倍,将欲售之于屠,忽作人言道:"我即君之妻陈氏也。平日妒忌,杀妾母子,绝君之嗣,虽包公断后,上天犹不肯释妾,复行绝恶之罚,作为母彘,今偿君债将满,未免过千刀之苦。为我传语世上妇人,孝奉公姑,和睦妯娌,勿行妒忌,欺剒②妾婢,否则他日之报同我之报也。"远近闻之,俱踵其门③观看。

---

① 凌迟——亦称陵迟,即剐刑,先断四肢,再割喉咙,为封建社会最残酷的一种死刑,用以惩治大逆不道者。

② 欺剒(cuò)——欺压宰割。

③ 踵(zhǒng)其门——踵,即脚后跟。踵其门为追随着到那家门上。

三十七

袁仆人疑心杀雍一　张兆娘冤死诉神明

话说西京离城五里,地名永安镇,有一人姓张名瑞,家道富足,娶城中杨安之女为妻。杨氏贤惠,治家有法,长幼听从呼令。生一女名兆娘,聪明美貌,针黹①精通。父母甚爱惜之,常言此女须得一佳婿方肯许聘,十五岁尚未许人。瑞有二仆,一姓袁一姓雍。雍仆敦厚。袁仆刁诈,一日,因怒于张,被张逐出。袁疑是雍献谗言于主人,故遭遣逐,遂甚恨雍,每想以仇报之。忽一日,张瑞因庄上回家,感冒重疾,服药不效,延十数日。张自量不保,唤杨氏近前嘱道:"我无男子,只有女儿,年已长大,倘我不能好,后当许人,休留在家。雍一为人小心勤谨,家事可托之。"言罢而卒。杨氏不胜哀痛,收殓殡讫,作完功课后,杨氏便令里妪与女儿兆娘议亲。女儿闻知,抱母大哭道:"吾父死未周年,况女无兄弟,今便将女儿出嫁,母亲所靠何人?情愿在家侍奉母亲,再过两年许嫁未迟。"母听其言,遂停其事。

时光似箭,日月如梭,张某亡过又是三四个月,家下事务出入,内外尽是雍仆交纳,雍愈自紧密,不负主所托,杨氏总无忧虑。正值纳粮之际,雍一与杨氏说知,整备银两完官,杨氏取银一箧与雍入城,雍一领受,待次日方去。适杨氏亲戚有请,杨氏携女同去赴席。袁仆知杨氏已出,抵暮入其家,欲盗彼财物,径进里面舍房中,撞见雍一在床上打点钱贯,袁仆怒恨起来指道:"汝在主人边谗言逐我出去,如今把持家业,其实可恨。"就拔出一把尖刀来杀之,雍一措手不及,肋下被伤,一刀气绝。袁仆收取银箧,急走回来,并无人知。比及杨氏饮酒而归,唤雍一不见,走进内里寻觅,被人杀死在地。杨氏大惊,哭谓女道:"张门何大不幸?丈夫才死,雍一又被人杀死,怎生伸理?"其女亦哭,邻人知之,疑雍一死得不明。时又有庄佃汪某,乃往日张之仇人,告首于洪知县,洪拘其母女及仆婢十数人审问,杨

---

① 针黹(zhǐ)——针线活。

氏哭诉,不知杀死情由。汪指赖其母女与人通奸,雍一捉奸,故被奸夫所杀。洪信之,勘令其招,杨氏不肯诬服,连年不决,累死者数人。其母女被拷打,身受刑伤,家私消乏。兆娘不胜其苦,谓母道:"女只在旦夕死矣,只恨无人看顾母亲,此冤难明,当质之于神,母不可诬服招认,以丧名节。"言罢呜咽不止。次日,兆娘果死,杨氏感伤,亦欲自尽。狱中人皆慰劝之,方不得死。

明年,洪已迁去,包公来按西京。杨氏闻之,重贿狱官,得出陈诉。包公根勘其事,拘邻里问之,皆言雍一之死不知是谁所杀;然杨氏母女亦无污行。包公亦疑之,次日斋戒祷于城隍司道:"今有杨氏疑狱,连年不决,若有冤情,当以梦应,我为之决理。"祝罢回衙,秉烛坐于寝室。未及二更,一阵风过,吹得烛影不明,起身视之,仿佛见窗外一黑猿。包公问道:"是谁来此?"猿应道:"特来证杨氏之狱。"包公即开窗看来时,四下安静,杳无人声,不见那猿。沉吟半晌,计上心来。次日侵早升堂,取出杨氏一干人问道:"汝家有姓袁人来往否?"杨氏答道:"只丈夫在日,有走仆姓袁,已逐于外数年,别无姓袁者。"包公即差公牌拘捉袁仆,到衙勘问,袁仆不肯招认。包公又差人入袁家搜取其物,得箧一个,内有银钱数贯,拿来见包公。包公未及问,杨氏认得,是当日付与雍一盛钱完粮之物。包公审得明白,乃问袁道:"杀死人者是汝,尚何抵赖?"令取长枷监于狱中根勘。袁仆不能隐,只得供出谋杀情由。包公遂叠成文案,问袁斩罪;汪某诬陷良人,发配辽恶远方充军。遂放出杨氏并一干人回家。人或言其女兆娘发愿先死,诉神白冤①之应。

————————

① 白冤——使冤屈真相大白。

三十八

蒋天秀责仆应死炁　小琴童卖鱼认凶身

话说扬州有一人姓蒋名奇,表字天秀,家道富实,平素好善。忽一日有一老僧来其家化缘,天秀甚礼待之。僧人斋罢乃道:"贫僧山西人氏,削发东京报恩寺,因为寺东堂少一尊罗汉宝像,近闻长者平昔好布施,故贫僧不辞千里而来。"天秀道:"此乃小节,岂敢推托。"即令琴童入房中对妻张氏说知,取白银五十两出来付与僧人。僧人见那白银笑道:"不要一半完满得此一尊佛像,何用许多?"天秀道:"师父休嫌少,若完罗汉宝像以后剩者,作些功课,普渡众生。"僧人见其欢喜布施,遂收了花银,辞别出门。心下忖道:适才见那施主相貌,目睚①下现有一道死炁②,当有大灾。彼如此好心,我今岂得不说与他知。"即回步入见天秀道:"贫僧颇晓麻衣之术,视君之貌,今年当有大厄,慎防不出,庶或可免。"再三叮咛而别。天秀入后舍见张氏道:"化缘僧人没话说得,相我今年有大厄,可笑可笑。"张氏道:"化缘僧人多有见识,正要谨慎。"时值花朝,天秀正邀妻子向后花园游赏,有一家人姓董,是个浪子,那日正与使女春香在花亭上戏耍,天秀遇见,将二人痛责一顿,董仆切恨在心。

才过一月,有一表兄黄美,在东京为通判,有书来请天秀。天秀接得书入对张氏道:"我今欲去。"张氏答道:"日前僧人说君有厄,不可出门,且儿子又年幼,不去为是。"天秀不听,吩咐董家人收拾行李,次日辞妻,吩咐照管门户而别。天秀与董家人并琴童行了数日旱路到河口,是一派水程。天秀讨了船只,将晚,船泊狭湾。那两个艄子一姓陈一姓翁,皆是不善之徒。董家人深恨日前被责,怀恨在心,是夜密与二艄子商议道:"我官人箱中有白银百两,行装衣赀极广,汝二人若能谋之,此货物将来均分。"陈、翁二艄笑道:"汝虽不言,吾有此意久矣。"是夜,天秀与琴童在

---

① 目睚(yá)——眼边。
② 炁(qì)——此处与气字意思相同。

前舱睡，董家人在后舱睡，将近三更，董家人叫声："有贼。"天秀梦中惊觉，便探头出船外来看，被陈艄一刀就推在河里；琴童正要走时，被翁艄一棍打落水中。三人打开箱子，取出银子均分。陈、翁二艄依前撑回船去，董家人将财物走上苏州去了。当下琴童被打昏迷，幸得不死，洑水①上得岸来，大哭连声。天色渐明，忽上流头有一渔舟下来，听得岸边上有人啼哭，撑舟过来看时，却是十七八岁的小童，满身是水，问其来由，琴童哭告被劫之事，渔翁带他下船，撑回家中，取衣服与他换了。乃问道："汝还是要回去，还是在此间同我过活？"琴童道："主人遭难，不见下落，如何回去得？愿随公公在此。"渔翁道："从容为你访问劫贼是谁，再作理会。"琴童拜谢不题。

　　再说当夜那天秀尸首流在芦苇港里，隔岸便是清河县，城西门有一慈惠寺。正是三月十五，会作斋事和尚都在港口放水灯，见一尸首，鲜血满面，下身衣服尚在。僧人道："此必是遭劫客商，抛尸河里，流停在此。"内中有一老僧道："我等当发慈悲心，将此尸埋于岸上，亦是一场善事。"众僧依其言，捞起尸首埋讫，放了水灯回去。是时包公因往濠州赈济，事毕转东京，经清河县过。正行之际，忽马前一阵旋风起处，哀号不已。包公疑怪，即差张龙随此风下落，张龙领命随旋风而来，至岸中乃息，张龙回复，包公遂留止清河县。包公次日委本县官带公牌前往根勘，掘开视之，见一死尸，宛然②颈上伤一刀痕。周知县检视明白，问："前面是哪里？"公人回道："是慈惠寺。"知县令拘僧行问之，皆言："日前因放水灯，见一死尸流停在港内，故收埋之，不知为何而死。"知县道："分明是汝众人谋死，尚有何说？"因此令将这一起僧人监于狱中，回复包公。包公再取出根勘，各称冤枉，不肯招认。包公自思：既是僧人谋杀人，其尸必丢于河中，岂肯自埋于岸上？事有可疑。因令散监众僧，将有二十余日，尚不能明。

　　时四月尽间，荷花盛开，本处仕女有游船之乐。忽一日琴童与渔翁正出河口卖鱼，正遇着陈、翁二艄在船上赏花饮酒，特来买鱼。琴童认得是谋死他主人的，密与渔翁说知，渔翁道："汝主人之冤雪矣。今包大人在清河县断一狱事未决，留止在此，汝宜即往投告。"琴童连忙上岸，径到清

---

　　①　洑（fù）水——泅渡、游水。
　　②　宛（wǎn）然——真切可见，历历在目。

河县公厅中,见包公哭告主人被船艄谋死情由,现今贼人在船上饮酒。包公遂差公牌李、黄二人,随琴童来河口,将陈、翁二艄捉到公厅。包公令琴童去认死尸,回报哭诉:“正是主人,被此二贼谋杀。”包公吩咐重刑拷问。陈、翁二艄见琴童在证,疑是鬼使神差,一款招认明白,便用长枷监于狱中,放回众僧。次日,包公取出贼人,追取原劫银两,押赴市曹斩首讫。当下只未捉得董家人。包公令琴童给领银两,用棺盛了尸首,带丧回乡埋葬。琴童谢了渔翁,带丧转扬州不提。后来天秀之子蒋士卿读书登第,官至中书舍人。董仆得财成巨商,后来在扬子江被盗杀死。天理昭彰,分毫不爽。

三十九

鲍家子责仆屈万安　红衫妇污衣挞周富

话说江州在城有两个盐侩，皆惯通客商，延接往来之客。一姓鲍名顺，一姓江名玉，二人虽是交契，江多诈而鲍敦厚，鲍侩得盐商抬举，置成大家，娶城东黄亿女为妻，生一子名鲍成，专好游猎，父母禁之不得。一日鲍成领家童万安出去打猎，见潘长者园内树上一黄莺，鲍成放一弹，打落园中。时潘长者众女孙在花园游戏，鲍成着万安入花园拾那黄莺，万安见园中有人，不敢入去。成道："汝如何不捡黄莺还我？"万安道："园中有一群女子，如何敢闯进去。待女回转，然后好取。"鲍成遂坐亭子上歇下。及到午边，女子回转去后，万安越墙入去寻那黄莺不见，出来说知，没有黄莺儿，莫非是那一起女子捡得去了。鲍成大怒，劈面打去，万安鼻上受了一拳，打得鲜血迸流。大骂一顿，万安不敢做声，随他回去，亦不对主人说知。黄氏见家童鼻下血痕，问道："今日令汝与主人上庄去也未曾？"万安不应，黄氏再三问故，万安只得将打猎之事说了一遍。黄氏怒道："人家养子要读诗书，久后方与父母争气；有此不肖，专好游荡闲走，却又打伤家人。"即将猎犬打死，使用器物尽行毁坏，逐于庄所，不令回家。鲍成深恨万安，常要生个恶事捏他，只是没有机会处，忍在心头不提。

却说江侩虽亦通盐商，本利折耗，做不成家。因见鲍侩富豪，思量要图他金银。一日，忽生一计，前到鲍家叫声："鲍兄在家否？"适鲍在外归来，入见江某，不胜之喜，便令黄氏备酒待之，江、鲍对饮。二人席上正说及经纪间事，江某大笑："有一场大利息，小弟要去，怎奈缺少银两，特来与兄商议。"鲍问："甚事？"江答以苏州巨商有绫锦百箱，不遇价，愿贱售回去。此行得百金本，可收其货，待价而沽，利息何啻百倍①。"鲍是个爱财的人，欢然许他同去，约以来日在江口相会，江饮罢辞去。鲍以其事与黄氏说知，黄氏甚是不乐，鲍某意坚难阻，即收拾百金，吩咐万安挑行李后

---

① 何啻（chì）百倍——何只百倍，不只百倍。

来。次日侵早，携金出门，将到江口，天色微明。江某与仆周富并其侄二人，备酒先在渡上等候，见鲍来即引上渡。江道："日未出，雾气弥江，且与兄饮几杯开渡。"鲍依言不辞，一连饮了十数杯早酒，颇觉醉意。江某务劝多饮，鲍言："早酒不消许多。"江怨道："好意待兄，何以推故？"即袖中取出秤锤击之，正中鲍顶，昏倒在渡。二侄径进缚杀之，取其金，投尸入江回来。比及万安挑行李到江口，不见主人，等到日午问人，皆道未来。万安只得回去见黄氏道："主人未知从哪条路去，已赶他不遇而回。"黄氏自觉不快，过了三四日，忽报江某已转，黄氏即着人问之，江某道："那日等候鲍兄来，等了半日不见来，我自己开船而去。"黄氏听了惊慌，每日令人四下寻访，并无消息。鲍成在庄上闻知，忖道："此必万安谋死，故挑行李回来瞒过，即具状告于王知州，拘得万安到衙根问，万安苦不肯招，鲍成立地禀复，说是积年刁仆，是他谋死无疑。王知州信之，用严刑拷问，万安苦不过，只得认了谋杀情由，长枷监入狱中，结案已成。是冬，仁宗命包公审决天下死罪，万安亦解东京听审，问及万安案卷，万安悲泣不止，告以前情。包公忖道：白日谋杀人，岂无见知者？若劫主人之财，则当远逃，怎肯自回？便令开了长枷，散监狱中。密遣公牌李吉吩咐："前到江州鲍家访查此事，若有人问万安如何，只说已典刑了。"李吉去了。

　　且说江某得鲍金，遂致大富，及闻万安抵命，心常恍惚，惟恐发露。忽夜梦一神人告道："你得鲍金致富，屈他仆抵命，久后有穿红衫妇人发露此事，你宜谨慎。"江梦中惊醒，密记心下。一月余，果有穿红衫妇人，遣钞五百贯来问江买盐。江明白在心，迎接妇人到家，厚礼待之。妇人道："与君未相识，何蒙重敬？"江答道："难得娘子下顾，有失款迎，若要盐便取好的送去，何用钱买。"妇人道："妾夫在江口贩鱼，特来求君盐腌藏，若不受价，妾当别买。"江只得从命，加倍与盐。妇人正待辞行，值仆周富捧一盆秽水过来，滴污妇人红衣。妇人甚怒，江赔小心道："小仆失手，万乞赦宥，情愿偿衣资钱。"妇人犹怀恨而去。江怒将仆缚之，挞二日才放。周富痛恨在心，径来鲍家，见黄氏报说某日谋杀鲍顺的事。黄氏大恨，正思议欲去首告，适李吉入见黄氏，称说自东京来，缺少路费，冒进尊府，乞觅盘缠。黄氏便问："你自东京来可闻得万安狱事否？"李吉道："已处决了。"黄氏听了，悲咽不止。李吉问其故，黄氏道："今谋杀我夫者已明白，误将此人抵命了。"李吉不隐，乃直告包公差人访查之缘由，黄氏取过花银十两，令公人带周富连夜赴东京来首告前情。包公审实明白，随遣公牌到江州，拘江玉一干人到衙根勘，江不能抵瞒，一一招认，用长枷监于狱中，定了案卷，问江某叔侄三人抵命，放了万安；追还百金，给一半赏周富回去，鲍顺之冤始雪。

四　十

丁千万谋财焚尸骨　　乌盆子含冤赴公堂

话说包公为定州守日,有李浩者,扬州人,家私巨万,前来定州买卖,去城十余里,饮酒醉甚,不能行走,倒在路中睡去。至黄昏,有丁千、丁万,见李浩身畔资财,乘醉扛去僻处,夺其财物有百两黄金,二人平分之,归家藏下。二人又相议道:"此人酒醒不见了财物,必去定州告状,不如将他打死,以绝其根。"即将李浩打死,扛抬尸首入窑门,将火烧化。夜后,取出灰骨来捣碎,和为泥土,烧得瓦盆出来。

后定州有一王老,买得这乌盆子将盛尿用之。忽一夜起来小解,不觉盆子叫屈道:"我是扬州客人,你如何向我口中小便?"王老大惊,遂点起灯来问道:"这盆子,你若果是冤枉,请分明说来,我与你伸雪。"乌盆遂答道:"我是扬州人姓李名浩,因去定州买卖,醉倒路途,被贼人丁千、丁万夺了黄金百两,并了性命,烧成骨灰,和为泥土,做成这盆子。有此冤枉,望将我去见包太守。"王老听罢悚然,过了一夜。次日,遂将这盆子去府衙首告。包公问其备细,王老将夜来瓦盆所言诉说一遍,包公随唤手下将瓦盆抬进阶下问之,瓦盆全不答应。包公怒道:"这老儿将此事诬惑官府。"责令出去。王老被责,将瓦盆带回家下,怨恨不已。

夜来盆子又叫道:"老者休闷,今日见包公,为无掩盖,这冤枉难诉。愿以衣裳借我,再去见包太守,待我一一陈诉,决无异说。"王老惊异。不得已,次日又以衣裳掩盖瓦盆,去见包太守说知其情。包公亦勉强问之,盆子诉告前事冤屈。包公大骇,便差公牌唤丁千、丁万。良久,公差押二人到,包公细问杀李浩因由,二人诉无此事,不肯招认。包公令收入监中根勘,竟不肯服。包公遂差人唤二人妻来根问之,二人之妻亦不肯招。包公道:"你二人之夫将李浩谋杀了,夺去黄金百两,将他烧骨为灰,和泥作盆。黄金是你收藏了,你夫分明认着,你还抵赖什么?"其妻惊恐,遂告包公道:"是有金百两,埋在墙中。"包公即差人押其妻子回家,果于墙中得之,带见包公。包公令取出丁千、丁万问道:"你妻子却取得黄金百两在此,分明是你二人谋死李浩,怎不招认?"二人面面相视,只得招认了。包公断二人谋财害命,俱合死罪,斩讫;王老告首得实,官给赏银二十两;将瓦盆并原劫之金,着令李浩亲族领回葬之。大是奇异。

四十一

贤嫂娘有言不便说　小牙簪插地喻情理

　　却说包公任南直隶巡按时,池州有一老者,年登八旬,姓周名德,性极风骚,心甚狡伪。因见族房寡妇罗氏,貌赛羞花,周德意欲图奸,日日来往彼家,窥调稔熟。罗氏年方少艾,被德牵动。适一日,彼此交言偷情,相约深夜来会。是夜罗氏见德来至,遂引就榻,共效鸳鸯,倏尔年余①,亲邻皆知。罗氏夫主亲弟周宗海屡次微谏②不止,只得具告于包公。包公看状,暗自忖度:八旬老子气衰力倦,岂有奸情? 遂差张龙先拿周德到厅鞠拷。德泣道:"衰老就死,惟恐不瞻,岂敢乱伦犯奸,乞老爷详情。"包公愈疑,将德收监后,差黄胜拘罗氏到厅勘究,罗氏哭道:"妾寡居,半步不出,况与周德有尊卑内外之分,并不敢交谈,岂有通奸情由? 老爷详情。"这二人言诉如一,甘心受刑,不肯招认。包公闷闷不已,退入后堂,茶饭不食。其嫂汪氏问及叔何故不食? 包公应道:"小叔今遇这场词讼,难以分剖③,故此纳闷忘食。"汪氏欲言不便,即将牙簪插地,谕④叔知之。包公即悟,随升堂差人去狱中取出周德、罗氏来问,唤左右将此二人捆打,大喝道:"老贼无知,败丧纲常,死有余辜。"又指罗氏大骂:"泼妇淫乱,分明与德通奸,还要瞒我?"包公急令拿拶棍二副,把周德、罗氏拶起,各棒二百。那二人受刑不过,只得将通奸情由,从实供招。包公将周德、罗氏二人各杖一百,赶周德回家。牌唤周宗海到,押罗氏别嫁,周宗海领罗氏去讫。伦法肃然。

---

① 倏(shū)尔年余——忽然间一年有余。

② 微谏(jiàn)——私下里直言规劝。

③ 分剖——分辨,剖析。

④ 谕(yù)——用譬喻的方法告知。

四十二

王三郎殒妻捉念六　真凶犯现身凭绣履

话说离开封府四十五里,地名近江,隔江有姓王名三郎者,家颇富,惯走江湖,娶妻朱娟,貌美而贤,夫妻相敬如宾。一日,王三郎欲整行货出商于外,朱氏劝夫勿行,三郎依其言,遂不思远出,只在本地近处做些营生。时对门有姓李名宾者,先为府吏,后因事革役,性最刁毒,好色贪淫,因见朱氏有貌,欲与相通不能。忽一日,侵早见三郎出门去了,李宾装扮齐整,径入三郎舍里,叫声:"王兄在家否?"此时朱氏初起,听得有人叫,问道:"是谁叫三郎?早已上庄去了。"李宾直入内里见朱氏道:"我有件事特来相托,未知即回么?"朱氏因见李宾往日邻居不疑,乃道:"彼有事未决,日晚方回。"李宾见朱氏云鬓半偏,启露朱唇,不觉欲心大动,用手扯住朱氏道:"尊嫂且同坐,我有一事告禀,待王兄回时,烦转达知。"朱氏见李宾有不良之意,劈面叱之道:"汝为堂堂六尺之躯,不分内外,白昼来人家调戏人妻,真畜类不如。"言罢入内去了。李宾羞脸难藏而出,回家自思:"倘或三郎回来,彼妻以其事说知,岂不深致仇恨?莫若杀之以泄此忿。"即持利刃复来三郎家,正见朱氏倚栏若有所思之意,宾向前怒道:"认得李某么?"朱氏转头见是李宾,大骂道:"奸贼缘何还不去?"李宾抽出利刃,望朱氏咽喉刺入,即时倒地,鲜血迸流,可怜红粉佳人,化作一场春梦。李宾脱取朱氏绣履走出门外,并刀埋于近江亭子边不提。

再说朱氏有族弟念六,惯走江湖,适值船泊江口,欲上岸探望朱氏一面,天晚行入其家,叫声无人答应,待至房中,转过栏杆边,寂无人声。念六随复登舟,觉其脚下履湿,便脱下置火上焙干。其夜,王三郎回家,唤朱氏不应,及进厨下点起灯照时,房中又未曾落锁,三郎疑惑,持灯行过栏杆边,见杀死一人倒在地下,血流满地,细观之,乃其妻也。三郎抱起看时,咽喉下伤了一刀。大哭道:"是谁谋杀吾妻?"次日,邻里闻知来看,果是被人所杀,不知何故。邻人道:"门外有一条血迹,可随此血迹去寻究之,便知贼人所在。"三郎然其言,集众邻里十数人，寻其脚迹而去，那脚迹直至念六船中而止。三郎上船捉住念六骂道："我与你无冤无仇，为何杀死吾妻？"念六大惊，不知所为何事，被三郎捆到家，乱打一顿，解送开封府陈告。包公审问邻里、干证，皆言谋杀人，血迹委实在他船中而没。包公根勘念六情由，念六哭道："我与三郎是亲戚，抵暮到他家，无人即回。履上沾了血迹，实不知杀死情由。"包公疑忖道："既念六杀人，不当取妇人履去。搜其船上，又无利器，此有不明之理，令将念六监入狱中。遂生一计，出榜文张挂：朱氏被人所谋，失落其履，有人捡得者，重赏官钱。过一月间并无消息。

忽一日，李宾饮于村舍，村妇有貌，与宾通奸，饮至酒后，乃对妇道："看你有心待我，我当以一场大富赐你。"妇笑道："自君常来我家，何曾用半文钱？有甚大富，你自取之，莫要哄我。"李宾道："说与你知，若得赏钱，那时再来你家饮酒，岂不奉承着我。"妇问其故，李宾道："那日王三郎妻被人杀死，陈告于开封府，将朱念六监狱偿命，至今未决，包大尹榜文张挂，如若有人捡得被杀妇人的履来报，重赏官钱。我正知其绣履下落，今说你知，可令你丈夫将去领赏。"妇道："履在何处你怎知之？"李宾道："日前我到江口，见近江边亭子旁似乎有物，视之却是妇人之履并刀一把，用泥掩之。想必是被谋妇人的履。"村妇不信，及宾去后，密与丈夫说知。村民闻知，次日径到江口亭子边，掘开新泥，果有妇人绣履一双，刀一把，忙取回家见妇。其妇大喜，所谓宾言得实，令其夫即将此物来开封府见包公。包公问："从何处得来？"村民直告以近江亭子边得来，埋在泥土中。包公问："谁教汝在此寻觅？"村民不能隐，直告道："是妻子说知。"包公自忖道："其妇必有缘故。"乃笑对村民道："此赏钱合该是你的。"遂令库官给出钱五十贯赏给村民。村民得钱，拜谢而去。

包公即唤公牌张、赵近前，密吩咐道："你二人暗随此村民，至其家察访，若遇彼妻与人在家饮酒，即捉来见我。"公牌领命而去。

却说村民得了赏钱，欣然回家，见妻说知得赏的事。其妇不胜之喜，与夫道："今我得此赏钱，皆是李外郎之恩，可请他来说知，取些分他。"村民然其言，即往李宾家请得他来。那妇人一见李宾，笑容满面，越发奉承，便邀入房中坐定；安排酒浆相待，三人共席而饮。那妇道："多得外郎指教，已得赏钱，当共分之。"李宾笑道："留在汝家做酒，余者当歇钱。"那妇大笑起来。两个公人直抢进房中,将李宾并村妇捉了,解衙内禀知妇人酒间与李宾所言之事。包公便问妇人:"你何以知得被杀妇人埋履所在?"妇人惊惧,直告以李宾所教,包公审问李宾,宾初则还不肯招认,后被重刑拷打,只得供出谋杀朱氏真情。于是再勘村妇李宾因何来汝家之故,村妇难抵,亦招出往来通奸情由。包公叠成文卷,问李宾处决;配村妇于远方。念六之冤方释,闻者无不快心。

四十三

高尚静许愿失银两　叶街坊还银无芥蒂

话说河南开封府新郑县,有一人姓高名尚静者,家有田园数顷,男女耕织为业,年近四旬,好学不倦。然为人不善修饰,言行举止异常,衣虽垢弊不浣,食虽粗粝不择,于人不欺,于物不取,不戚戚形无益之愁,不扬扬动有心之喜。或时以诗书骋怀①,或时以琴樽取乐。赏四时之佳景,玩江山之秀丽,流连花月,玩弄风光。或时以诗酒为乐,冬夏述作,春秋游赏。谓其妻曰:"人生世间,如白驹过隙,一去难再;若不及时为乐,吾恐白发易生,老景将至。"言罢即令其妻取酒消遣。正饮间,忽有新郑县官差人至家催称粮差之事,尚静乃收拾家下白银,到市铺内煎销②,得银四两,藏入袖内,自思:往年粮差俱系里长收纳完官,今次包公行牌,各要亲手赴称。今观包公为官清正,宛若神明,心怀肃畏,遂带前银另买牲酒香仪之类,径赴城隍庙中许下良愿,候在称完之日即来偿还。祈祷已毕,将牲酒之类在庙中散福,不觉贪饮几杯,出庙之时,前银已落庙中。不防街坊有一人姓叶名孔者,先在铺中见尚静煎销银两在身,往庙许愿,即起不良之意,跟尾在尚静身后,悄悄入庙,躲在城隍宝座下,见尚静拜辞神出,即拾其银回讫。尚静回家,方觉失了前银,再往庙中寻时,已不见踪影。无可奈何,只得具状径到包公台前告理。包公看了状词道:"汝这银两在庙中失去,又不知是何人拾得,难以判断。"遂不准其状,将尚静发落出外。尚静叫屈连天,两眼垂泪而去。

包公因这件事自思:某为民牧③,自当与民分忧。心中自觉不安,乃具疏文一道,敬诣城隍庙行香,将疏文焚于炉内,祷祝出庙回衙,令左右点起灯烛,将几案焚香放在东边,包公向东端坐祷祝,坐以待旦,如此者三

---

① 以诗书骋怀——凭借诗书抒发自己的胸怀抱负。

② 煎销——熔炼。

③ 民牧——老百姓的主管,地方的长官。

夜。是夜三更,忽然狂风大起,移时间风吹一物直到阶下,包公令左右拾起观看,乃是一叶,叶中被虫蛀了一孔。包公看了已知其意,方才吩咐左右各去歇宿。

次日,包公唤张龙、赵虎吩咐道:"汝可即去府县前后呼唤叶孔名字,若有人应者,即唤他来见我。"张、赵二人领命出衙,遍往市街,叫喊半日,东街有一人应声而出道:"吾乃叶孔是也,不知尊兄有何见谕①?"张、赵二人道:"包公有唤。"遂拘其人入衙跪下。包公道:"数日前有新郑县高尚静在城隍庙里失落去白银四两,其银大小有三片,他在我这里告你,吾亦知道是你拾得,又不是去偷他的,缘何不把去还他?"叶孔见包公判断通神,说得真了,只得拜服招认道:"小人在庙中焚香,因拾得此银,至今尚未使用。既蒙相公神见,小人不敢隐瞒。"包公审了口词,即令左右押叶孔回家取银,复令再唤高尚静到台,将银看认,果然丝毫不差。包公乃对高尚静道:"汝落了银子,系是叶孔拾得,我今与你追还,汝可把三两五钱称粮完官,更有五钱可分与叶孔以作酬劳之资。自后相见,不许两相芥蒂②。"二人拜谢出府。高尚静乃将些散碎银两备办牲物并香烛纸锭,径往城隍庙还愿,深感包公之德。

---

① 见谕——见解、规劝。
② 芥蒂——也称蒂芥,细小的梗塞之物。

四十四

石哑子献棒为家产　胞兄长辩白翻供词

话说包公坐厅，有公吏刘厚前来复称："门外有石哑子手持大棒来献。"包公令他入来，亲自问之，略不能应对①。诸吏遂复包公道："这厮每遇官府上任，几度来献此棒，任官责打。爷台休要问他。"包公听罢思忖：这哑子必有冤枉的事，故忍吃此刑，特来献棒。不然，怎肯屡屡无罪吃棒？遂心生一计，将哑子用猪血遍涂在臀上，又以长枷枷于街上号令，暗差数个军人打探，若有人称屈者，引来见我。良久，街上纷然来看，有一老者嗟叹道："此人冤屈，今日反受此苦。"军人听得，便引老人至厅前见包公，包公详问因由。老人道："此人是村南石哑子，伊兄石全，家财巨万，此人自小来原②不能言，被兄赶出，应有家财，并无分与他。每年告官，不能伸冤，今日又被杖责，小老③因此感叹。"包公闻其言，即差人去追唤石全到衙，问道："这哑子是你同胞兄弟么？"石全答道："他原是家中养猪的人，少年原在本家庄地居住，不是亲骨肉。"包公闻其言，遂将哑子开枷放了去，石全欢喜而回。

包公见他回去，再唤过哑子来教道："你后若撞见石全哥哥，你去扭打他无妨。"哑子但点头而去。一日，在东街外忽遇石全来到，哑子怨忿，随即推倒石全，扯破头面，乱打一番，十分狼狈。石全受亏，不免具状投包公来告，言哑子不尊礼法，将亲兄殴打。包公遂问石全道："哑子若果是你亲弟，他的罪过非小，断不轻恕；若是常人，只作斗殴论。"石全道："他果是我同胞兄弟。"包公道："这哑子既是亲兄弟，如何不将家财分与他？还是汝欺心独占。"石全无言可对。包公即差人押二人去，还将所有家财产业，各分一半。众人闻之，无不称快。

---

① 应对——用言语酬答。

② 来原——原来，起初。

③ 小老——老汉自谦之称。

四十五

愚乡邻报怨割牛舌　官府令行禁寓深意

　　话说包公守开封府时,有姓刘名全者,住在城东小羊村,务农为业,一日,耕田回来,复后再去,但见耕牛满口带血,气喘而行。刘全详看一番,乃知牛舌为人割去。全写状告于包公道:

　　　　告为杀命事:农靠耕,耕靠牛,牛无舌,耕不得,遭割去,如杀命。乞追上告。

　　包公看了状词,因细思之,遂问刘全:"你与邻里何人有仇?"全无言对,但告:"望相公作主。"包公以钱五百贯与他,令归家将牛宰杀,以肉分卖四邻,若取得肉钱,可将此钱添买牛耕作。刘全不敢受,包公必要与之,全受之而去。包公随即具榜张挂:倘有私宰耕牛,有人捕捉者,官给赏钱三百贯。刘全归家,遂令一屠开剥其牛,将肉分卖与邻里。其东邻有卜安者,与刘全有旧仇,扯住刘全道:"今府衙前有榜,赏钱三百贯给捕捉私宰耕牛者不误。你今敢宰杀么?"随即缚住刘全,要同去见包公,按下不提。

　　却说包公,是夜睡至三更得一梦,忽见一巡官带领一女子乘鞍,手持一刀,有千个口,道是丑生人,言讫不见。觉来思量,竟不得明。次日早间升厅问事,值卜安来诉刘全杀牛之事。包公思念夜来之梦,与此事恰相符合。巡官想是卜字,女子乘鞍乃是安字,持刀割也,千个口舌也,丑生牛也。卜安与刘全必有冤仇,前日割牛舌者必此人也,故今日来诉刘全杀牛。随即将卜安入狱根勘,狱吏取出刑具,置于卜安面前道:"从实招认,免受苦楚。"卜安惧怕,不得已乃招认,因与刘全借柴薪不肯,因致此恨,于七月十三日晚,见刘全牛在坡中吃草,遂将牛舌割了。狱吏审实,次日呈知于包公,遂将卜安依律断决,长枷号令一个月。批道:

　　　　审得卜安,乃刘全之仇人也。挟仇害无知之物,心则何忍;割舌伤有用之畜,情则更恶。教宰牛而旋禁,略施巧术;分卖肉而来首,自谓中机。岂知令行禁违,情有深意。正是使心用心,反累其身。姑念乡愚,杖惩枷儆①。

批完,众皆服包公神见。

---

① 杖惩枷儆——以杖打的刑罚进行处罚,以枷具枷住犯人使人警醒而不再犯同类的罪。

四十六

无赖子途中骗良马　识途骡饥饿逐刁棍

话说开封府南乡有一大户，姓富名仁，家蓄①上等骡马一匹。一日，骑马上庄收租，到庄遂遣家人兴福骑转回家。走到中途，下马歇息。有一汉子姓黄名洪，说自南乡来，乘着瘦骡一匹，见了兴福，亦下骡儿停息，遂近前道："大哥何来？"兴福道："我送东人往庄上收租来。"二人遂草坐叙话，不觉良久。洪忽心生一计道："大哥你此马倒好个膘腴②。"福道："客官识马么？"洪道："曾贩马来。"福道："吾东人不久用高价买得此马。"洪道："大哥不弃，愿借一试。"兴福不疑其歹，遂与之乘。洪须臾跨上雕鞍，出马半里，并不回缰。兴福心惊，连忙追马。洪见赶来，加鞭策马如飞，望捷路便走。那一匹好马平空被刁棍拐骗而去。兴福愕然无奈，自悔不及，只得乘着老骡转庄，报主领罪。仁大怒，将福痛责一番，命牵骡往府中径告。时包公正公座，兴福进告。包公问："何处人氏？"福道："小人名兴福，南乡人，富仁家奴仆，有状呈上。"

> 告为半路拐马事：泼遭无赖，驾言买马，骑试半里，加鞭不知去向，止留伊骑原骡相抵。马上郎不知谁氏之子，清平世岂容脱骗之奸。乞追上告。

包公问那个棍徒姓名，福道："途遇一面，不知名姓。"包公责道："乡民好不知事，既无对头下落，怎生来告状？"兴福哀告道："久仰天台善断无头冤讼，小民故此申告。"包公吩咐道："我设下一计，看你造化如何。你归家，三日后再来听计。"兴福叩头而去。包公令赵虎将骡牵入马房，三日不与草料，饿得那骡叫声嘶闹。

过了三日，只见兴福来见包公，包公令牵出那骡，唤兴福出城，张龙押后，吩咐依计而行，令牵从原路拐骗之处引上路头，放缰任走，但逢草地，

---

① 蓄——通畜，此处指饲养。

② 膘腴(yú)——肥胖丰满。

二人拦挡冲咄，那骡径奔归路，不用加鞭，跟至四十里路外，有地名黄泥村，只见村里一所瓦房旁一扇茅屋，那骡遂奔其家，直入茅屋嘶叫。洪出看见自己骡回，暗喜不胜。当时张龙同兴福就于近边邻人家探访，那黄洪昂然牵着一匹骡马，竟去放在山中看养。龙随即带兴福去认，兴福见马即走向前，勒马牵过，洪正欲来夺，就被张龙一把扭住，连人带马押了，迤逦①而行，往府中见包公。包公发怒道："你这厮狼心虎胆，不晓我包某么？诳骗路上行人马匹，该当何罪？"洪事实理亏，难以抵对。包公吩咐张龙将重刑责打，枷号示众，罚其骡于官，杖七十赶出。兴福不合与之试马，亦量情责罚，当官领马回去。遂批道：

　　审得黄洪，以无赖子见马欺心，自负于伯乐之顾②；兴福以无知竖逢人托意，不思量赵氏之奸。岂知有马不借人，径被以骡而驳去。既不及追其人，又未经识其地。幸物类之有知，借路途以相逐。罪人斯得，名法莫逃，合行重究，从公处罚，昭示后人，休学骗马。

---

　　①　迤逦——曲曲折折。
　　②　自负句——自恃有伯乐相马的眼力。

四十七

金丝鲤妖媚迷秀才　郑善人虔诚动观音

话说扬州城东门有一儒家,姓刘名真,字天然,幼而聪明,乐读诗书,未结婚姻,笃志芸窗①,甘守清贫。当宋仁宗皇祐三年开科取士,即备行李前往东京赴试,争奈②盘缠③稀少,在途中淹延④日久,将到京都,科场已罢。刘真叹道:"我如此命薄,不得就试。"收拾余资,就赁开元寺僧房肄业⑤。

不觉时光似箭,日月如梭,正遇上元佳节,京中大放花灯。彼时离城三十里通漕运处,地名碧油潭,水深万丈,有个千年金丝鲤鱼成精,往常亦曾变成女子,迷惑客商。那夕正脱形出潭,听得城里放灯,即吐出一颗小珠,俨然是个十七八岁丫环,手持灯笼,随之慢慢行入城来,人看见无不牵情。将近五更,看着残灯犹未收,妖媚恐露其形,遂走入金丞相后花园内大池中隐形。元宵已过,妖鱼不思归潭。恰遇丞相有女名金线小姐,因带侍女来花园内赏花,看见东架瓦盆上一丛红白牡丹可爱,即着侍女折来观玩,倚着池阁栏杆饮酒。忽见池中有个金鲤鱼,扬须鼓口,游于水面,小姐见着,将饮残那杯酒倾在池中,被妖鱼一吞而尽。小姐笑视良久,回转香闺。妖鱼因知小姐好看牡丹,每夜喷气饰之,牡丹颜色愈鲜,引得小姐日日来折玩不已。

春光将尽,初夏又临。刘秀才在僧舍日久,囊箧萧然⑥,知己朋友又各回归,思量没奈何,乃写下几幅草字,往城中官宦家献卖。一日,来到金

---

① 芸窗——书斋。

② 争奈——怎奈。

③ 盘缠——也称盘川,即旅费。

④ 淹延——滞留延期。

⑤ 肄(yì)业——学习。

⑥ 囊箧(qiè)萧然——口袋和箱子里冷落清净,比喻钱财已空。

丞相府前,适因丞相出探乡友回府,见刘秀才将字在手中,令取看之,连声称羡,遂带入府内,问其乡贯来因,见其人才不凡,乃留之西馆,教子弟读书,即令家人去寺中搬取行李,安置一个所在,正近后花园东轩之侧。刘真得遇丞相提携,衣食充裕,益攻书史,但是府中翰墨往来,并皆刘手启答,丞相甚爱重之。一夕,刘真偶步入花园中,正值小姐与二三侍女在花架下玩花,刘真看见失惊道:"久闻丞相有女,颜貌秀丽,果然不虚。后来小生若侥幸成名,得此佳人为配足矣。"道罢,恐人知觉,径转至轩下,因歌杜甫诗数篇以见志。

　　常言欲心一动,则邪便侵之,妖正欲迷惑个好男子,没寻机会处,是夜探得刘真未寝,便变成小姐形迹,到真读书馆所叩其门户。刘启户视之,正是日间所见的小姐,真愕然。妖媚道:"秀才不要惊恐,妾身省视爹娘已经睡去,闻君书声清亮,特来请教。"真方安心,与之对坐榻上,谈论颇久,解衣就寝。天色将明,妖媚先起,谓真道:"今夜早来陪君。"言罢径去。自此日去夜来,情意甚密,妖媚每来必将美食待真,真自谓佳遇,不胜之喜。一夕,妖媚备酒食来与真饮道:"君寓此处虽好,倘久后侍女知觉,报知父母,两下丢丑。妾不如收拾闺中所有,同君逃回汝家,长为夫妇。"真道:"如若丞相着人根究,其罪怎逃?"妖媚道:"妾母最爱于我,且妾与君俱未议婚姻,纵使根究亦无妨事。"真依言,过了一宵,约定十四夜,河下预备船只,小姐收拾零碎银两,与真径回扬州,比及丞相知真走去,亦不究问。

　　自妖媚去后,那朵牡丹花即枯死矣,金小姐朝夕思忆,染成病症,纵有良医,不能调理,母忧问其病由,小姐乃道为牡丹之故。母与丞相说知,丞相道:"此花惟扬州有。"即差家人带金宝往扬州,不拘官宦民家,不惜重价买得回家。家人领命径到扬州,遍访此样牡丹花,惟东门刘秀才家植有数丛。及家人访到刘秀才家下,值真外出,只见帘子下立着一个女子,问道:"是谁?"金家家人疑道:"好似我家小姐声音。"近前认之,果是小姐。恰遇刘真回来,家人亦认得是刘秀才,各痴呆半晌,莫知所为。真问家人来因,家告以小姐思牡丹得病特来此买之。真笑道:"小姐随我来此将近半年,哪里又有一个小姐?"家人难明,连夜回转东京报知丞相。丞相不信,差公吏来扬州接回小姐,小姐竟不推辞,与刘真随家人等转回东京,入府见丞相。丞相看是小姐,惊疑未定,及其母出来道:"小姐在房中尚未起来,因何又有在此?"丞相问刘真缘故,刘真不隐,一一告知昔日在东轩相会之因由。丞相道:"汝必被妖所惑。"即乘轿入开封府见包公说知其事。包公差张龙拘到二小姐并刘真,于厅下细视之,果无二样。乃命取轩辕①所铸照魔镜定其真伪,及左右将镜悬于堂上,顷刻间妖鱼吐开黑气,昏了天日,只听得一声响,黑气四散,看时,堂下二小姐皆不见了。丞相与包公皆愕然,满堂人无不失色。包公道:"丞相暂退,容迟几日,定有下落。"丞相称谢而去。包公着刘真在外伺候,将榜文张挂:有知妖精、小姐下落者,给钱五千贯赏之。次日侵早,往城隍庙中将牒章焚讫。城隍即遣阴兵遍处搜查是何妖怪。顷刻阴兵来报:碧油潭千年金鲤鱼作怪。城隍具劄②通知五湖四海龙君,务要捉拿妖鱼解报。龙君得知此事,亦遣水族神兵,沿江湖捕捉妖鱼。无如水族神兵俱皆杀败,如之奈何。龙君奏于上帝,上帝遣天兵捉之,那妖越遍八荒,如何拿得?怎奈包大尹日夕于城隍司里追迫,城隍只得再通龙君,龙君闭住四角海门搜捉,妖鱼却被赶得紧急,走入南海。

　　时都下有一郑某,平素好善,家中挂一张淡墨素妆的观世音像,日日敬奉无厌。忽夜梦一素妆妇人向他道:"汝明日来河岸边,引我见包大尹,稳取一场富贵。"郑某醒来,次早到河边看,果见一中年妇人,手执竹篮,内放一小小金色鲤鱼,立在杨柳树下,等着郑某来到,便说:"昨日,碧油潭金鲤鱼为四海龙君追逼无路,奔入南海,藏入琼蕊莲花下,今被我哄入篮中罩定走不得。前日包大尹有榜文,给赏知得妖鱼下落之人,可引我去,看他判出此条公案,给得赏钱来,一应赠尔。"郑某大悦,忙引妇人到府衙,正值包公与金丞相在厅上议论此事。公吏报入,包公唤进问其来由,郑某将妇人所言告知。包公道:"是此怪矣。"即令当堂放下鱼篮,遂问之。那妖为佛力所伏,在篮里一一供出迷人情由,摄去小姐现在碧油潭山侧岩穴中。包公欲将此妖鱼取出烹之,妇人道:"此千年灵气所成,纵烹之亦不能死,老妇带去自有发落。"包公然之,命库吏赏钱五千贯与妇人去,妇人出门首将赏钱付与郑某道:"报汝奉我三年之诚心,须将此事

---

① 轩辕——《史记·五帝本纪》:"黄帝者,少典之子,姓公孙,名轩辕。"此处即指黄帝。

② 具劄(zhá)——准备齐全奏事的公文。

传于世上。"言讫不见。郑某方悟是家中所奉观音大士,将钱回家,请精
工绘水墨观音之像,手提鱼篮,京都人效之,皆相传绘,此即今所谓鱼篮观
音是也。

　　比及包公差人去岩穴中寻取得金小姐到衙,已死去了,只心头略有微
温,令医诊视,皆言将有缘生人气引之可苏。包公猛省,谓丞相道:"小姐
莫非与刘秀才有缘? 老夫今日当作冰人①,成就此段姻事。"乃唤过刘真
以气去呵小姐,小姐果然苏来,左右见者皆道事非偶然。包公亦欢悦,命
人送二人入丞相府中。是夕,刘真与小姐成亲。次年,真登第,在京不上
数年,官至中书②,生二子俱出仕。

------

　　① 　冰人——冰上为阳,冰下为阴。阴阳事即指婚姻,冰人即介绍婚姻的媒人。
　　② 　中书——官名,供职于内阁,掌撰拟、记载、翻译、缮写,官阶为从七品。

四十八

何岳丈具状告异事　玉面猫捉怪救君臣

话说清河县有一秀士施俊，娶妻何氏名赛花，容貌秀丽，女工精通。施俊一日闻得东京开科取士，辞别妻室而行。与家童小二途中晓行夜住，饥餐渴饮，行了数日，已到山前，将晚，遇店投宿。原来那山盘旋六百余里，后面接西京地界，幽林深谷，崖石嵯峨，人迹不到，多出精灵怪异。有一起西天走下五个老鼠，神通变化，往来莫测：或时变化老人出来，脱骗客商财物；或时变化女子，迷人家子弟；或时变男子，惑富家之美女。其怪以大小呼名，有鼠一、鼠二等称，聚穴在瞰海岩下。那日，其怪鼠五正待寻人迷惑，化一店主人，在山前迎接过客，恰遇施俊生得清秀，便问其乡贯来历，施俊告以其实要往东京赴试的事，其怪暗喜。是夕，备酒款待之，与施俊对席而饮，酒中论及古今，那怪对答如流。施俊大惊，忖道：此只是一店家，怎博学如此？因问："足下亦通学否？"其怪笑道："不瞒秀士说，三四年前曾赴试，时运不济，科场没份，故弃了诗书开一小店，于本处随时度日。"施俊与他同饮到更深，那怪生一计较，呵一口毒气入酒中，递与施秀士饮之，施俊不饮那酒便罢，饮下去即刻昏闷，倒于座上。小二连忙扶起，引入客房安歇，腹中疼痛难忍，小二慌张，又没有寻医人处，延至天明，已不知昨夜店主人在哪里去了，勉强扶了主人再行几里，寻一个店住下，方知中了妖毒。

却说当下那妖怪径脱身变做施俊模样，便走归来。何氏正在房中梳妆，听得丈夫回家，连忙出来看时，果是笑容可掬。因问道："才离家二十余日，缘何便回？"那妖怪答道："将近东京，途遇赴试秀士说道，科场已罢，士子都散，我闻得此话，遂不入城，抽身回来。"何氏道："小二如何不同回？"妖怪道："小二不会走路，我将行李寄托朋友带回，着他随在后。"何氏信之，遂整早饭与妖食毕，亲朋来往都当是真的。自是妖与何氏取乐，岂知真夫在店中受苦。又过了半月，施俊在店中求得董真人丹药，调汤饮之，果获安全。比及要上东京，闻说科场已散，即与小二回来，缓缓归到家中,将有二十余日。小二先入门,恰值何氏与妖精在厅后饮酒,何氏听见小二回来,便起身出来问道:"你为何来得恁迟?"小二道:"休说归迟,险些主人性命难保。"何氏问:"是哪个主人?"小二道:"同我赴京去的,更问哪个主人?"何氏笑道:"你在路上躲懒不行,主人先回二十余日了。"小二惊道:"说哪里话,主人与我日则同行,夜则同歇,寸步不离,何得说他先回?"何氏听了,疑惑不定。忽施俊走入门来,见了何氏,相抱而哭。那妖怪听得,走出厅前,喝声:"是谁敢戏吾妻?"施俊大怒,近前与妖相斗一番,被妖逐赶而出。邻里闻知,无不吃惊。施俊没奈何,只得投见岳丈诉知其情。岳丈甚忧,令具状告于王丞相府衙。

王丞相看状,大异其事,即差公牌拘妖怪、何氏来问。王丞相视之,果是两个施俊。左右见者皆言除非是包大尹能明此事,惜在边庭未回。王丞相唤何氏近前细审之,何氏一一道知前情。丞相道:"你可曾知真夫身上有甚形迹为证否?"何氏道:"妾夫右臂有黑痣可验。"王丞相先唤假的近前,令其脱去上身衣服,验右臂上没有黑痣。丞相看罢忖道:这个是妖怪。再唤真的验之,果有黑痣在臂。丞相便令真施俊跪于左边,假施俊跪于右边,着公牌取长枷靠前分吩道:"汝等验一人右臂有黑痣者,是真施俊;无者是妖怪,即用长枷监起。"比及公牌向前验之,二人臂上皆有黑痣,不能辨其真伪。王丞相惊道:"好不作怪,适间只一个有,此时都有了。"且令俱收狱中,明日再审。

妖怪在狱中不忿,取难香呵起,那瞰海岩下四个鼠精商议便来救之。乃变作王丞相形体,次日侵早坐堂,取出施俊一干人阶下审问,将真的重责一番。施俊含冤无地,叫屈连天。忽真的王丞相入堂,见上面先坐一个,遂大惊,即令公人捉下假的;假的亦发作起来,着公吏捉下真的。霎时间混作一堂,公人亦辨不得真假,哪个敢动手"当下两个王丞相争辩公堂,看者各痴呆了。有老吏见识明敏者,近前禀道"两丞相不知真假,辩论连日亦是徒然,除非朝见仁宗。"仁宗遂降敕宣两丞相入朝,比及两丞相朝见,妖怪作法神通,喷一口气,仁宗眼目遂昏,不能明视,传旨命将二人监起通天牢里,候在今夜北斗上时,定要审出真假。原来仁宗是赤脚大仙降世,每到半夜,天宫亦能见之,故如此云。

真假两丞相既收牢中,那妖怪恐被参出,即将难香呵起,瞰海岩下三个鼠精闻得,商量着第三个来救。那第三鼠灵通亦显,变作仁宗面貌,未及五更，已占坐了朝元殿，大会百官，勘问其事。真仁宗平明出殿，文武官员见有二天子，各个失色，遂会同众官入内见国母奏知此事，国母大惊，便取过玉印，随百官出殿审视端的。国母道："你众官休慌，真天子掌中左有山河右有社稷的纹，看是哪个没有，便是假的。"众官验之，果然只有真仁宗有此纹。国母传旨，将假的监于通天牢中根勘去了。

那假的惊慌，便呵起难香，鼠一、鼠二闻知烦恼，商量道："鼠五好没分晓，生出这等大狱，事干朝廷，怎得脱逃？"鼠二道："我只得前去救他们回来。"鼠二作起神通，变成假国母升殿，要取牢中一干人放了。忽宫中国母传旨，命监禁者不得走透妖怪。比及文武知两国母之命一要放脱一要监禁，正不知哪个是真国母。仁宗因是不快，忧思数日，寝食俱废。众臣奏道："陛下可差使命往边庭宣包公回朝，方得明白。"天子允奏，亲书诏旨，差使臣往边庭宣读。包公接旨回朝，拜见圣上。退朝入开封府衙，唤过二十四名无情汉，取出三十六般法物，摆列堂下，于狱中取出一十罪犯来问，委的有二位王丞相，两个施秀才，一国母，一仁宗。包公笑道："内中丞相、施俊未审哪个真假，国母与圣上是假必矣。"且令监起，明日牒知①城隍，然后判问。

四鼠精被监一狱，面面相觑，暗相约道："包公说牒知城隍，必证出我等本相。虽是动作我们不得，争奈上干天怒，岂能久遁？可请鼠一来议。"众妖遂呵起难香，是时鼠一正来开封府打探消息，闻得包丞相勘问，笑道："待我做个包丞相，看你如何判理。"即显神通变作假包公，坐于府堂上判事。恰遇真包公出牒告城隍转衙，忽报堂上有一包公在座。包公道："这孽畜敢如此欺诳。"径入堂上，着令公牌拿下，那妖怪走下堂来，混在一处，众公牌正不知是哪个为真的，如何敢动手？堂下包公怒从心上起，抽身自忖，吩咐公牌："你众人谨守衙门，不得走漏消息，待我出堂方来听候。"公牌领诺。包公退入后堂去，假的还在堂上理事，只是公牌疑惑，不依呼召。

且说包公入见李氏夫人道："怪异难明，吾当诉之上帝，除此恶怪。汝将吾尸用被紧盖床上，休得举动，多则二昼夜便转。"遂取领边所涂孔雀血漫嚼几口，卧赴阴床上，直到天门。天使引见玉帝奏知其事，玉帝闻

---

①　牒知——用公文告知。

奏,命检察司曹查究何孽为祸。司曹奏道:"是西方雷音寺五鼠精走落中界作闹。"玉帝闻奏,欲召天兵收之。司曹奏道:"天兵不能收,若赶得紧急,此怪必走入海,为害尤猛。除非雷音寺世尊殿前宝盖笼中一个玉面猫能伏之,若求得来,可灭此怪,胜如十万天兵。"玉帝即差天使往雷音寺求取玉面猫。天使领玉牒到得西方雷音寺,参见了世尊,奉上玉牒,世尊开读,与众佛徒议之。有广大师进言:"世尊殿上离此猫不得,经卷甚多,恐议鼠耗,若借此猫去,恐误其事。"世尊道:"玉帝旨意焉敢不从?"大师道:"可将金睛狮子借之。玉帝若究,可说要留猫护经,玉帝亦不见罪。"世尊依其言,将金睛狮子付天使,前去回奏玉帝。司曹见之奏道:"文曲星为东京大难来,此兽不是玉面猫,枉费其功,望圣上怜之,取真的与他去。"玉帝复差天使同包公来雷音寺走一遭,见世尊参拜恳求。世尊不允,有大乘罗汉进道:"文曲星亦为生民之计,千辛万苦到此,世尊以救生为心,当借之去。"世尊依言,令童子将宝盖笼中取出灵猫,诵偈①一遍,那猫遂伏身短小。付包公藏于袖中,又教以捉鼠之法。包公拜辞世尊,同天使回见玉帝,奏知借得玉面猫来。玉帝大悦,命太乙天尊以杨柳水与包公饮了,其毒即解。

　　及天使送出天门,包公于赴阴床上醒来,已去五日矣。李夫人甚喜,即取汤来饮了。包公对夫人说知,到西天世尊处借得除怪之物来,休泄此机。夫人道:"于今怎生处置?"包公密道:"你明日入宫中见国母道知,择定某日,南郊筑起高台,方断此事。"夫人依命,次日乘轿进宫中见国母奏知,国母依奏,即宣狄枢密吩咐南郊筑台,不宜失误。狄青领旨,带领本部军兵向南郊筑起高台完备。包公在府衙里吩咐二十四名雄汉,择定是日前赴台上审问。轰动东京城军民,哪个不来看? 当日真仁宗、假仁宗、真国母、假国母与两丞相、两施俊,都立台下,文武官排列两厢,独真包公在台上坐,那假包公尚在台下争辩。将近午时,包公于袖中先取世尊经偈念了一遍,那玉面猫伸出一只脚,似猛虎之威,眼内射出两道金光,飞身下台来,先将第三鼠咬倒,却是假仁宗,鼠二露形要走,被神猫伸出左脚抓住,又伸出右脚抓了那鼠一,放开口一连咬倒,台下军民见者齐声呐喊。那假丞相、施俊变身走上云霄,神猫飞上,咬下一个是第五鼠,单走了第四鼠,

----

① 偈(jì)——佛经中的唱词。

那玉面猫不舍，一直随金光赶去。台下文武官见除了此怪，无不喝彩。包公下台来，见四个大鼠，约长一丈，被咬伤处尽出白膏。包公奏道："此吸人精血所成，可令各军卫宰烹食之，能助筋力。"仁宗允奏，敕令军卒抬得去了。起驾入朝，文武各朝贺，仁宗大悦，宣包公上殿面慰之，设宴待文武，命史臣略记其异。包公饮罢，退回府衙，发放施俊带何氏回家，仍得团圆。向后，何氏只因与怪交媾，受其恶毒更深，腹痛，施俊取所得董真人丸药饮之，何氏乃吐出毒气而愈。后来施俊得中进士，官至吏部，生二子亦成名。

四十九

尹贞娘题联考新夫　　查雅士愧赧失佳偶

　　话说河南许州管下临颍县，有一人姓查名彝，文雅士也，少入县庠，娶近村尹贞娘为妻。花烛之夜，查生正欲解衣而寝，尹贞娘乃止之曰："妾意郎君幼读儒书，当发奋励志，扬名显亲，非若寻常俗子可比，今日交会，可无言而就寝乎？妾今谬出鄙句，郎君若能随口应答，妾即与君共枕；若才力不及，郎君宜再赴学读书，今宵恐违所愿。"查生即命出题。贞娘乃出诗句道："点灯登阁各攻书。"查生思了半晌，未能应答，不觉面有惭色，遂即辞妻执灯径往学宫而去。是时学中诸友见查生尽夜而来，皆向前问道："兄今宵洞房花烛，正宜同伴新人，及时欢会行乐，何独抛弃新人至此，敢问其故？"查生因诸友来问，即以其妻所出诗句告知诸友，咸皆未答而退。内有一人姓郑名正者，平生为人极是好谑①，听得查生此言，随即漏夜私回，径往查生房内与贞娘宿歇。原来贞娘自悔偶然出此戏联，实非有心相难他，不期丈夫怀羞而去，心中懊悔不及，及见郑正入房，贞娘只谓查生回家歇宿，哪知是假的，乃问道："郎君适间不能对答而去，今倏又回，莫非思得佳句乎？"郑正默然不答。贞娘忖是其夫怀怒，亦不再问。郑正乃与贞娘极尽交欢之美，未及天明而去。及天明，查生回家，乃与贞娘施礼道："昨夜承瞻佳句，小生学问荒疏，不能应答，心甚愧赧②，有失陪奉。"贞娘道："君昨夜已回，缘何言此诳妄？"再三诘问其故，查生以实未回答之。贞娘细思查生之言，已知其身被他人所污，遂对查生道："郎君若实未回，愿郎君前程万里，从今后可奋志攻书，不须顾恋妾也。"言罢，即入房中自缢。移时，查生知之，即与父母径往，救之不及。查生痛悲，不知其故，昏绝于地。父母急救方醒，只得具棺殡葬贞娘。

　　不觉时光似箭，又是庆历三年八月中秋节，包公按临至临颍县，直升

---

①　好（hào）谑（xuè）——喜欢开玩笑。

②　愧赧（nǎn）——因惭愧而面红耳赤。

入公厅坐下。公厅庭前旁边有一桐树,树下阴凉可爱,包公唤左右把虎皮交椅移倚在桐树之下,玩月消遣,偶出诗句云:移椅倚桐同玩月。寻思欲凑下韵,半晌不能凑得,遂枕椅而卧。似睡非睡之间,朦胧见一女子,年近二八,美貌超群,昂然近前下跪道:"大人诗句不劳寻思,何不道:点灯登阁各攻书。"包公见对得甚工,即问道:"你这女子住居何处?"可通名姓。"女子答道:"大人若要知妾来历,除非本县学内秀才可知其详。"言讫,化阵清风而去。

包公醒时,辗转寻思此事奇怪。次日出牌,吩咐左右唤齐临颖县学秀才,来院赴考。包公出《论语》中题目,乃是"敬鬼神而远之"一句,与诸生作文,又将"移椅倚桐同玩月"诗句,出在题尾。内有秀才查彝,因见诗句偶合其妻贞娘前语,遂即书其下云:"点灯登阁各攻书。"诸生作文已毕,包公发令出外伺候。包公正看卷时,偶然见查彝诗句符合梦中之意,即唤查彝问道:"吾观汝文章亦只是寻常,但对诗句大有可取,吾谅此诗名必请他人为之,非汝能作也。吾今识破,可实言之,毋得隐讳。"查彝闻言,一一禀知。包公又问道:"吾想汝夜往学中之时,内中必有平日极善戏谑之人,知汝不回,故诈托汝之躯,与汝妻宿,污其身体,汝妻怀羞以致身死。汝可逐一说来,吾当替汝伸冤。"查彝禀道:"生员学中只有姓郑名正者,平生极好戏谑。"包公听罢,即令公差拘唤郑正到台审勘。郑正初然抵死不认,后受极刑,只得供招:贞娘诗句,查彝不能答对,怀羞到学与诸友言及此情,我不合起意,假身奸污,以致贞娘之死,甘罪招认是实。包公取了供词,即将郑正依拟因奸致死一命,即赴法场处决。士论帖服。

五 十

徐淑云赠银助国材　庞学吏贪心杀雪梅

话说顺天任县徐卿、郑贤二人，同窗数载，卿妻只生一女，名淑云；贤妻生有一子，名国材。二人后得高科，俱登朝议职，遂有秦晋①之心，因无媒妁之言，乃以结襟为记，誓无更变。不觉光阴似箭，人事屡移。国材年至十八，聪明俊慧，无书不读。不幸父母双亡，不数年家资消乏。徐卿见他家贫，遂欲将女嫁与别家。国材亦不敢启齿，情愿写下离书。淑云性格乖巧，文墨素谙，闻知父母负约，不肯还配郑郎，忧闷香闺，日食减少，不觉又过一年，宗师考试，材幸入泮宫，馆于儒学西斋。淑云闻材进学，悄使雪梅赍②白银十两，金杯一双，密送与郑。雪梅径往其家。访问郑官人在何处，国材堂叔郑仁道："你要寻他，可往儒学西斋去寻。"雪梅奔往儒学西斋，果见国材。雪梅道："官人万福。淑云小姐拜上，具礼在此作贺。"国材见了，收其礼物，遂与雪梅道："蒙小姐错爱，今赐厚仪，何以为当？但小生写了休书，再不敢过望，自后莫来，恐人知之，贻辱③小姐。"嘱罢，送雪梅出学门回去。雪梅归家见小姐备道郑官人所说言语。淑云道："忠臣不事二主，烈女岂更二夫。纵使老爷要我改嫁，有死而已。"次日，着雪梅再往儒学去与郑相公说，叫他二更时分到后园内，把金银赠你，娶小姐回归，材诺其言。不防隔墙学吏庞龙窃听其所约，心萌一计，至夜来，恰遇国材与同窗友饮酒醉睡，庞龙投入园内，将槐树一摇，那雪梅叫一声："郑官人来也。"手中携了白银一封、金钗数副并情书一纸走将出来，低头细看，却不是郑官人，回身欲转，庞龙遂拔出利刀将雪梅一刀杀死，推入园池里，取出金银而走。那淑云等到天明，不见雪梅回来，心中怀疑。这时国材醒来，已自天晓，记起昨日之约，今误却了大事，闷闷不已。

---

① 秦晋——春秋时，秦晋两国世为婚姻，后称两姓联姻的关系为秦晋。

② 赍(jī)——把东西送给别人。

③ 贻(yí)辱——留下污辱。

次日，徐不见雪梅，令家人遍处寻觅，寻到花园中，只见池边有血迹，即唤众人池内捞看，却是雪梅被人杀死。池边遗下一个纸包。卿令开那包来看，却是一封情书。书略曰：

妻淑云顿首：家君虽负约，妾志自坚贞。夫子今游泮①，岂作负心人。特具白金百两，首饰二副，乞作完娶之资。早调琴瑟②之好，永和鸾凤之音③。本欲一面，奈家法森严，不克④如愿，遣雪梅转达，幸祈留意是荷。

那徐卿看了大怒，遂具告于县。知县薛堂即令快手捉拿郑国材到厅拘问，郑国材不认其事。徐卿将淑云书信对理，国材见是小姐亲笔，哑口无言。薛堂将材拷打一番收监听决。徐卿是夜私送黄金百两，贿托薛堂致死国材。薛堂受了那金子，也不论国材招与不招，只管呼令左右将材钉了长枷问决，做一首文书解上顺天府去。

是时顺天府尹却是包公。国材将前情逐一告诉，包公令张千将国材收监听决。材自入禁中，手不释卷，禁中人等无不欣羡，知礼者另加钦敬。适包公提监，闻材书声不绝，心中暗想：此子决非谋财害命之徒，日后必有大用。是夜祝告天地乃寝，梦见有诗一首于壁上。曰：

雪压梅花映粉墙，龙骑龙背试梅花；世人若识其中趣，池内冤伸脱木才。

包公醒来，忖度半晌，方悟其意。次日升堂，拘唤庞龙来府究问。庞龙到厅诉道："小的乃学吏，并无受贿，老爷虎牌来拘，有何罪过？"包公道："这死囚好胆大包身！悄入徐园，杀死雪梅，得金银若干，你还要强辩？"喝令李万捆打，将长枷钉了。庞龙失色大惊，心想：这桩密事包公何得而知？真乃神人！只得直招。包公问道："你夺去金首饰二副，白银一百，今还有几多否？"庞龙道："银皆费尽，只有首饰未动。"遂差张千押庞龙回取首饰来，又责庞龙一百棍，囚入狱中。令人唤徐卿、淑云到台。包公喝道："你这老贼重富轻贫，负却前盟，是何道理？"令张千唤出郑国材到厅，打

---

① 游泮(pàn)——游学。

② 琴瑟(sè)——两种乐器名，比喻夫妻间感情和谐。

③ 永和句——鸾凤指鸾鸟和凤凰。此名指夫妻间关系和谐犹如鸾凤和鸣。

④ 不克——不能够。

开长枷,给衣帽与他穿了。又唤门子摆起香案花烛,令淑云就在厅上与国材拜了夫妇,库内给银二十两与国材安家。将金首饰还了徐氏回家,追庞龙家产变银偿还淑云夫妇。将徐卿赶出。那夫妇叩头拜谢包公而去。包公令公牌取出庞龙,押往法场,斩首示众。申奏朝廷,将薛知县配三千里。后郑国材连科及第。

五十一

邱一所抢伞耍无赖　罗进贤骂官怨不平

话说有民罗进贤,二月十二日天下大雨,擎了一伞出门探友,行至后巷亭,有一后生求帮伞。进贤不肯道:"如此大雨,你不自备伞具,我一伞焉能遮得两人!"其后生乃是城内光棍邱一所,花言巧计,最会骗人。乃诡词道:"我亦有伞,适间友人借去,令我在此少待,我今欲归甚急,故求相庇,兄何少容人之量。"罗生见说,遂与他帮伞。行到南街尾分路,邱一所夺伞在手道:"你可从那里去!"罗进贤道:"把伞还我。"邱一所笑道:"明日还罢,请了。"进贤赶上骂道:"这光棍!你帮我伞,还要拿到哪里去?"邱一所亦骂道:"这光棍!我当初原不与你帮,今要冒认我的伞,是何道理?"罗进贤忍气不住,扭打在包公衙门去。包公问道:"你二人伞有记号否?"皆道:"伞乃小物,哪有记号。"包公又问道:"可有干证否?"罗进贤道:"彼在后巷帮我伞,未有干证。"邱一所道:"他帮我伞时有二人见,只不晓得名姓。"包公又问:"伞值价几多?"罗进贤道:"新伞乃值五分。"包公怒道:"五分银物亦来打搅衙门。"令左右将伞扯破,每人分一半去,将二人赶出去。密嘱门子道:"你去看二人说些什么话,依实来报。门子回复道:"一人骂老爷糊涂不明,一人说,你没天理争我伞,今日也会着恼。"遂命皂隶拿他二人回来问道:"谁骂我者?"门子指罗进贤道:"是此人骂。"包公道:"骂本管地方官长,该当何罪?"发打二十。罗进贤道:"小人并不曾骂,真是冤枉。"邱一所执道:"明是他骂,到此就赖着。他白占我伞是的了。"包公道:"不说起争伞,几乎误打此人,分明是邱一所白占他伞,我判不明,伞又扯破,故彼不忿,怒骂我。"邱一所道:"他贪心无厌,见伞未判与他,故轻易骂官。哪里伞是他的?"包公道:"你这光棍,何故敢欺心?今尚且执他骂官,陷人于罪。是以我故扯破此伞试你二人之真伪,不然,哪里有工夫去拘干证审此小事。"将一所打十板,仍追银一钱以偿进贤。适有前在后巷见邱一所骗帮者二人,其一乃是粮户孙符,见包公审出此情,不觉抚掌道:"此真是生城隍也,不须干证。"包公拘问所言何事,孙符乃言邱一所帮伞之因:"后来老爷断得明白,故小人不觉叹服。"包公益知所断不枉。

五十二

邹樵夫卖柴误失刀　卢生员昧心辱斯文

话说有民邹敬，砍柴为生。一日往山采樵，即挑入城内去卖，其刀插入柴内，忘记拔起，带柴卖与生员卢日乾去，得银二分归家。及午后复去砍柴，方记得刀在柴内，忙往卢家去取。日乾小器不肯还。邹敬在家取索甚急，发言秽骂。乾乃包公得意门生，恃此脚力，就写帖命家人送县。包公问及根由，知事体颇小，纳其生员分上，将邹敬责五板发去。

敬被责不甘，复往日乾门首大骂不止，日乾乃衣巾亲见包公道："邹敬刁顽，蒙老师责治，彼反撒泼，又在街上大骂，乞加严治，方可警刁。"包公心上思量道："彼村民敢肆骂秀才，此必刀真插在柴内，被他隐瞒，又被刑责，故忿不甘心。乃命快手李节密嘱道："如此如此。"又将邹敬锁住等候。李节领命到卢日乾家中道："卢娘子，那村夫骂你，相公送在衙内，先番被责五板，今又被责十板，你相公教我来说，如今把柴刀还了他罢。"卢娘子道："我官人缘何不自来？"李节道："你相公见我老爷，定要退堂待茶，哪里便回得。"娘子信以为真，即将柴刀拿出还之。李节将刀拿回衙呈上："老爷，刀在此。"邹敬道："此正是我的刀。"日乾便失色。包公故意喝道："邹敬，休怪本官打你，你既要取刀，只该善言相求，他未去看，焉知刀在柴中？你便敢出言骂，且问你辱骂斯文该得何罪？我轻放你只打五板，秀才的帖中已说肯把刀还你，你去又骂，今刀虽与你去，还该打二十板。"邹敬磕头求赦。包公道："你在卢秀才面前磕头请罪，便赦你。"邹敬吃惊，即在日乾前一连磕了几个头，连忙走出去。包公乃责日乾道："卖柴生理，至为辛苦，你忍瞒其柴刀，仁心安在？我若偏护斯文，不究明白，又打此人，是我有亏小民了。我在众人前说你自肯把刀还他，令邹敬叩谢，亦是惜汝廉耻两字。"说得日乾满面羞惭，无言可答而退。包公遣人到卢家赚出柴刀，是其智识；人前回护，掩其过愆①，是其厚重；背后叮咛，责其改过，是其教化。一举而三善备焉。

---

① 过愆(qiān)——过失。

五十三

红牙球入帘牵真情　潘官人出门斩假鬼

话说京中有一富家,姓潘名源柳,人称为长者,原是官宦之家。有一子名秀,排行第八,年方弱冠①,丰姿洒落。一日,清明时节,长者备祭仪登坟挂钱。其家有红牙球一对,乃国家所出之宝,是昔日真宗赐与其祖的。长者出去后,秀带牙球出外闲耍片时,约步行来,忽见对门刘长者家朱门潇洒,帘幕半垂,下有红裙,微露小小弓鞋,潘秀不觉魂丧魄迷,思欲见之而不可得。忽见一个浮浪门客王贵,遂与秀答言道:"官人在此伺候,有何事?"秀以直告。王贵道:"官人要见这女子有何难处?"遂设一计,令秀向前将球子闲戏,抛入帘内,佯与赶逐球子,揭开珠帘,便可一见。秀如其言,但见此女年方二八,杏眼桃腮,美容无比,与之作揖。此女名唤花羞,便问:"郎君缘何到此?"秀答道:"因闲耍失落一牙球,赶来寻取,触犯娘子,望乞恕罪。"此女见秀丰仪出众,心甚爱之。遂含笑道:"今日父母俱出踏青,幸汝相逢,机缘非偶,愿与郎君同饮一杯,少叙殷勤。"秀听罢,且疑且惧,不敢应声。此女遂即扯住秀衣道:"若不依允,即告到官。"秀不得已遂从之。二人香闺中对斟,饮罢,两情皆浓。女子问道:"君今年青春几何?"秀答道:"虚度十九春矣。"女子又问:"曾娶亲否?"秀道:"尚未及婚。"女子道:"吾亦未尝许人,君若不嫌淫奔之名,愿以奉事君子。"秀惊答道:"已蒙赐酒,足见厚意。娘子若举此情,倘令尊大人知之,小生罪祸怎逃?"女子道:"深闺紧密,父母必不知情,君子勿惧。"秀见女子意坚,情兴亦动,二人同入罗帐,共偕鸳侣。云收雨散,秀即披衣起来辞去。女子遂告秀道:"妾有衷曲诉君。今日幸得同欢,妾未有家,君未有室,何不两下遣媒,结为夫妇?"秀许之,二人遂指天为誓,彼此切莫背盟。秀即归家,日夜相思,如醉如痴,情怀不已,转成憔悴。其父母再三问其

---

① 弱冠——《礼记·典礼上》:"二十曰弱,冠。"弱,指年少;冠指古时男子二十岁行冠礼。弱冠即指二十岁左右。

故,秀不得已,遂以刘氏女相爱之情告之。父母甚怜之,即忙遣媒人去与刘长者议婚。刘长者对媒人道:"吾上无男子,只有花羞一女,不能遣之嫁出,纳婿在家则可。"媒人归告潘长者,长者思忖道:吾亦只此一子,如何可出外就亲,想是刘家故为此说推托,决难成就。遂与秀说:"刘家既不愿为婚,京中多有豪富,何愁无亲?吾当别议他姻。"秀默然,遂成耽搁,后竟别议赵家女为配,因此潘秀与花羞女绝念。及成亲之日,行装盈门,笙簧嘹亮。是日,花羞在门外眺望,遂问小婢:"潘家今日何事如此喧闹?"小婢答道:"潘郎娶赵家女,今日成亲。"花羞听了,追思往事,垂泪如雨,自悔自怨,转思之深,说不出来,遂气闷而死。父母哭之甚哀,竟不知其故。遂令仆王温、李辛葬于南门外。

李辛回家,天色已晚,思想花羞女容颜可爱,心甚不忍舍,即告父母道:"今夜有件事外出一走。"父母允之。李辛至二更时候,月色微明,遂去掘开坟,劈开棺木,但见花羞女容貌如存。李辛思量:"可惜这娘子,与他尸骸合宿一宵,虽死亦甘心。"道罢,即揭起衣衾,与之同睡。良久,忽见花羞微微身动,眼目渐开,未几,略能言,问:"谁人敢与我同睡?"李辛惊道:"吾乃你家之仆李辛。主翁令我葬娘子在此,我因不忍舍,今夜掘开棺木看看娘子如何,不意娘子醒来,实乃天幸。"花羞已省人事,忽忆家中前日的事,遂以其情告李辛道:"只因潘秀负盟,以致闷死。今天赐还魂,幸有缘遇汝掘开坟墓,再得重生。此恩无以为报,今亦不愿回家,愿与汝结为夫妇。棺木中所有衣服物件,尽与汝拿去。"李辛甚喜,仍然掩了坟墓,遂与花羞同归,天尚未晓,到家叩门,其母开门见李辛带一妇人同回,怪而问之,辛告其母道:"此女原在娼家,与儿相识数载,今情愿弃了风尘,与儿为姻,今日带归见父母。"母信其言,二人遂成夫妇,情切相爱,人不知是花羞女也。李辛尽以其衣服首饰散卖别处,因而致富。

半年余,偶因邻家冬夜失火,烧至李辛房舍,花羞慌忙无计,可怜单衣惊走,无所适从,与李辛各散东西,行过数条街巷,栖栖无依。忽认得自家楼屋,花羞遂叩其父母之门,院子喝问:"谁人叩门?"花羞应道:"我是花羞女,归来见爹娘一次。"院子惊怪道:"花羞已死半年,缘何又来叩门?必是鬼魂。明日自去通报你爹娘,多将金钱衣彩焚化与娘子,且小心回去。"院子竟不敢开门。花羞欲进不得,欲去不得,风冷衣单,空垂两泪,无处投奔。忽见潘家楼上灯光灼灼闪闪,筵席未散,又去叩潘家门,门公怪问:"是谁叩门?"花羞应声:"传语潘八官人,妾是刘家花羞女,曾记得郎君昔日因戏牙球,遂得见一面,今夜有些事,特来投奔。"门公遂报潘秀,秀思忖怪异,若是对门刘家女,已死半年,想是鬼魂无依,遂呼李吉点灯,将冥钱衣彩来焚与之,秀自持宝剑随身,开门果见花羞垂泪乞怜。秀告花羞道:"你父母乃是大富之家,回去觅取些香楮①便了,何故苦苦来缠我?"言罢,烧了冥钱,急令李吉闭了门。那花羞连声叫屈不肯去,道:"你好负心人也!好不伤感。"秀大怒,复出门外挥剑斩之,遂闭门而卧。五更将尽,军巡在门外大叫:"有一个无头的妇人在外,遍身带血。"都巡遂申报府衙去了。

是时轰动街坊,刘长者闻得此事,怀疑不定。是夕,梦见花羞女来告称:"我被潘八杀了,尸骸现在他家门外,乞爹爹伸雪此冤。"言讫,竟掩泪而去。长者睡觉来以此梦告其妻道:"花羞女想必是还魂,被人开了墓。"待明日去掘开坟墓看时,果然不见尸骸,遂具状呈告于包公。包公即差人唤潘秀,不多时公差拘到,包公以盗开坟墓、杀了花羞事问之,秀不知其情,无言可应。包公根勘秀之原由,秀逐一具供剑斩鬼魂情由,包公疑而未决,将潘秀监收狱中,随即具榜遍挂四门:为捉到潘秀杀了花羞事,但潘秀不肯招认,不知当初是谁人开墓,救得花羞还魂,前来报知,给与赏钱一千贯。李辛见此榜,遂入府衙来告首请赏,一一具言花羞还魂事。包公遂判李辛不合开坟,致令潘秀误杀花羞,将李辛处斩,潘秀免罪。后潘秀追思花羞之事,忧念深重,遂成羸疾②而死,是花羞女怨怼③之报也。

---

① 香楮(chǔ)——香火和纸钱。
② 羸(léi)疾——衰弱的疾患。
③ 怨怼——怨恨太过,超出限度。

五十四

施桂芳游园入奇境　何表兄避讼蒙冤屈

　　话说四川成都府有一人姓何名达，为人刚直，年四十岁尚未有嗣。忽一日与叔子何隆争论未分的产业，隆亦是个奸刁之徒，不容相让，讼之于官，逮系干证，连年不决，以此兄弟致仇。何达欲思避身之计，来见姑之子施桂芳商议其事，桂芳原是宦族，幼习诗书，聪明才俊，尚未娶妻。那日见表兄来家，邀入舍中坐下，问其来由。达道："只因讼事一节，连年烦忧，伤财涉众，悔之莫及，思欲为脱身之计，特来与弟商议。"桂芳道："兄若不言，小弟当要告知，目前有故人韩节使官任东京，时遣人相请，兄何不整理行装同小弟相访一遭，且得游玩京城景致，得以避此是非。"达闻言大喜，即辞桂芳归家，与妻说知，收拾衣资之类，约日与桂芳并家人许一离成都望东京进发。将行了二十余日，望见东京城不远，将晚，歇城东山店，明日侵早入城，访问韩节使消息，人答道："按巡郡邑，尚未转衙。"以此桂芳与何达留止城东驿舍中，等待韩节使回来。清闲无事，每日二人只是饮酒寻芳，闻有景致处，即便观玩。

　　一日，何达同桂芳游到一个所在，遥见楼阁隐隐，风送钟声。何达道："前面莫不是佳境？与弟同前访看。"桂芳随步行来，却是一古寺。二人入得寺来，却遇二老僧在佛堂上讲经，见有客至，便起身施礼，请入方丈，分宾主坐定。僧人问："秀士何来？"桂芳答道："访故人不遇，特过宝刹观览。"僧令童子奉茶，何、施二人茶罢，又令童子取钥匙开各处门与何、施二人观景。何、施登罗汉阁观览一番，只见寺前一所树林，幽奇苍郁，古木森森，便问童子："那一座树林是何处？"童子答道："原是刘太守所置花园，太守过后，今已荒废多时，只一园林木而已。"桂芳听罢，对何达说道："试往游玩一番。"经游其地，但见园墙崩塌，砌石斜敧，狐踪兔迹，交驰草径。桂芳叹道："昔人初置此园，岂期今日如是。"忽然何达说："适才失落一手帕，内有碎银几两，莫非在佛阁上，弟且少待，我去寻取便来。"言罢竟去。桂芳缓步行入竹林中，等久不来。忽有二使女从林外而入，见桂芳笑道："太守请你议事。"桂芳问道："你太守是谁？"使女道："君去便知。"桂芳忘却等候，遂随二使女而去。比及何达来寻桂芳，不知所在，四下搜寻，并无消息，日色又晚，何达忖道：莫非他等我不来，先自回舍去了？即抽身转驿舍来问。

当下桂芳被那使女引到一所在，但见明楼大屋，朱门绣户，却是一个官府第宅。堂上坐一仕宦，见桂芳来到，便下阶迎进堂上赐坐，甚加礼敬。桂芳再三谦逊，其官宦道："足下远来，不必固辞。老夫避居此处十数年矣，人迹不到。君今相遇，事非偶然。吾有女年长，尚未许人，欲觅一佳婿不得，今愿以奉君，幸勿见阻。"桂芳正不知如何答应，那仕宦便吩咐使女，备筵席与秀士今夕毕礼。桂芳惶惧辞让，群女引之入室，锦帐绣帏，金碧辉煌，一美人出与相揖，遂谐伉俪。桂芳欢悦得此佳偶，真乃奇遇。自后再不见太守的面，但终日与群妇人拥簇嬉戏而已。

比及何达走回驿舍中，问家人许一："曾见桂官人回来否？"许一道："桂官人与主人一同出城未转。"何达惊疑，只恐在林中被大虫所伤，过了一宵。次日再往寺中访问，并无知者。何达至晚只得怏怏转回驿舍。停候十数日，并没消息，与家人商议，收拾回家。那往日官司未息，何隆访得达归，问及施桂芳没有下落，即以何达谋死桂芳情由具状告于有司。有司拘根其事，何达无辞相抵，遂被监禁狱中。何隆怀仇欲报，乘此机会，要问何达偿命，衙门上下用了贿赂，急推勘其事。何达受刑不过，只得招成了谋害之事，有司叠成文案，该正大辟，解赴西京决狱。

时值包公为护国张娘娘进香，跑到西京玉妃庙还愿，事毕经过街道，望见前面一道怨气冲天而起，便问公牌："前面人头簇簇，有何事故？"公牌禀道："有司官今日在法场上决罪人。"包公忖道：内中必有冤枉之人。即差公牌报知，罪人且将审实，方许处决。公牌急忙回复，监斩官不敢开刀，随即带犯人来见包公。包公根勘之，何达悲咽不止，将前事诉了一遍。包公听了口词，又拘其家人问之，家人亦诉并无谋死情由，只不知桂官人下落，难以分解。包公怪疑，令将何达散监狱中，再候根勘。

次日，包公吩咐封了府门，扮作青衣秀士，只与军牌薛霸，何达家人许一，共三人，竟来古寺中访问其事。恰值二僧正在方丈闲坐，见三人进来，即便起身迎入坐定。僧人问："秀士何来？"包公答道："从四川到此，程途劳倦，特扰宝刹借宿一宵，明日即行。"僧人道："恐铺盖不周，寄宿尽可。"

于是,包公独行廊下,见一童子出来,便道:"你领我四处游玩一遍,与你铜钱买果子吃。"童子见包公面色异样,笑道:"今年春间,两个秀才来寺中游玩,失落了一个,足下今有几位来?"包公正待根究此事,听童子所言,遂赔小心问之,童子叙其根由,乃引出山门用手指道:"前面那茂林内,常出妖怪迷人。那日一秀士入林中游行,不知所在,至今未知下落。"包公记在心中,就于寺内过了一宿。次日同许一去林中行走,根究其事。但见四下荒寂,寒气侵人,没有一些动静。正疑惑间,忽听林中有笑声,包公冒荆棘而入,只见群女拥着一男子在石上作乐饮酒。包公近前叱呵之,群女皆走没了,只遗下施桂芳坐在林中石上,昏迷不醒人事,包公令薛霸、许一扶之而归。过了数日,桂芳口中吐出恶涎数升,如梦方醒,略省人事。包公乃开府衙坐入公案,命薛霸拘何隆一干人到阶下,审勘桂芳失落之由。桂芳遂将前情道知,言讫,呜咽不胜。包公道:"吾若不亲到其地,焉知有此异事。"乃诘何隆道:"汝未知人之生死,何妄告达谋杀桂芳?今桂芳尚在,汝当何罪?"何达泣诉道:"隆因家业不明,连年结讼未决,致成深仇,特以此事欲置小人于死地。"包公信以为然。刑拷何隆,隆知情屈,遂一一招承。包公叠成文案,将何隆杖一百,发配沧州军,永不回乡;治下衙门官吏受何隆之贿赂,不明究其冤枉,诬令何达屈招者,俱革职役不恕;施桂芳、何达供明无罪,各放回家。

五十五

张大智无才误学生　杨家子失教不敬师

话说人家教育子弟,择师为先,做先生的误了学生终身大事,真实可恨。东京有个姓张的先生,名字叫做大智,生来一字不通,只写得一本《百家姓》而已。那先生有一件好处,惯会谋人家好馆,处了三年五载,得了七两八贯,并不会教训一字,把学生大事误尽不顾。有个东家姓杨名梁,因见学生无成,便去告于包公台下:

> 告为恶师误徒事:易子而教,成人是望;夫子之患,在好为师。今某一丁不识,强谋人馆。束脩①争多,何曾立教;误子无成,杀人不啻②。乞正斯文,重扶名教。上告。

包公看罢,大怒道:"做先生的误了学生,其罪不小。"唤鬼卒速拿恶师张大智来。不多时,张大智到。包公道:"张大智,你如何误了人家学生?"张大智道:"张某虽则不才,颇知教法,但凡教法要因人而施。学生生来下愚,叫做先生的也无可奈何。就是孔夫子有三千徒弟,哪里个个做得贤人! 况做先生的就如做父母的一样,只要儿子好,哪里要儿子不好! 还有一件,孔夫子说道:自行束脩以上,吾未尝无诲焉。又孟子说道:待先生如此,其忠且敬也。看来做主人家的也有难做处。因见杨某学生又蠢,礼数又疏,故未能造到大贤地位。"包公道:"杨梁你如何怠慢先生?"杨梁道:"因见先生不善教诲,故此怠慢他也须有的。"张大智道:"你见我不善教诲,何不辞了我另请别个?"杨梁道:"你见我怠慢你,何不辞了我到别家去?"二人折辩多时。包公喝道:"休得折辩,毕竟两家都有不是处。"张大智又补一诉词:

> 诉为诬师事:天因材笃焉,圣因人教哉。有朋自远方来,亦将有以利吾国乎? 自行束脩以上,三月不知肉味。上大人容某禀告,化三

---

① 束脩(xiū)——学生送给教师的礼物。古时称干肉为脩。

② 不啻(chì)——不异于。

千惟天可表。上诉。

包公看罢笑道:"待我考试先生一番,就见主人家的意思。"遂出下一个题目来,先生就做,又一字不通。包公道:"果然名不虚传,主人慢师情该有的;先生误了学生,罪同谋财杀命。但主人家既请了那先生,虽则不通,合当礼待,以终其事,不可坏了斯文体面。今罚先生为牛,替主人家耕田,还了宿债;罚主人为猪,今生舍不得礼待先生,来生割肉与人吃。"批道:

> 审得,师有师道,黑漆灯笼如何照得;弟有弟道,废朽樗栎如何雕得;主有主道,一毛不拔如何成得。先生没教法,误了多少后生,罚牛非过;主人无道理,坏了天下斯文,做猪何辞。从此去劝先生,不要自家吃草;自今后语主人,勿得来世受屠。

批完,各杖去讫。

五十六

曹国舅害民被正法　包龙图迅雷沛甘霖

话说潮州潮水县孝廉坊铁邱村有一秀士，姓袁名文正，幼习儒业，妻张氏，美貌而贤，生个儿子已有三岁。袁秀才听得东京将开南省，与妻子商议要去赴试。张氏道："家中贫寒，儿子又小，君若去后，教妾靠着谁人？"袁秀才答道："十年灯窗之苦，指望一举成名。既贤妻在家无靠，不如收拾同行。"两个路上晓行夜住，不一日到了东京城，投在王婆店中歇下，过了一宿。次日，袁秀才梳洗饭罢，同妻子入城玩景，忽一声喝道前来，夫妻二人急躲在一边，看那马上坐着一位贵侯，不是别人，乃是曹国舅二皇亲。国舅马上看见张氏美貌非常，便动了心，着军牌请那秀才到府中说话。袁秀才闻得是国舅，哪里敢推辞，便同妻子入得曹府来。国舅亲自出迎，叙礼而坐，动问来历。袁秀才告知赴试的事，国舅大喜，先令使女引张氏入后堂相待去了，却令左右抬过齐整筵席，亲劝袁秀才饮得酩酊大醉，密令左右扶向僻处用麻绳绞死，把那三岁孩儿亦打死了。可怜袁秀才满腹经纶未展，已作南柯一梦①。比及张氏出来要同丈夫转店，国舅道："袁秀才饮已过醉，扶入房中睡去。"张氏心慌，不肯出府，欲待丈夫醒来。挨近黄昏，国舅令使女说与他知："说他丈夫已死的事，且劝他与我为夫人。"使女通知其事，张氏号啕大哭，要寻死路。国舅见他不从，令监在深房内，命使女劝谕不提。

且说包公到边庭赏劳三军，回朝复命已毕，即便回府。行过石桥边，忽马前起一阵狂风，旋绕不散。包公忖道：此必有冤枉事。便差手下王兴、李吉随此狂风跟去，看其下落。王、李二人领命，随风前来，那阵风直从曹国舅高衙中落下。两个公牌仰头看时，四边高墙，中间门上大书数字

---

①　南柯一梦——唐代李公佐《南柯太守传》记载：淳于棼梦见到了大槐安国，娶了公主，做了南柯太守，享尽了荣华富贵，醒后方知是一场空梦。以此指一场空喜。

道："有人看者，割去眼睛，用手指者，砍去一掌。"两公牌一吓，回禀包公，公怒道："彼又不是皇上宫殿，敢如此乱道！"遂亲自来看，果然是一座高院门，正不知是谁家贵宅。乃令军牌问一老人，老人禀道："是皇亲曹国舅之府。"包公道："便是皇亲亦无此高大，彼只是一个国舅，起甚这样府院。"老人叹了一声气道："大人不问，小老哪里敢说。他的权势比当今皇上的还胜，有犯在他手里的，便是铁枷；人家妇女生得美貌，便拿去奸占，不从者便打死，不知害死几多人命。近日府中因害得人多，白日里出怪，国舅住不得，今阖府移往他处去了。"包公听了，遂赏老人而去。回衙即令王兴、李吉近前，勾取马前旋风鬼来证状。二人出门，思量无计，到晚间乃于曹府门首高叫："冤鬼到包爷衙内去。"忽一阵风起，一冤魂手抱三岁孩儿，随公牌来见包公。包公见其披头散发，满身是血，将赴试被曹府谋死，弃尸在后花园井中的事，从头诉了一遍。包公又问："既汝妻在，何不令他来告状？"文正道："妻子被他带去郑州三个月，如何能够得见相公？"包公道："汝且去，我与你准理。"听罢，依前化一阵风而去。次日升厅，集公牌吩咐道："昨夜冤魂说，曹府后花园井里藏得有千两黄金，有人肯下去取来，分其一半。"王、李二公差回禀愿去，吊下井中，二人摸着一死尸，十分惊怕，回衙禀知包公。包公道："我不信，就是尸身亦捞起来看。"二人复又吊下井去，取得尸身起来，抬入开封府衙。

　包公令将尸放于东廊下，便问牌军曹国舅移居何处，牌军答道："今移在狮儿巷内。"即令张千、李万备了羊酒，前去作贺他。包公到得曹府，大国舅在朝未回，其母郡太夫人大怒，怪着包公不当贺礼。包公被夫人所辱，正转府，恰遇大国舅回来，见包公，下马叙问良久，因道知来贺被夫人羞叱。大国舅赔小心道："休怪。"二人相别。国舅到府烦恼，对郡太夫人道："适间包大人遇见儿子道，来贺夫人，被夫人羞辱而去。今二弟做下逆理之事，倘被他知之，一命难保。"夫人笑道："我女儿现为正宫皇后，怕他怎么？"国舅道："今皇上若有过犯，他且不怕，怕甚皇后？不如写书与二弟，叫他将秀才之妻谋死，方绝后患。"夫人依言，遂写书一封，差人差送到郑州。二国舅看罢也没奈何，只得用酒灌醉张娘子，正待持刀入房要杀，看他容貌不忍下手，又出房来，遇见院子张公，道知前情。张公道："国舅若杀之于此，则冤魂不散，又来作怪。我后花园有口古井，深不见底，莫若推于井中，岂不干净。"国舅大喜，遂赏张公花银十两，令他缚了张氏，抬到园来。那张公有心要救张娘子，只待他醒来。不一时张氏醒来，哭告其情，张公亦哀怜之，密开了后门，将十两花银与张娘子作路费，教他直上东京包大人那里去告状。张氏拜谢出门，他是个闺中妇女，独自如何到得东京？悲哀怨气感动了太白金星，化作一个老翁，直引他到东京，化阵清风而去。张氏惊疑，抬起头望时，正是旧日王婆店门首，入去投宿。王婆认得，诉出前情，王婆亦为之下泪，乃道："今日五更，包大人去行香，待他回来，可截马头告状。"张氏请人写了状子完备，走出街来，正遇见一官到，去拦住马头叫屈。哪知这一位官不是包大人，却是大国舅，见了状子大惊，就问他一个冲马头的罪，登时用棍将张氏打昏了，搜检身上有银十两，亦夺得去，将尸身丢在僻巷里。王婆听得消息忙来看时，气尚未绝，连忙抱回店中救醒。过二三日，探听包大人在门首过，张氏跪截马头叫屈。包公接状，便令公差领张氏入府中去廊下认尸，果是其夫。又拘店主人王婆来问，审勘明白，令张氏入后堂，发放王婆回店。包公思忖：先捉大国舅再作理会，即诈病不起。

上闻公病，与群臣议往视之，曹国舅启奏："待微臣先往，陛下再去未迟。"上允奏。次日报入包府中，包公吩咐齐备，适国舅到府前下轿，包公出府迎入后堂坐定，叙慰良久，便令抬酒来，饮至半酣，包公起身道："国舅，下官前日接一纸状，有人告说丈夫、儿子被人打死，妻室被人谋了，后其妻子逃至东京，又被仇家打死，幸得王婆救醒，复在我手里又告，已准他的状子，正待请国舅商议，不知那官人姓甚名谁？"国舅听罢，毛发悚然。张氏从屏风后走出，哭指道："打死妾身正是此人。"国舅喝道："无故赖人，该得何罪？"包公大怒，令军牌捉下，去了衣冠，用长枷监于牢中。包公恐走漏消息，闭上了门，将随带来之人尽行拿下。思忖捉二国舅之计，遂写下假家书一封，已搜出大国舅身上图书，用朱印讫，差人星夜到郑州，道知郡太夫人病重，急速回来。二国舅见书认得兄长图书，即忙转回东京，未到府遇见包公，请入府中叙话。酒饮三杯，国舅起身道："家兄有书来，说道郡太病重，尚容另日领教。"忽厅后走出张氏，跪下哭诉前情，国舅一见张氏，面如土色。包公便令捉下，枷入牢中。

从人报知郡太夫人，夫人大惊，急来见曹娘娘说知其事。曹皇后奏知仁宗，仁宗亦不准理。皇后心慌，私出宫门来到开封府与二国舅说方便。包公道："国舅已犯大罪，娘娘私出宫门，明日为臣见圣上奏知。"皇后无语,只得复回宫中。次日,郡太夫人奏于仁宗,仁宗无奈,遣众大臣到开封府劝和。包公预知其来,吩咐军牌出示:彼各自有衙门,今日但入府者便与国舅同罪。众大臣闻知,哪个敢入府来?上知包公决不容情,怎奈郡太夫人在金殿哀奏,皇上只得御驾亲到开封府,包公近前接驾,将玉带连咬三口奏道:"今又非祭天地劝农之日,圣上胡乱出朝,主天下有三年大旱。"仁宗道:"朕此来端为二皇亲之故,万事看朕分上恕了他罢!"包公道:"既陛下要救二皇亲,一道赦文足矣,何劳御驾亲临?今二国舅罪恶贯盈,若不依臣启奏判理,情愿纳还官诰归农。"仁宗回驾。包公令牢中押出二国舅赴法场处决。郡太夫人得知,复入朝哀恳圣上降赦书救二国舅,皇上允奏,即颁赦文,遣使臣到法场,包公跪听宣读,只赦东京罪人及二皇亲,包公道:"都是皇上的百姓犯罪,偏不赦天下,赦只赦东京!"先把二国舅斩讫,大国舅等待午时开刀。郡太夫人听报斩了二国舅,忙来哭奏皇上。王丞相奏道:"陛下须通行颁赦天下,方可保大国舅。"皇上允奏,即草诏颁行天下,不论犯罪轻重,一齐赦宥①。包公闻赦各处,乃当场开了大国舅长枷,放回府中,见了郡太夫人,相抱而哭。国舅道:"不肖深辱父母,今在死中复生,想母亲自有人侍奉,为儿情愿纳还官诰,入山修行。"郡太夫人劝留不住。后来曹国舅得遇真人点化,入了仙班,此是后话不题。

却说包公判明此段公案,令将袁文正尸首葬于南山之阳。库中给银三十两,赐与张氏,发回本乡。是时遇赦之家无不称颂包公仁德。包公此举,杀一国舅而文正之冤得伸,赦一国舅而天下罪囚皆释,真能以迅雷沛甘霖之泽者也。

---

① 赦(shè)宥(yòu)——减罪或免罪。

五十七

宋仁宗认母审奸臣　刘娘娘私赂露机关

　　话说包公自赈济饥民，离任赴京来到桑林镇宿歇。吩咐道："我借东岳庙歇马三朝，地方倘有不平之事，许来告首。忽有一个住破窑婆子闻知，走来告状。包公见那婆子两目昏眊①，衣服垢恶，便问："汝是何人，要告什么不平事？"那婆子连连骂道："说起我名，便该死罪。"包公笑问其由。婆子道："我的屈情事，除非是真包公方断得，恐你不是真的。"包公道："你如何认得是真包公，假包公？"婆子道："我眼看不见，要摸颈后有个肉块的，方是真包公，那时方伸得我的冤。"包公道："任你来摸。"那婆子走近前，抱住包公头伸手摸来，果有肉块，知是真的，在脸上打两个巴掌，左右公差皆失色。包公也不嗔怒他，便问婆子："有何事？你且说来。"那婆子道："此事只好你我二人知之，须要遣去左右公差方才好说。"包公即屏去左右。婆子知前后无人，放声大哭道："我家是亳州亳水县人，父亲姓李名宗华，曾为节度使，上无男子，单生我一女流，只因难养，年十三岁就入太清宫修行，尊为金冠道姑。一日，真宗皇帝到宫行香，见吾美丽，纳为偏妃，太平二年三月初三日生下小储君，是时南宫刘妃亦生一女，只因六宫大使郭槐作弊，将女儿来换我小储君而去，老身气闷在地，不觉误死女儿，被囚于冷宫，当得张院子知此事冤屈，六月初三日见太子游赏内苑，略说起情由，被郭大使报与刘后得知，用绢绞死了张院子，杀他一十八口，直待真宗晏驾②，我儿接位，颁赦冷宫罪人，我方得出，只得来桑林镇觅食，万望奏于主上，伸妾之冤，使我母子相认。"包公道："娘娘生下太子时，有何留记为验？"婆子道："生下太子之时，两手不直，一宫人挽开看时，左手有山河二字，右手有社稷二字。"包公听了，即扶婆子坐于椅上跪拜道："望乞娘娘恕罪。"令取过锦衣换了，带回东京。

---

　　① 昏眊(mào)——昏暗失神。
　　② 晏驾——古代帝王死亡的讳辞。

及包公朝见仁宗，多有功绩，奏道："臣蒙诏而回，路逢一道士连哭了三日三夜。臣问其所哭之由，彼道：'山河社稷倒了。'臣怪而问之：'为甚山河社稷倒了？'道士道：'当今无真天子，故此山河社稷倒了。'"上笑道："那道士诳言之甚。朕左手有山河二字，右手有社稷二字，如何不是真天子？"包公奏道："望我主把与小臣看明，又有所议。"仁宗即开手与包公及众臣视之，果然不差。包公叩头奏道："真命天子，可惜只做了草头王。"文武听了皆失色。上微怒道："我太祖皇帝仁义而得天下，传至寡人，自来无愆①，何谓是草头王？"包公奏道："既陛下为嫡派之真主，如何不知亲生母所在？"上道："朝阳殿刘皇后便是寡人亲生母。"包公又奏道："臣已访知，陛下嫡母在桑林镇觅食。倘若圣上不信，但问两班文武便有知者。"上问群臣道："包文拯所言可疑，朕果有此事乎？"王丞相奏道："此陛下内事，除非是问六宫大使郭槐，可知端的②。"上即宣过郭大使问之。大使道："刘娘娘乃陛下嫡母，何用问焉！此乃包公妄生事端，欺罔我主。"上怒甚，要将包公押出市曹斩首。王丞相又奏："文拯此情，内中必有缘故，望陛下将郭大使发下西台御史处勘问明白。"上允其奏，着御史王材根究其事。

当时刘后恐泄漏事情，密与徐监宫商议，将金宝买嘱王御史方便。不想王御史是个赃官，见徐监宫送来许多金宝，遂欢喜受了，放下郭大使，整酒款待徐监宫。正饮酒间，忽一黑脸汉撞入门来。王御史问是谁人，黑脸汉道："我是三十六宫四十五院都节史，今日是年节，特来大人处讨些节仪。"王御史吩咐门子与他十贯钱，赏以三碗酒。那黑汉吃了三碗酒，醉倒在阶前叫屈。人问其故，那醉汉道："天子不认亲娘是大屈，官府贪赃受贿是小屈。"王御史听得，喝道："天子不认亲娘，干你甚事？"令左右将黑汉吊起在衙里，左右正吊间，人报南衙包丞相来到。王材慌忙令郭大使复入牢中坐着，即出来迎接，不见包公，只有从人在外。王御史因问："包大人何在？"董超答道："大人言在王相公府里议事，我等特来伺候。"王御史惊疑。董超等一齐入内，见吊起者正是包公，董超众人一齐向前解了。包公发怒，令拿过王御史跪下，就府中搜出珍珠三斗，金银各十锭。包公

---

① 自来无愆——从来没有失误。

② 端的——底细。

道:"你乃枉法赃官,当正典刑。"即令推出市曹斩首示众。

当下徐监宫已从后门走回宫中去。包公以其财物具奏天子,仁宗见了赃证,沉吟不决,乃问:"此金宝谁人进用的?"包公奏道:"臣访得是刘娘娘宫中使唤徐监宫送去。"仁宗乃宣徐监宫问之,徐监宫难以隐瞒,只得当殿招认,是刘娘娘所遣。仁宗闻知,龙颜大怒道:"既是我亲母,何用私赂买嘱?其中必有缘故!"乃下敕发配徐监宫边远充军,着令包公拷问郭大使根由。包公领旨,回转南衙,将郭大使严刑究问,郭槐苦不肯招,令押入牢中监禁。唤董超、薛霸二人吩咐道:"汝二人如此如此,查出郭槐事因,自有重赏。"二人径入牢中,私开了郭槐枷锁,拿过一瓶好酒与之共饮,因密嘱道:"刘娘娘传旨着你不要招认,事得脱后,自有重报。"郭大使不知是计,饮得酒醉了乃道:"你二牌军善施方便,待回宫见刘娘娘说你二人之功,亦有重用。"董超觑透其机,引入内牢,重用刑拷勘道:"郭大使,你分明知其情弊,好好招承,免受苦楚。"郭槐受苦难禁,只得将前情供招明白。次日,董、薛两人呈知包公,包公大喜,执郭槐供状启奏仁宗。仁宗看罢,召郭槐当殿审之。槐又奏道:"臣受苦难禁,只得胡乱招承,岂有此事。"仁宗以此事顾问包公道:"此事难理。"包公奏道:"陛下再将郭槐吊在张家园内,自有明白处。"上依奏,押出郭槐前去。包公预装下神机,先着董超、薛霸去张家园,将郭槐吊起审问。将近三更时候,包公祷告天地,忽然天昏地黑,星月无光,一阵狂风过处,已把郭槐捉将去。郭槐开目视之,见两边排下鬼兵,上面坐着的是阎罗天子。王问:"张家一十八口当灭么?"旁边走过判官近前奏道:"张家当灭。"王又问:"郭槐当灭否?"判官奏道:"郭大使尚有六年旺气。"郭槐闻说,叫声:"大王,若解得这场大事,我与刘娘娘说知,作无边功课致谢大王。"阎王道:"你将刘娘娘当初事情说得明白,我便饶你罪过。"郭槐一一诉出前情。左右录写得明白,皇上亲自听闻,乃喝道:"奸贼!今日还赖得过么?朕是真天子,非阎王也,判官乃包卿也。"郭槐吓得哑口无言,低着头只请快死而已。

上命整驾回殿,天色渐明,文武齐集,天子即命排整銮驾,迎接李娘娘到殿上相见,帝母二人悲喜交集,文武庆贺,乃令宫娥送入养老宫去讫。仁宗要将刘娘娘受油锅之刑以泄其忿。包公奏道:"王法无斩天子之剑,亦无煎皇后之锅。我主若要他死,着人将丈二白丝帕绞死,送入后花园

中;郭槐当落鼎镬之刑①。"仁宗允奏,遂依包公决断。真可谓亘古②一大
奇事。

---

① 鼎镬之刑——鼎镬为古代烹饪的器具,以鼎镬煮烹罪人是一种酷刑。
② 亘(gèn)古——从古至今,时间上延绵不断。

五十八

梅商人遇祸悟神签　姜氏女沐浴化冤魂

　　话说河南开封府陈州管下商水县,有一人姓梅名敬,少入郡庠,家道殷实,父母俱庆,只鲜兄弟。娶邻邑西华县姜氏为妻,后父母双亡,服满赴试,屡科不第,乃谓其妻道:"吾幼习儒业,将欲显祖耀亲,荣妻荫子,为天地间一伟人。奈何苍天不遂吾愿,使二亲不及见我成立大志已殁①,诚天地间一罪人也。今辗转寻思,常忆古人有言,若要腰缠十万贯,除非骑鹤上扬州,意欲弃儒就商,遨游四海,以伸其志,岂肯屈守田园,甘老丘林。不知贤妻意下如何?"姜氏道:"妾闻古人有云,在家从父,出嫁从夫。君既有志为商,妾当听从。但愿君此去以千金之躯为重,保全父母遗体②,休贪路柳墙花③。若得稍获微利,即当快整归鞭。"梅敬听得妻言有理,遂收置货物,径往四川成都府经商,姜氏饯别而去。

　　梅敬一去六载未回,一日忽怀归计,遂收拾财物,竟入诸葛武侯庙中祈签。当祷视已毕,求得一签云:

　　　　逢崖切莫宿,逢汤切莫浴。

　　　　斗粟三升米,解却一身曲。

梅敬祈得此签,茫然不晓其意,只得起程而回。这一日舟子将船泊于大崖之下,梅敬忽然想起签中"逢崖切莫宿"之句,遂自省悟,即令舟子移船别处,方移船时,大崖忽然崩下,陷了无限之物。梅敬心下大惊,方信签中之言有验。一路无碍至家,姜氏接入堂上,再尽夫妇之礼,略叙离别之情。时天色已晚,是夜昏黑无光。一时间姜氏烧汤水一盆,谓梅敬道::"贤夫路途劳苦,请去洗澡,方好歇息。"梅敬听了妻言,又大省悟,神签道"逢汤切莫浴",遂乃推故对妻道:"吾今日偶不喜浴,不劳贤妻候问。"姜氏见夫

---

　　① 殁(mò)——死亡。

　　② 父母遗(wèi)体——父母给与的身体。

　　③ 路柳墙花——路边的柳,墙边的花,借指行为放荡的女子。

言如此，遂不催促，即自去洗澡。姜氏正浴间，不防被一人预匿房中，将利枪从腹中一戳，可怜姜氏姣姿秀美，化作南柯一梦。其人溜躲房外去了。梅敬在外等候，见姜氏多久不出，执灯入往浴房唤之，方知被杀在地，哭得几次昏迷。次日正欲具状告理，又不知是何人所杀。却有街坊邻舍知之，忙往开封府首告梅敬无故自杀其妻。

　　包公看了状词，即拘梅敬审勘。梅敬遂以祈签之事告知。包公自思：梅敬才回，决无自杀其妻的理。乃对梅敬道："你出六年不回，汝妻美貌，必有奸夫，想是奸夫起情造意要谋杀汝，汝因悟神签的话，故得脱免其祸。今详观神签中语云：'斗粟三升米，'吾想官斗十升只得米三升，更有七升是糠无疑。莫非这奸夫就是康七么？"梅敬道："生员对邻果有一人名唤康七。"包公即令左右拘唤来审，康七亦不推赖，叩头供状道："小人因见姜氏美貌，不合故起谋心，本意欲杀其夫，不知误伤其妻。相公明见万里，小人情愿伏罪。"包公押了供状，遂断其偿命，即令典刑。远近人人叹服。

五十九

张兄弟误认无头尸　两客商匿妇建康驿

话说东京管下袁州有一人姓张名迟者,与弟张汉共堂居住。张迟娶妻周氏,生一子周岁。适周母有疾,着安童①来报其女。周氏闻知母病,与夫商议要回家看母,过数日方才收拾回去。比及周氏到得母家,母病已痊,留住一月有余。忽张迟有故人潘某在临安为县吏,遣仆相请。张迟接得故人来书,次日先打发仆回报,许来相会。潘仆去后,迟与弟商议道:"临安县潘故人书来相请,我已许约而去,家下要人看理,汝当代我前往周家说知,就同嫂嫂回来。"弟应诺。

次日,张汉径出门来到周家,见了嫂嫂道知:"兄将远行,特命我来接嫂嫂回家。"周氏乃是贤惠妇人,甚是敬叔,吩咐备酒相待。张汉饮至数杯,乃道:"路途颇远,须趁早起身。"周氏遂辞别父母,随叔步行而回。行到高岭上,乃五月天气,日色酷热,周氏手里又抱着小孩儿,极是困苦难行,乃对叔道:"日正当午,望家里不远,且在林子内略坐片时,少避暑气再行。"张汉道:"既是行得烦难,少坐一时也好,不如先抱侄儿与我先去回报,令觅轿夫来接。"周氏道:"如此恰好。"即将孩儿与叔抱回来。正值兄在门首候望,汉说与兄知:"嫂行不得,须待人接。"迟即雇二轿夫前至半岭上,寻那妇人不见。轿夫回报,张迟大惊,同弟复来其坐息处寻之,不见。其弟亦疑谓兄道:"莫非嫂嫂有甚物事忘在母家,偶然记起,回转去取。兄再往周家看问一番。"迟然其言,径来周家问时,皆云:"自出门后已半日矣,哪曾见他转来?"张愈慌了,再来与弟穿林抹岭遍寻,寻到一幽僻处,见其妻死于林中,且无首矣。张迟哀哭不止。当日即与弟雇人抬尸,用棺木盛贮了。次日,周氏母家得知此事,其兄周立极是个好讼之人,即扭张汉赴告于曹都宪,皆称张汉欲奸,嫂氏不从,恐回说知,故杀之以灭口。曹信其然,用严刑拷打,张汉终不肯诬服。曹令都官根究妇人首级,

---

① 安童——安即内。安童即内童、家童。

都官着人到岭上寻觅首级不得,便密地开一妇人坟墓,取出尸断其首级回报。曹再审勘,张汉如何肯招,受不过严刑,只得诬服,认做谋杀之情,监系狱中候决。

将近半年,正遇包大人巡审东京罪人,看及张汉一案,便唤张犯厅前问之,张诉前情,包公疑之:当日彼夫寻觅其妇首级未有,待过数日,都官寻觅便有,此事可疑。令散监张汉于狱中。遂唤张龙、薛霸二公牌吩咐道:"你二人前往南街头寻个卜卦人来。"适寻得张术士到。包公道:"令汝代推占一事,须虔诚祷之。"术士道:"大人所占何事,敢问主意?"包公道:"你只管推占,主意自在我心。"推出一"天山遁"卦,报与包公道:"大人占得此卦,遁者,匿也,是问个幽阴之事。"包公道:"卦辞如何?"术士道:"卦辞意义渊深难明,须大人自测之。"其辞云:

　　　　遇卦天山遁,此义由君问。聿姓走东边,糠口米休论。

包公看了卦辞,沉吟半响,正不知如何解说,便令取官米一头给赏术士而去。唤过六房吏司,包公问道:"此处有糠口地名否?"众人皆答无此地名。

包公退入后堂,秉烛而坐,思忖其事,忽然悟来。次日升堂,唤过张、薛二公牌,拘得张迟邻人萧某来到,密吩咐道:"汝带二公人前到建康地方旅邸①之间,限三日内要缉访张家事情来报。"萧某以事干系情重,难以缉访,虑有违限的罪,欲待推辞,见包公面有怒色,只得随二公人出了府衙,一路访问张家杀死妇人情由,并无下落。正行到建康旅邸,欲炊晌午,店里坐着两个客商,领一个年少妇人在厨下炊火造饭,二客困倦,随身卧于床上。萧某悄视那妇人,面孔相熟,妇人见萧某亦觉相识,二人看视良久。那妇人愁眉不展,近前见萧某问道:"长者从哪里来?"萧某答道:"我萍乡人氏姓萧者便是。"妇人闻之是与夫同乡,便问:"长者所居曾识张某否?"萧某大惊道:"好似我乡里周娘子!"周氏潸然泪下道:"妾正是张迟妻也。"萧乃道知张汉为汝诬服在狱之故。周氏泣道:"冤哉!当日叔叔先抱孩儿回去,妾坐于林中候之。忽遇二客商挑着箬笼②上山来,见妾独自坐着,四顾无人,即拔出利刀,逼我脱下衣服并鞋,妾惧怕,没奈何遂依

---

①　旅邸(dǐ)——旅舍。
②　箬(ruò)笼——箬竹编制的盛物器与罩物器。

他脱下。那二客商遂于笼中唤出一妇人,将妾衣并鞋与那妇人穿着,断取其头置笼中,抛其身子于林里,拿我入笼中,负担而行。沿途乞觅钱钞,受苦万端。今遇乡里,恰似青天开眼,望垂怜恤,报知吾夫急来救妾。"言罢,悲咽不止。萧某听了道:"今日包爷正因张汉狱事不明,特差我领公牌来此缉访,不想相遇。待我说与公牌知之,便送娘子回去。"周氏收泪进入里面,安顿那二客商。萧某来见二公牌,午饭正熟,萧某以其情说与二人知之。张、薛二人午饭罢,抢入店里面,正值二客与周氏亦在用饭。二公牌道:"包公有牌来拘你,可速去。"二客听说一声包爷,神魂惊散,走动不得,被二公牌绑缚了,连妇人直带回府衙报知。包公不胜大喜,即唤张迟来问,迟到衙会见其妻,相抱而哭。包公再审,周氏逐一告明前事,二客不能抵讳,只得招认,包公令取长枷监禁狱中,叠成案卷。包公以张汉之枉明白,再勘问都官得妇人首级情由,都官不能隐瞒,亦供招出。审实一干罪犯监候,具疏奏达朝廷,不数日,仁宗旨下:二客谋杀惨酷,即问处决;原问狱官曹都宪并吏司决断不明,诬服冤枉,皆罢职为民;其客商赀帛赏赐邻人萧某;释放张汉;周氏仍归夫家;周立问诬告之罪,决配远方;都官盗开尸棺取妇人头,亦处死罪。事毕,众书吏叩问包公,缘何占卜遂知此事?包公道:"阴阳之数,报应不差。卦辞前二句乃是助语,第三句'聿姓走东边',天下岂有姓聿者?犹如聿字加一走之,却不是个建字!'糠口米休论',必为糠口是个地名,及问之,又无此地名,想是糠字去了米,只是个单康字。离城九十里有建康驿名,那建康是往来冲要之所,客商并集,我亦疑此妇人被人带走,故命彼邻里有相识者往访之,当有下落。果然不出吾之所料。"众吏叩服包公神见。

六　十

李中立杀友地窨①中　江玉梅遗子山神庙

话说河南汝宁府上蔡县,有巨富长者姓金名彦龙,娶周氏,生有一子,名唤金本荣,年二十五岁,娶妻江玉梅,年将二十,姣容美貌。忽一日,金本荣在长街市上算命,道有一百日血光之灾,除非是出路躲避方可免得。本荣自思:有契兄②袁士扶在河南府洛阳经营,不若到他那里躲灾避难,二来到彼处经营。回家与父母说知其故。金彦龙曰:"既如此,我有玉连环一双,珍珠百颗,把与孩儿拿去哥哥家货卖,值价一十万贯。"金本荣听了父言,即便领诺。正话间,旁边走出媳妇江玉梅向前禀道:"公婆在上,丈夫在家终日只是饮酒,若带着许多金宝前去,诚恐路途有失,怎生放心叫他自去? 妾想如今太平时节,媳妇与丈夫同去。"金彦龙道:"吾亦虑他好酒误事,若得媳妇同去最好。今日是个吉日,便可收拾起程。"即将珍珠、玉连环付与本荣,吩咐过了百日之后,便可回家,不可远游在外,使父母挂心。金本荣应诺,辞别父母离家,夫妇同行。至晚,寻入酒店,略略杯酌。正饮之间,只见一个全真先生③走入店来,那先生看着金本荣夫妇道:"贫道来此抄化一斋。"本荣平生敬奉玄帝,一心好道,便道:"先生请坐同饮。"先生道:"金本荣,你夫妇二人何往?"本荣大惊道:"先生所言,吾与你素不相识,何以知吾姓名?"先生道:"贫道久得真人传授,吉凶靡所不知④,今观汝二人气色,目下必有大灾,切宜谨慎。"本荣道:"某等凡人,有眼无珠,不知趋避之方;况兼家有父母在堂。先生既知休咎⑤,望乞怜而救之。"先生道:"贫道观汝夫妇行善已久,岂忍坐视不救。今赐汝两

---

① 地窨(yìn)——地下的屋子。
② 契(qì)兄——结拜兄弟。
③ 全真先生——道士。
④ 靡(mǐ)所不知——没有不知道的。
⑤ 休咎(jiù)——吉凶。

丸丹药，二人各服一丸，自然免除灾难；但汝身边宝物牢匿在身。如汝有难，可奔山中来寻雪洞师父。"道罢相别。

本荣在路夜宿晓行，不一日将近洛阳县。忽听得往来人等纷纷传说，西夏国王赵元昊兴兵犯界，居民各自逃走。本荣听了传说之言，思了半晌，乃谓其妻江玉梅道："某在家中交结个朋友，唤做李中立，此人在开封府郑州管下汜水县居住，他前岁来我县做买卖时，我曾多有恩于他，今既如此，不免去投奔他。"江玉梅从其言。本荣遂问了乡民路径，与妻直到李中立门首，先托人报知，李中立闻言，即忙出迎本荣夫妇入内，相见已毕，茶罢，中立问其来由。本荣即告以因算命出来躲灾之事，承父将珍珠、玉连环往洛阳经商，因闻西夏欲兴兵犯境，特来投奔兄弟。"中立听了，细观本荣之妻生得美貌，心下生计，遂对本荣道："洛阳与本处同是东京管下，西夏国若有兵犯界，则我本处亦不能免。小弟本处有个地窖子，倘贼来时，只从地窖中躲避，管取太平无事。贤兄放心且住几时。"便叫家中置酒相待，又唤当值李四去接邻人王婆来家陪侍。李四领诺去了，移时王婆就来相见，请江玉梅到后堂，与李中立妻子款待已毕，至晚，收拾一间房子与他夫妻安歇。

过了数日，李中立见财色起心，暗地密唤李四吩咐道："吾去上蔡县做买卖时，被金本荣将本钱尽赖了去。今日来到我家，他身边有珍珠百颗，玉连环一对，你今替我报仇，可将此人引至无人处杀死，务要刀上有血，将此珠玉之物并头上头巾前来为证，我即养你一世，决不虚言。"李四见说，喜不自胜，二人商议已定。次日，李中立对金本荣道："吾有一所小庄，庄内有一窖在彼，贤兄可去一看。"本荣不知是计，遂应声道："贤弟既有庄所，吾即与李四同往一观。"当日乃与李四同去。原来金本荣宝物日夜随身。二人走到无人烟之处，李四腰间拔出利刀道："小人奉家主之命，说你在上蔡县时曾赖了他本钱，今日来到此处，叫我杀了你。并不干我的事，你休得埋怨于我。"遂执刀向前来杀。本荣见了，吓得魂飞天外，连忙跪在地下苦苦哀告道："李四哥听禀：他在上蔡时，我多有恩于他，他今日见我妻美貌，恩将仇报，图财害命，谋夫占妻，生此冤惨。乞怜我有七旬父母无人侍养，饶我残生，阴功莫大。"李四听了说道："只是我奉主命就要宝物回去。且问汝宝物现在何处？"本荣道："宝物随身在此，任君拿去，乞放残生。"李四见了宝物又道："吾闻图人财者，不害其命；今已有宝物,更要取你头巾为证,又要刀上见血迹方可回报,不然,,吾亦难做人情。"本荣道:"此事容易。"遂将头巾脱下,又咬破舌尖,喷血刀上。李四道:"我今饶你性命,你可急往别处去躲。"本荣道:"吾得性命,自当远离。"即拜辞而去。"

　　当日李四得了宝物,急急回家与李中立交清楚。中立大喜,吩咐置酒,在后堂请嫂嫂江玉梅出来。玉梅见天色已晚,乃对中立通:"叔叔令丈夫去看庄所,缘何此时不见回来?"李中立道:"吾家亦颇富足,贤嫂与我成了夫妇,亦够快活一世,何必挂念丈夫?"玉梅道:"妾丈夫现在,叔叔何得出此牛马之言? 岂不自耻!"李中立见玉梅秀美,乃向前搂住求欢,玉梅大怒,将中立推开道:"妾闻在家从父,出嫁从夫,妾夫又无弃妾之意,安肯伤风败俗,以污名节!"李中立道:"汝丈夫今已被我杀死,若不信时,吾将物事拿来你看,以绝念头。"言罢,即将数物丢在地上道:"娘子,你看这头巾,刀上有血,若不顺我时,想亦难免。"玉梅一见数物,哭倒在地。中立向前抱起道:"嫂嫂不须烦恼,汝丈夫已死,吾与汝成了夫妇,谅亦不玷辱了你,何故执迷太甚!"言罢,情不能忍,又强欲求欢。玉梅自思:这贼将丈夫谋财杀命,又要谋我为妾,若不从,必遭其毒手。遂对中立道:"妾有半年身孕,汝若要妾成夫妇,待妾分娩之后,再作区处;否则妾实甘一死,不愿与君为偶。"中立自思:分娩之后,谅不能逃。遂从其言。就唤王婆吩咐道:"汝同这娘子往深村中山神庙边,我有一所空房在彼,你可将他藏在此处,等他分娩之后,不论男女,将来丢了,待满月时报我知道。"当日,王婆依言领江玉梅去了。

　　话分两头。且说本荣父亲金彦龙,在家里念儿子、媳妇不归,音信并无。彦龙乃与妻将家私封记,收拾金银,沿路来寻不题。不觉光阴似箭,日月如梭,江玉梅在山神庙旁空房内住了数月,忽一日肚疼,生下一个男儿。王婆近前道:"此子只好丢在水中,恐李长者得知,连累老身。"玉梅再三哀告道:"念他父亲痛遭横祸,看此儿亦投三光出世,望乞垂怜,待他满月,丢了未迟。"王婆见江玉梅情有可矜①,心亦怜之,只得依从。不觉又是满月,玉梅写了生年月日,放在孩儿身上,丢在山神庙中候人抱去抚养,留其性命。遂与王婆抱至庙中,不料金彦龙夫妻正来这山神庙中问个

---

　　① 情有可矜(jīn)——情况值得怜悯。

吉凶,刚进庙来,却撞见江玉梅。公婆二人大惊,问其夫在何处,玉梅低声诉说前事,彦龙听了,苦不能忍,急急具状告理。

却值包公访察,缉知其事。次日,即差无情汉领了关文一道,径投郑州管下汜水县下了马,拘拿李中立起解到台,令左右将中立先责一百杖,暂且收监,未及审勘。王婆又欲充作证见,凭玉梅报谢。包公令金彦龙等在外伺候。且说金本荣,自离了汜水县,无处安身,径来山中撞见雪涧师父,留在庵中修行出家,不知父母妻子下落,心中忧愁不乐。忽一日,师父与金本荣道:"我今日教你去开封府抄化,有你亲眷在彼,你可小心在意,回来教我知道。"金本荣拜辞了师父,径投开封府来,遂得与父母妻子相见,同到府前。正值包公升堂,彦龙父子即将前事又哭告一番。包公即令狱中取出李中立等审勘,李中立不敢抵赖,一一供招,贪财谋命是实,强占伊妻是真。包公叫取长枷脚镣肘锁,送下死牢中去。将中立家财一半给赏李四,一半给赏王婆;追出宝物给还金本荣;李中立妻子发边远充军。闻者快心。

六十一

邱家仆直言道奸情　汪牙侩灭口借龙窟

话说东京离城五里，地名湘潭村，有一人姓邱名惇，家业殷实，娶本处陈旺之女为妻。陈氏甚是美貌，却是个水性妇人，因见其夫敦重，甚不相乐。时镇西有个牙侩，姓汪名琦，生得清秀，是个风流浪子，常往来邱惇家，惇以契交兄弟情义待之。汪出入稔熟，常与陈氏交接言语。一日，汪琦来到邱家，陈氏不胜欢喜，延入房中坐定，对汪道："丈夫到庄上算田租，一时未还，难得今日你到此来，有句话当要对你说。且请坐着，待我到厨下便来。"汪琦正不知是何缘故，只得应诺，遂安坐等候。不多时陈氏整备得一席酒肴入房中来，与汪琦对饮。酒至半酣，那陈氏有心，向汪琦道："闻得叔叔未娶婶婶，夜来独眠，岂不孤单？"汪答道："小可命薄，姻缘迟缓，衾枕独眠，是所甘愿也。"陈氏笑道："叔叔休瞒我，男子汉无有妻室，度夜如年。适言甘愿，乃不得已之情，非实意也。"汪琦初则以朋友分上，尚不敢乱言，及被陈氏将言语调戏，不觉心动，说道："贤嫂既念小叔孤单，今日肯怜念我么？"陈氏道："我倒有心怜你，只恐叔叔无心恋我。"二人戏谑良久，彼此乘兴，遂成云雨之交，正是色胆大如天，两下意投之后，情意稠密，但遇邱惇不在家，汪某遂留宿于陈氏房中，邱惇全不知觉。

邱之家仆颇知其事，欲报知于主人，又恐主人见怒；若不说知，甚觉不平。忽值那日邱惇正在庄所与佃户算账，宿于其家。夜半，邱惇对家仆道："残秋天气，薄被生寒，未知家下亦若是否？"家仆答道："只亏主人在外孤寒，家下夜夜自暖。"邱惇怪而疑之，便问："你如何出此言语？"家仆初则不肯说，及至问得急切，乃直言主母与汪某往来交密之情。邱听此言，恨不得一时天晓。次日，回到家下，见陈氏面带春风，越疑其事。是夜，盘问汪某来往由，陈氏故作遮掩模样道："你若不在家时，便闭上内外门户，哪曾有人来我家？却将此言诬我！"邱道："不要性急，日后自有端的。"那陈氏惧怕不语。

次日侵早，邱惇又往庄所去了。汪某进来见陈氏不乐，问其故，陈氏不隐,遂以丈夫知觉情由告知。汪某道:"既如此,不须忧虑,从今我不来你家便无事了。"陈氏笑道:"我道你是个有为丈夫,故有心从汝;原来是个没志量的人。我今既与你情密,须图终身之计,缘何就说开交的话?"汪某道:"然则如之奈何?"陈氏道:"必须谋杀吾夫,可图久远。"汪沉吟半晌,没有计较处,忽计从心上来,乃道:"娘子的有实愿,我谋害之计有了。"陈氏问:"何计?"汪道:"本处有一极高山巅上原有龙窟,每见烟雾自窟中出则必雨;若不雨必主旱伤。目下乡人于此祈祷,汝夫亦于此会,候待其往,自有处置的计。"陈氏喜道:"若完事后,其余我自有调度。"汪宿了一夜而去。

次日,果是乡人鸣锣击鼓,径往山巅祈祷,邱惇亦与众人随登,汪琦就跟到窟前。不觉天色黄昏,众人祈祷毕先散去,独汪琦与邱惇在后,经过龙窟,汪戏道:"前面有龙露出爪来。"惇惊疑探看,被汪乘势一推,惇立脚不定,坠入窟中。当下汪某跑走回来,见陈氏说知其事。陈氏欢喜道:"想我今生原与你有缘。"自是汪某出入其家无忌,不顾人知。有亲戚问及邱某多时不见之故,陈氏掩讳,只告以出外未回。然其家仆见主人没下落,甚是忧疑,又见陈氏与汪某成了夫妇,越是不忿,欲告首于官,根究其事。陈氏密闻之,遂将家仆逐赶出去。

后将近一月余,忽邱惇复归家。正值陈氏与汪某围炉饮酒,见惇自外入,汪大惊,疑其是鬼。抽身入房中取出利刀呵叱,逐之出门。惇悲咽无所往,行到街前,遇见家仆,遂抱住主人问其来由。惇将当日被汪推落窟中的事说了一遍。家仆哭道:"自主不回,我即致疑,及见主母与汪某成亲,想他必然谋害于你,待诉之官,根究主人下落,竟被他赶出。不意吉人天相①,复得相见,当以此情告于开封府,以雪此冤。"惇依言,即具状赴开封府衙门。包公审问道:"既当日推落龙窟,焉得不死,复能归乎?"邱惇泣诉道:"正不知因何缘故。方推下的时节,窟旁皆茅苇,因傍茅苇而落,故得无伤。窟中甚黑,久而渐光,见一小蛇居中盘旋不动,窟中干燥,但有一勺之水清甚,掬②其水饮之,不复饥渴。想着那蛇必是龙也,常乞此蛇庇佑,蛇亦不见相伤,每于窟中轻移旋绕,则蛇渐大,头角峥嵘,出窟而去,

----

① 吉人天相——宿命论认为善人自有天助。
② 掬(jū)——双手捧取。

俄而雨下，如此者六七日。一日，因攀拿龙尾而上，至窟外则龙尾掉摇，坠于窟旁茅丛去了。因即归家，正见妻与汪琦同饮，被汪利刀赶逐而出。特来具告。"言讫不胜痛哭。

　　包公审实明白，即差公牌张龙、赵虎，到邱家捉拿汪琦、陈氏。是时汪琦正在疑惑此事，不提防邱某已再生回家，竟具状开封府，公牌拘到府衙对理。包公审问汪琦，琦诉道："当时乡人祈祷，各自早散回家，邱至黄昏误落窟中，哪有谋害之情？又其家紧密，往来有数，哪有通奸之事？"此时汪某争辩不已，包公着令公牌去陈氏房中取得床上睡席来看，见有二人新睡痕迹。包公道："既说彼家门户紧密，缘何有二人席痕？分明是你谋害，幸不至死，尚自抵赖！"即令严刑拷究，汪只得供招，将汪琦、陈氏皆定死罪；邱惇回家。见者欣喜。

六十二

积善家偏出不肖子　恶奴才反累贤主人

话说，"善有善报，恶有恶报，莫道无报，只分迟早"。这几句话是阴间法令，也是口头常谈；哪晓得这几句也有时信不得。东京有个姚汤，是三代积善之家，周人之急，济人之危，斋僧布施，修桥补路，种种善行，不一而足，人人都说，姚家必有好子孙在后头。西京有个赵伯仁，是宋家宗室，他倚了是金枝玉叶，谋人田地，占人妻子，种种恶端，不可胜数。人人都说，赵伯仁倚了宗亲横行无状，阳间虽没奈何他，阴司必有冥报。哪晓得姚家积善倒养出不肖子孙，家私、门户，弄得一个如汤泼雪；赵家行恶倒养出绝好子孙，科第不绝，家声大振。因此姚汤死得不服，告状于阴间。

> 告为报应不明事：善恶分途，报应异用；阳间糊涂，阴间电照；迟早不同，施受岂爽。今某素行问天，存心对日，泼遭不肖子孙，荡覆祖宗门户。降罚不明，乞台查究。上告。

包公看完道：姚汤，怎的见你行善就屈了你？"姚汤道："我也曾周人之急，济人之危，也曾修过桥梁，也曾补过道路。"包公道："还有好处么？"姚汤道："还有说不尽处，大头脑不过这几件；只是赵伯仁作恶无比，不知何故子孙兴旺？"包公道："我晓得了，且带在一边。"再拘赵伯仁来审，不多时，鬼卒拘赵伯仁到。包公道："赵伯仁，你在阳世行得好事！如何敢来见我？"赵伯仁道："赵某在阳间虽不曾行善事，也是平常光景，亦不曾行甚恶事来！"包公道："现有对证在此，休得抵赖。带姚汤过来。"姚汤道："赵伯仁，你占人田地是有的，谋人妻女是有的，如何不行恶？"赵伯仁道："并没有此事，除非是李家奴所为。"包公道："想必是了。人家常有家奴不好，主人是个进士，他就是个状元一般；主人是个仓官、驿丞，他就是个枢密宰相一般；狐假虎威，借势行恶，极不好的。快拘李家奴来！"不一时，李奴到。包公问道："李家奴，你如何在阳间行恶，连累主人有不善之名？"李奴终是心虚胆怯，见说实了，又且主人在面前，哪里还敢喷声。包公道："不消究得了，是他做的一定无疑。"赵伯仁道："乞大人一究此奴，以为家人累主之戒。"包公道："我自有发落。"叫姚汤，"你说一生行得好事，其实不曾存得好心。你说周人、济人、修桥、补路等项，不过舍几文铜钱要买一个好名色，其实心上割舍不得，暗里还要算计人，填补舍去的这项钱粮。正是暗室亏心，神目如电。大凡做好人只要心田为主；若不论心田，专论财帛，穷人没处积德了。心田若好，一文不舍，不害其为善；心田不好，日舍万文钱，不掩其为恶。你心田不好，怎教你子孙会学好？赵伯仁，你虽有不善的名色，其实本心存好，不过恶奴累了你的名头，因此你自家享尽富贵，子孙科第连芳。皇天报应，昭昭不爽。"仍将李恶奴发下油锅，余二人各去。这一段议论，包公真正发人之所未发也。

六十三

冉佛子行善竟夭亡　虎夜叉无德却善终

话说阴间有个注寿官，注定哪一年上死，准定要死的；注定不该死，就死还要活转来。又道阴骘①可以延寿，人若在世上做得些好事，不免又在寿簿上添上几竖几画；人若在世上做得不好事，不免又在寿簿上去了几竖几画。若是这样说起来，信乎人的年数有寿夭不同，正因人生有善恶不同。哪晓得这句话也有时信不得。山东有个冉道，持斋把素，一生常行好事，若损阴骘的一无所为②，人都叫他是个佛子；有个陈元，一生做尽不好事，夺人之财，食人之肝，人都唤他是个虎夜叉。依道理论起来，虎夜叉早死一日，人心畅快一日；佛子多活一日，人心欢喜一日。不期佛子倒活得不多年纪就夭亡了；虎夜叉倒活得九十余岁，得以无病善终。人心自然不服了，因此那冉佛子死到阴司之中告道：

> 告为寿夭不均事：阴骘延寿，作恶夭亡；冥府有权，下民是望。今某某等为善夭，为恶寿。佛子速赴于黄泉，虽在生者不敢念佛；虎叉久活于人世，恐祝寿者尽皆效虎。漫云夭死是为脱胎，在生一日胜死千年。上告。

包公见状即问道："冉道，你怎么就怨到寿夭不均？"冉道道："怨字不敢说，但是冉某平素好善，便要多活几年也不为过。恐怕阴司簿上偶然记差了，屈死了冉某也未可知。"包公道："阴司不比阳间容易入人之罪，没③人之善，况夫生死大事，怎么就好记差了！快唤善恶司并注寿官一齐查来。"不多时，鬼使报道："他是口善心不善的。"包公道："原来如此。"对冉道说："大凡人生在世，心田不好，持斋把素也是没用的；况如今阳间的人，偏是吃素的人心田愈毒，借了把素的名色，弄出拈枪的手段。俗语说

---

① 阴骘(zhì)——阴德。
② 若损句——损阴德的事一概不做。
③ 没(mò)——埋没。

得好，是个佛口蛇心。你这样人只好欺瞒世上有眼的瞎子，怎逃得阴司孽镜①！你的罪比那不吃素的还重，如何还说不服早死？"冉道说："冉某服罪了。但是陈元这样恶人，如何倒活得寿长？"包公即差鬼卒拘陈元对审。陈元到了，包公道："且不要问陈元口词，只去善恶簿上查明就是。"不多时，鬼吏报道："不差，不差！"包公道："怎么反不差？"鬼吏道："他是三代积德之家。"包公道："原来如此。一代积善，犹将十世宥之，何况三代？但是阳世作恶，虽是多活几年，免不得死后受地狱之苦。"遂批道：

> 审得：冉道以念佛而夭亡，遂怨陈元以作恶而长寿。岂知善不善在心田，不在口舌；哪晓恶不恶论积累，不论一端。口里吃素便要得长寿，将茹荤者尽短命乎？一代积善，可延数世；彼小疵者，能不宥乎？佛在口而蛇在心，更加重罪；行其恶而长其年，难免冥苦。毋得混淆，速宜回避。

批完，二人首服而去。

---

① 阴司孽镜——传说中阴间官府里专门照出罪恶的镜子。

六十四
三官人殒命落水中　船艄公催客唤娘子

话说广东潮州府揭阳县有赵信者,与周义相交。义相约同往京中买布,先一日讨定张潮艄公船只,约次日黎明船上会。至期,赵信先到船,张潮见时值四更,路上无人,将船撑向深处去,将赵信推落水中而死,再撑船近岸,依然假睡。黎明,周义至,叫艄公,张潮方起。等至早饭过,不见赵信来。周义乃令艄公去催,张潮到信家,连叫几声,三娘子方出开门,盖因早起造饭,夫去后复睡,故反起迟。潮因问信妻孙氏道:"汝三官人昨约周官人来船,今周官人等候已久,三官人缘何不来?"孙氏惊道:"三官人出门甚早,如何尚未到船?"潮回报周义,义亦回去,与孙氏家遍寻四处,三日无踪。义思:信与我约同买卖,人所共知,今不见下落,恐人归罪于我。因往县去首明,为急救人命事,外开干证艄公张潮,左右邻舍赵质、赵协及孙氏等。

知县朱一明准其状,拘一干人犯到官,先审孙氏称:"夫已食早饭,带银出外,后事不知。"次审艄公,张潮道:"前日周、赵二人同来讨船是的。次日,天未明,只周义到,赵信并未到,附帮数十船俱可证。及周义令我去催,我叫'三娘子',彼方睡起,初开大门。"又审左右邻赵质、赵协,俱称:"信前将往买卖,妻孙氏在家吵闹是实。其侵早出门事,众俱未见。"又问原告道:"此必赵信带银在身,汝谋财害命,故抢先糊涂来告此事。"周义道:"我一人岂能谋得一人,又焉能埋没得尸身?且我家胜于彼家,又是至相好之友,尚欲代彼伸冤,岂有谋害之理!"孙氏亦称:"义素与夫相善,决非此人谋害。但恐先到船,或艄公所谋。"张潮辩称:"我一帮船几十只,何能在口岸头谋人,怎瞒得人过?且周义到船,天尚未明,叫醒我睡已有明证。彼道夫早出门,左右邻里并未知之,及我去叫,他睡未起,门未开,分明是他自己谋害。"朱知县将严刑拷勘孙氏,那妇人香姿弱体,怎当此刑。只说:"我夫已死,我拚一死陪他。"遂招认"是我阻挡不从,因致谋死",又拷究尸身下落,孙氏说:"谋死者是我,若要讨他尸身,只将我身还他,何必更究!"再经府复审,并无变异。

　　次年秋谳①,请决孙氏谋杀亲夫事,该至秋行刑。有一大理寺左任事杨清,明如冰鉴,极有见识,看孙氏一宗案卷,忽然察到。因批曰:"敲门便叫三娘子,定知房内已无夫。"只此二句话,察出是艄公所谋,再发巡行官复审。时包公遍巡天下,正值在潮州府,单拘艄公张潮问道:"周义命汝去催赵信,该叫三官人,缘何便叫三娘子? 汝必知赵信已死了,故只叫其妻!"张潮闻此话,愕然失对。包公道:"明明是汝谋死,反陷其妻。"张潮不肯认,发打三十;不认,又夹打一百,又不认;乃监起。再拘当日水手来,一到,不问便打四十。包公道:"汝前年谋死赵信。张潮艄公诉说是你,今日汝该偿命无疑。"水手一一供招:因见赵信四更到船,路上无人,帮船亦不觉,是艄公张潮移船深处推落水中,复撑船近岸,解衣假睡。天将亮周义乃到。此全是张潮谋人,安得陷我?"后取出张潮与水手对质,潮无言可答。将潮偿命;孙氏放回;罢朱知县为民。可谓狱无冤民,朝无昏吏矣。

---

①　谳(yàn)——审判定罪。

六十五

卖缎客围观被剪绺　假银两试探辨真贼

话说平凉府有一术士，在府前看相，众人群聚围看，时有卖缎客毕茂，袖中藏帕，包银十余两，亦杂在人丛中看，被一光棍手托其银，从袖口而出，下坠于地。茂即知之，俯首下捡，其光棍来与相争。茂道："此银是我袖中坠下的，与你何干？"光棍道："此银不知何人所坠，我先见要捡，你安得自认？今不如与这众人，大家分一半有何不可？"众人见光棍说均分，都来帮助。毕茂哪里肯分，相扭到包公堂上去。光棍道："小的名罗钦，在府前看术士相人，不知谁失银一包在地，小的先捡得，他要来与我争。"毕茂道："小的亦在此看相人，袖中银包坠下，遂自捡取。彼要与我分。看罗钦言谈似江湖光棍，或银被他剪绺①，因致坠下，不然我两手拱住，银何以坠？"罗钦道："剪绺必割破衣袖，看他衣袖破否？况我同家人进贵在此卖锡，颇有本钱，现在南街李店住，怎是光棍？"包公亦会相面，罗钦相貌不良，立令公差往南街拿其家人并账目来看，果记有卖锡账目明白，乃不疑之。因问毕茂道："银既是你的，可记得多少两数？"毕茂道："此银身上用的，忘记数目了。"包公又命手下去府前混拿两个看相人来问之，二人同指罗钦身上去道："此人先见。"再指毕茂道："此人先捡得。"包公道："罗钦先见，还口说他捡么？"二人道："正是。听得罗钦说道：那里有个甚包。毕茂便先捡起来，见是银子，因此两下相争。"包公道："毕茂，你既不知银数多少，此必他人所失，理合与罗钦均分。"遂当堂分开，各得八两而去。

包公令门子俞基道："你密跟此二人去，看他如何说。"俞基回报道："毕茂回店埋怨老爷，他说被那光棍骗去。罗钦出去，那两个干证索他分银，跟在店中，不知后来如何。"包公又令一青年外郎任温道："你与俞基各去换假银五两，又兼好银几分，汝路上故与罗钦看见，然后往人闹处去，

---

① 剪绺(liǔ)——在人丛中剪开人家衣袋窃取财物。

必有人来剪绺的，可拿将来，我自赏你。"任温遂与俞基并行至南街，却遇罗钦来。任温故将银包解开买樱桃，俞基亦将银买，道："我还要买来请你。"二人都买过，随将樱桃食讫，径往东岳庙去看戏。俞基终是个小后生，袖中银子不知几时剪去，全然不知。任温眼虽看戏，只把心放在银上，要拿剪绺贼。少顷，身旁众人挨挤甚紧，背后一人以手托任温的袖，其银包从袖口中挨手而出，任温乃知剪绺的，便伸手向后拿道："有贼在此。"两旁二人益挨近，任温转身不得，那背后人即走了。任温扯住两旁二人道："包爷命我二人在此拿贼，今贼已走脱，你二人同我去回复。"其二人道："你叫有贼，我正翻身要拿，奈人挤住，拿不着。今贼已走，要我去见老爷何干？"任温道："非有他故，只要你做干证，见得非我不拿，只人丛中拿不得。"地方见是外郎、门子，遂来助他，将二人送到包公前，说知其故。

　　包公问二人姓名，一是张善，一是李良。包公道："你何故卖放此贼？今要你二人代罪。"张善道："看戏相挤人多，谁知他被剪绺，反归罪于我。望仁天①详察。"包公道："看你二人姓张姓李，名善名良，便是盗贼假姓名矣。外郎拿你，岂不的当！"各打三十，拟徒二年，令手下立押去摆站。私以帖与驿丞道："李良、张善二犯到，可重索他礼物，其所得的原银，即差人送上，此嘱。"邱驿丞得此帖，及李良、张善解到，即大排刑具，惊吓得："各打四十见风棒！"张善、李良道："小的被贼连累，代他受罪。这法度我也晓得，今日解到辛苦，乞饶蚁命②。"即托驿书吏手将银四两献上，叫三日外即放他回。邱驿丞即将这银四两亲送到衙。包公令俞基来认之，基道："此假银即我前日在庙中被贼剪去的。"包公发邱驿丞回，即以牌去提张善、李良到，问道："前日剪绺任温的贼可报名来，便免你罪。"张善道："小的若知，早已说出，岂肯以自己皮肉代他人枉受苦楚？"包公道："任温银未被剪去，此亦罢了；但俞基银五两零被他剪去。衙门人的银岂肯罢休！你报这贼来也就罢。"李良道："小的又非贼总甲，怎知哪个贼剪绺俞基的银子？"包公道："银子我已查得了，只要得个贼名。"李良道："既已得银两，即捕得贼，岂有贼是一人，用银又是一人？"包公以四两假银掷下去："此银是你二人献与邱驿丞的，今早献来。俞基认是他的，则你二人

---

①　仁天——对包公的敬称，指仁德的、为百姓作主的人。
②　蚁命——像蚂蚁一样微小的生命。

是贼无疑。又放走剪任温银之贼，可速报来。"张善、李良见真情已露，只得从实供出："小的做剪绺贼者有二十余人，共是一伙。昨放走者是林泰，更前日罗钦亦是，这回祸端由他而起。尚有其余诸人未犯法。小的贼有禁议，至死也不相扳。"再拘林泰、罗钦、进贵到，勒罗钦银八两与毕茂去讫。将三贼各拟徒二年；仍派此二人为贼总甲，凡被剪绺者仰差此二人身上赔偿。人皆叹异。

六十六

江幼僧露财命归西　程家子索债买度牒

话说西京有一姓程名永者,是个牙侩之家,通接往来商客,令家人张万管店,凡遇往来投宿的,若得经纪钱,皆记了簿书。一日,有成都幼僧姓江名龙,要往东京披剃给度牒①,那日恰行到大开坡,就投程永店中借歇。是夜,江僧独自一个于房中收拾衣服,将那带来银子铺于床上,正值程永在亲戚家饮酒回来,见窗内灯光露出,近前视之,就看见了银子。忖道:这和尚不知是哪里来的,带这许多银两。正是财物易动人心,不想程永就起了个恶念,夜深时候,取出一把快利尖刀,挨开僧人房门进去,喝声道:"你谋了人许多财物,怎不分我些?"江僧听了大惊,措手不及,被程永一刀刺死,就掘开床下土埋了尸首,收拾起那衣物银两,进房睡去。次日起来,就将那僧人银两去做买卖,未数年,起成大家,娶了城中许二之女为妻,生下一子,取名程惜,容貌秀美,爱如掌上之珠,年纪稍长,不事诗书,专好游荡。程永以其只得一个儿子,不甚拘管他;或好言劝之,其子反怒恨而去。

一日,程惜央匠人打一把鼠尾尖刀,蓦②地来到父亲的相好严正家来。严正见是程惜,心下甚喜,便令黄氏妻安顿酒食,引惜至偏舍款待。严正问道:"贤侄难得到此,父亲安否?"惜听得问及父亲,不觉怒目反视,欲说又难于启口。严怪而问道:"侄有何事? 但说无妨。"惜道:"我父是个贼人,侄儿必要刺杀之。已准备利刀在此,特来通知叔叔,明日便下手。"严正听了此言,吓得魂飞天外,乃道:"侄儿,父子至亲,休要说此大逆之话。倘若外人知道,非同小可。"惜道:"叔叔休管,管教他身上掘个窟窿。"言罢,抽身走起去了。严正惊慌不已,将其事与黄氏说知。黄氏

---

① 披剃给度牒——僧尼出家时披上袈裟、剃除须发,由政府审查合格后,发给证明文件。

② 蓦(mò)——突然。

道："此非小可,彼未曾与夫说知,或有不测,尚可无疑;今既来我家说知,久后事露如何分说?"严正道："然则如之奈何?"黄氏道："为今之计,莫若先去告首官府,方免受累。"严正依其言,次日,具状到包公衙内首告。

包公审状,甚觉不平,乃道："世间哪有此等逆子!"即拘其父母来问,程永直告其子果有谋弑①之心;究其母,母亦道："不肖子常在我面前说要弑父亲,屡屡被我责谴,彼不肯休。"拘其子来根勘之,程惜低头不答;再唤程之邻里数人,逐一审问,邻里皆道其子有弑父的意,身上不时藏有利刀。包公令公人搜惜身上,并无利刀。其父复道："必是留在睡房中。"包公差张龙前到程惜睡房搜检,果于席下搜出一把鼠尾尖刀,回衙呈上。包公以刀审问程惜,程惜无语。包公不能决,将邻里一干人犯都收监中,退入后堂。自忖道："彼嫡亲父子,并无他故,如何其子如此行凶? 此事深有可疑。思量半夜,辗转出神。将近四更,忽得一梦。正待唤渡舠过江,忽江中现出一条黑龙,背上坐一神君,手执牙笏②,身穿红袍,来见包公道："包大人休怪其子不肖,此乃是二十年前之事。"道罢竟随龙而没。包公俄而惊觉,思忖梦中之事,颇悟其意。

次日升堂,先令狱中取出程某一干人审问。唤程永近前问道："你成的家私还是祖上遗下的,还是自己创起的?"程永答道："当初曾做经纪,招接往来客商,得牙钱成家。"包公道："出入是自己管理么?"程永道："管簿书皆由家人张万之手。"包公即差人拘张万来,取簿书视之,从头一一细看,中间却写有一人姓江名龙,是个和尚,于某月日来宿其家,甚注得明白。包公忆昨夜梦见江龙渡江之事,豁然明白,就独令程永进屏风后说与永道："你子大逆,依律该处死,只汝之罪亦所难逃。你将当年之事从直供招,免累众人。"程永答道："吾子不孝,既蒙处死,此乃甘心。小人别无甚事可招。"包公道："我已得知多时,尚想瞒我? 江龙幼僧告你二十年前之事,你还记得么?"程永听了"二十年前幼僧"一句,毛发悚然,仓皇失措,不能抵饰,只得直吐供招。包公审实,复出升堂,差军牌至程家客舍睡房床下,果然掘出一僧人尸首,骸骨已朽烂,惟面肉尚留些。包公将程永监收狱中,邻里干证并行释放。因思其子必是幼僧后身,冤魂不散,特来

①　弑(shì)——臣杀死君主或子女杀死父母。

②　牙笏(hù)——象牙制成的手板。

投胎取债,乃唤其子再审道:"彼为你的父亲,你何故欲杀之?"其子又无话说。包公道:"赦你的罪,回去别做生计,不见你父如何?"程惜道:"某不会做甚生计。"包公道:"你若愿做什么生理,我自与你一千贯钱去。"惜道:"若得千贯钱,我便买张度牒出家为僧罢了。"包公的信其然,乃道:"你且去,我自有处置。"次日,委官将程永家产变卖千贯与程惜去。遂将程永发去辽阳充军,其子竟出家为僧。冤怨相报,毫发不爽。

六十七

五里牌谋财杀郑客　土地①爷搬银惊官府

　　话说郑州离城十五里王家村,有兄弟二人,常出外为商,行至本州地名小张村五里牌,遇着个客人,乃是湖南人,姓郑名才,身边多带得有银两,被王家弟兄看见,小心陪行,到晚边将郑才谋杀,搜得银十斤,遂将尸首埋在松树下。兄弟商量,身边有十斤银子,带得艰难,趁此无人看见,不如将银埋在五里牌下,待为商回来,却取分之。二人商议已定,遂埋了银子而去。后又过着六年,恰回家又到五里牌下李家店安住。次日侵早,去牌下掘开泥土取那银子,却不见了。兄弟思量:当时埋这银子,四下并无人见,如何今日失了? 烦恼一番,思忖只有包待制见事如神,遂同来东京安抚衙陈状,告知失去银两事情。包公当下看状,又没个对头,只说五里牌偷盗,想此二人必是狂夫,不准他状子。王客兄弟啼哭不肯去。包公道:"限一个月,总须要寻个着落与你。"兄弟乃去。

　　又候月余,更无分晓,王客复来陈诉。遂唤陈青吩咐道:"来日差你去追一个凶身。今与你酒一瓶、钱一贯省家,来日领文引。"陈青欢喜而回,将酒饮了,钱收拾得好。次日,当堂领得公文去郑州小张村追捉五里牌。陈青复禀:"相公,若是追人,即时可到;若是追五里牌,他不会行走,又不会说话,如何追得? 望老爷差别人去。"包公大怒道:"官中文引,你若推托不去,即问你违限的罪。"陈青不得已只得前去,遂到郑州小张村李家店安歇。其夜,去五里牌下坐一会,并不见个动静。思量无计奈何,遂买一炷香钱,至第二夜来焚献牌下土地,叩祝道:"奉安抚文引,为王客来告五里牌取银子十斤,今差我来此追捉,土地有灵,望以梦报。"其夜,陈青遂宿于牌下,将近二更时候,果梦见一老人前来,称是牌下土地。老人道:"王客兄弟没天理,他岂有银寄此? 原系湖南客人郑才银子十斤,与王客同行,被他兄弟谋杀,其尸首现埋在松树下,望即将郑才骸骨并银

---

　　①　土地——古代神话中管理一个小地面的神。

子带去,告相公为他伸冤。"言罢,老人便去。陈青一梦醒来,记得明白。次日,遂与店主人借锄掘开松树下,果有枯骨,其边有银十斤。陈青遂将枯骨、银两俱来报安抚。包公便唤客人理问,客人不肯招认,遂将枯骨、银子放于厅前,只听冤魂空中叫道:"王客兄弟须还我性命!"厅上公吏听见,人人失色;枯骨自然跳跃起来。再将王客兄弟根勘,抵赖不得,遂一一招认。案卷既成,将王客兄弟问拟谋财害命,押赴市曹处斩;郑才枉死无亲人,买地安葬,余银入官。土地搬运报冤,亦甚奇矣。

六十八

众蝇蚋逐风围马头　木印迹暗合出根由

话说包公一日与从人巡行,往河南进发,行到一处地方名横坑,那三十里程途都是山僻小路,没有人烟。当午时候,忽有一群蝇蚋①逐风而来,将包公马头团团围了三匝②,用马鞭挥之,才起而又复合,如是者数次。包公忖道:蝇蚋尝恋死人之尸,今来马头绕集,莫非此地有不明的事?即唤过李宝喝声道:"蝇蚋集我马首不散,莫非有冤枉事? 汝随前去根究明白,即来报我。"道罢,那一群蝇蚋一齐飞起,引着李宝前去,行不上三里,到一岭畔松树下,直钻入去。李宝知其故,即回复包公。包公同众人亲到其处,着李宝掘开二尺土,见一死尸,面色不改,似死未久的。反复看他身上,别无伤痕,惟阳囊碎裂如粉,肿尚未消。包公知被人谋死,忽见衣带上系一个木刻小小印子,却是卖布的记号,包公令取下,藏于袖中,仍令将尸掩了而去。到晚边,只见亭子上一伙老人并公吏在彼迎候,包公问众人:"何处来的?"公吏禀道:"河南府管下陈留县宰,闻得贤侯经过本县,特差小人等在此迎候。"包公听了吩咐:"明日开厅与我坐二三日,有公事发放。"公吏等领诺,随马入城,本县官接至馆驿中歇息。

次日,打点衙门与包公升堂干事。包公思忖:路上被谋死尸离城郭不远,且死者只在近日,想谋人贼必未离此。乃召本县公吏吩咐道:"汝此处有经纪卖上好布的唤来,我要买几匹。"公吏领命,即来南街领得大经纪张恺来见。包公问道:"汝做经纪,卖的哪一路布?"恺复道:"河南地方俱出好布,小人是经纪之家,来者即卖,不拘所出。"包公道:"汝将众人各样各布拣一匹来我看,中意者即发价买。"张恺应诺而出,将家里布各选一匹好的来交。堂上公吏人等哪个知得包公心事,只说真是要买布用。比及包公逐一看过,最后看到一匹,与前小印字号暗合,包公遂道:"别者

---

① 蚋(ruì)——蚊子一类的昆虫。

② 三匝(zā)——三周。

皆不要,只用得此样布二十匹。"张恺道:"此布日前太康县客人李三带来,尚未货卖,既大人用得,就奉二十匹。"包公道:"可着客人一同将布来见。"张恺领诺,到店中同卖布客人李三拿了二十匹精细上好的布送入。包公复取木印记对之,一些不差。乃道:"布且收起。汝卖布客伴还有几人?"李三答道:"共有四人。"包公道:"都在店里否?"李三道:"今日正要发布出卖,听得大人要布,故未起身,都在店里。"包公即时差人唤得那三个来,跪在一堂。包公用手捻着须微笑道:"汝这起劫贼,有人在此告首①,日前谋杀布客,埋在横坑半岭松树下,可快招来!"李三听说即变了颜色,强口辩道:"此布小人自买来的,哪有谋劫之理?"包公即取印记着公吏与布号一一合之,不差毫厘,强贼尚自抵赖。喝令用长枷将四人枷了,收下狱中根勘,四人神魂惊散,不敢抵赖,只得将谋杀布商劫取情由,招认明白,叠成案卷。判下为首谋者合该偿命,将李三处决;为从三人发配边远充军;经纪家供明无罪。判讫,死商之子得知其事,径来诉冤。包公遂以布匹给还尸主,其子感泣,拜谢包公,将父之尸骸带回家去。可谓生死沾恩。

---

①　告首——告发。

六十九

夏日酷盗布已销赃　衙前碑受审再勘实

话说浙江杭州府仁和县，有一人姓柴名胜，少习儒业，家亦富足，父母双全，娶妻梁氏，孝事舅姑。胜弟柴祖，年已二八，俱各成婚。一日，父母呼柴胜近前教训道："吾家虽略丰足，每思成立之难如升天，覆坠之易如燎毛，言之痛心，不能安寝。今名卿士大夫的子孙，但知穿华丽衣，甘美食，谀其言语，骄傲其物，遨游宴乐，交朋集友，不以财物为重，轻费妄用，不知己身所以耀润者，皆乃祖乃父平日勤营刻苦所得。汝等不要守株待兔，吾今欲令次儿柴祖守家，令汝出外经商，得获微利，以添用度。不知汝意如何？"柴胜道："承大人教诲，不敢违命。只不知大人要儿往何处？"父道："吾闻东京开封府极好卖布，汝可将些本钱就在杭州贩买几挑，前往开封府，不消一年半载，自可还家。"柴胜遵了父言，遂将银两贩布三担，辞了父母妻子兄弟而行。在路夜住晓行，不消几日，来到开封府，寻在东门城外吴子琛店里安下发卖。未及两三日，柴胜自觉不乐，即令家童沽酒散闷，贪饮几杯，俱各酒醉。不防吴子琛近邻有一夏日酷，即于是夜三更时候，将布三担尽行盗去。次日天明，柴胜酒醒起来，方知布被盗去，惊得面如土色。就叫店主吴子琛近前告诉道："你是有眼主人，吾是无眼孤客；在家靠父，出外靠主。何得昨夜见吾醉饮几杯，行此不良之意，串盗来偷吾布？你今不根究来还，我必与汝兴讼。"吴子琛辩说道："吾为店主，以客来为衣食之本，安有串盗偷货之理。"柴胜并不肯听，一直径到包公台前首告。包公道："捉贼见赃，方好断理；今既无赃，如何可断？"不准状词。柴胜再三哀告，包公即将子琛当堂勘问，吴子琛辩说如前，包公即唤左右将柴胜、子琛收监。次日，吩咐左右，径往城隍庙行香，意欲求神，灵验判断其事。

却说夏日酷当夜盗得布匹，已藏在村僻去处，即将那布首尾记号尽行涂抹，更以自己印记印上，使人难辨。然后零碎往城中去卖，多落在徽州客商汪成铺中，夏贼得银八十，并无一人知觉。包公在城隍庙一连行香三

日，毫无报应，无可奈何，忽然生出一计，令张龙、赵虎将衙前一个石碑抬
入二门之下，要问石碑取布还客。其时府前众人听得，皆来聚观。包公见
人来看，乃高声喝问："这石碑如此可恶！"喝令左右打他二十。包公喝打
已毕，又将别状来问。移时，又将石碑来打，如此三次，直把石碑扛到阶
下。是时众人聚观者越多，包公即喝令左右将府门闭上，把内中为首者四
人捉下，观者皆不知其故。包公作怒道："吾在此判事，不许闲人混杂。
汝等何故不遵礼法，无故擅入公堂？实难饶你罪责，今着汝四人将内中看
者报其姓名，粜米者即罚他米，卖肉者罚肉，卖布者罚布，俱各随其所卖者
行罚。限定时刻，汝四人即要拘齐来称。"当下四人领命，移时之间，各样
皆有，四人进府交纳。包公看时，内有布一担，就唤四人吩咐道："这布权
留在此，待等明日发还，其余米、肉各样，汝等俱领出去退还原主，不许克
落违误。"四人领诺而出。

　　包公即令左右提唤柴胜、吴子琛来。包公恐柴胜妄认其布，即将自己
夫人所织家机二匹试之，故意问道："汝认此布是你的否？"柴胜看了告
道："此布不是，小客不敢妄认。"包公见其诚实，复从一担布内抽出二匹，
令其复认。柴胜看了叩首告道："此实是小人的布，不知相公何处得之？"
包公道："此布首尾印记不同，你这客人缘何认得？"柴胜道："其布首尾印
记虽被他换过，小人中间还有尺寸暗记可验。相公不信，可将丈尺量过，
如若不同，小人甘当认罪。"包公如其言，果然毫末不差。随令左右唤前
四人到府，看认此布是何人所出。四人即出究问，知徽州汪成铺内得之，
包公即便拘汪成究问，汪成指是夏日酷所卖。包公又差人拘夏贼审勘，包
公喝令左右将夏贼打得皮开肉绽，体无完肤。夏贼一一招认，不合盗客布
三担，止卖去一担，更有二担寄在僻处乡村人家。包公令公牌跟去追究，
柴胜、吴子琛二人感谢而去。包公又见地方、邻里俱来具结：夏日酷平日
做贼害人。包公即时拟发边远充军，民害乃除。

七十

孙生员饱学不登第　主试官昏庸屈英才

话说西京有个饱学生员,姓孙名彻,生来绝世聪明,又且苦志读书,经史无所不精,文章立地而就,吟诗答对,无所不通,人人道他是个才子,科场中有这样人,就中他头名状元也不为过。哪晓得近来考试,文章全做不得准,多有一字不通的,试官反取了他;三场精通的,试官反不取他。正是"不愿文章服天下,只愿文章中试官"。若中了试官的意,精臭屁也是好的;不中试官意,便锦绣也是没用。怎奈做试官的自中了进士之后,眼睛被簿书看昏了,心肝被金银遮迷了,哪里还像穷秀才在灯窗下看得文字明白,遇了考试,不觉颠之倒之,也不管人死活。因此,孙彻虽则一肚锦绣①,难怪连年不捷。

一日,知贡举官姓丁名谈,正是奸臣丁谓一党。这一科取士,比别科又甚不同。论门第不论文章,论钱财不论文才,也虽说道粘卷糊名,其实是私通关节,把心上人都收尽了,又信手抽几卷填满了榜,就是一场考试完了。可怜孙彻又做孙山外人②。有一同窗友姓王名年,平昔一字不通,反高中了,不怕不气杀人。因此孙彻竟郁郁而死,来到阎罗案下告明:

> 告为屈杀英才事:皇天无眼,误生一肚才华;试官有私,屈杀七篇锦绣;科第不足重轻,文章当论高下。糠秕前扬,珠玉沉埋;如此而生,不如不生;如此而死,怎肯服死? 阳无法眼,阴有公道。上告。

当日阎罗见了状词大怒道:"孙彻,你有什么大才,试官就屈了你?"孙彻道:"大才不敢称,往往见中的没有什么大才。若是试官肯开了眼,平了心,孙彻当不在王年之下。原卷现在,求阎君龙目观看。"阎君道:"毕竟是你文字深奥了,因此试官不识得。我做阎君的原不曾从几句文字考上来,我不敢像阳世一字不通的,胡乱看人文字;除非是老包来看你的,就见

---

① 一肚锦绣——满腹华美文章,比喻学识渊博。

② 孙山外人——名落孙山之外,即落榜。

明白。他原是天上文曲星，决没有不识文章的理。"

当日就请包公来断，包公把状词看了一看，便叹道："科场一事，受屈尽多。"孙彻又将原卷呈上，包公细看道："果是奇才。试官是什么人？就不取你？"孙彻道："就是丁谈。"包公道："这厮原不识文字的，如何做得试官？"孙彻道："但看王年这一个中了，怎么教人心服？"包公吩咐鬼卒道："快拘二人来审。"鬼卒道："他二人现为阳世尊官，如何轻易拘得他。"包公道："他的尊官要坏在这一出上了。快拘来。"不多时，二人拘到。包公道："丁谈，你做试官的如何屈杀了孙彻的英才？"丁谈道："文章有一日之长短，孙彻试卷不合，故不曾取他。"包公道："他的原卷现在，你再看来。"说罢，便将原卷掷下来。丁谈看了，面皮通红起来，缓缓道："下官当日眼昏，偶然不曾看得仔细。"包公道："不看文字，如何取士？孙彻不取，王年不通取了，可知你有弊。查你阳数尚有一纪，今因屈杀英才，当作屈杀人命论，罚你减寿一纪；如推眼昏看错文字，罚你来世做个双瞽①算命先生；如果卖字眼关节，罚你来世做个双瞽沿街叫化。凭你自去认实变化。王年以不通幸取科第，罚你来世做牛吃草过日子，以为报应。孙彻你今生读书不曾受用，来生早登科第，连中三元②。"说罢，各各顿首无言。独有王年道："我虽文理不通，兀自写得几句，还有一句写不出来的。今要罚年吃草，阳世吃草的不亦多乎？"包公道："正要你去做一个榜样。"即批道：

　　审得试官丁谈，称文章有一日之短长，实钱财有轻重之分别。不公不明，暗通关节；携张补李，屈杀英才。阳世或听嘱托，可存缙绅③体面；阴司不徇④人情，罚做双瞽算命。王年变村牛而不枉，孙彻掇巍科⑤亦应当。

批完，做成案卷，把孙彻的原卷一并粘上，连人一齐解往十殿各司去看验。

---

① 双瞽(gǔ)——双目失明。

② 连中三元——连续中得乡试、会试和殿试的第一名，即中解元、会元、状元。

③ 缙(jìn)绅——旧时官宦的代称。

④ 徇(xùn)——曲从。

⑤ 掇巍科——拾取高科，即高中。

七十一

小卒子劫营放大火　游总兵侵功杀边民

话说朝廷因杨文广征边,包公奉旨犒赏三军,马头过处,忽一阵旋风吹得包公毛骨悚然,中有悲号之声。包公道:"此地必有冤枉。"即叫左右曳住马头,宿于公馆,登赴阴床。忽见一群小卒,共有九名,纷纷告功,凄惨之状,怨气冲天:

告为侵冒大功事:兵凶战危,自古为然。将官亡身许国,士卒轻生赴敌,如为虎食之供,犹入臬羹之沸①。生祈官赏半爵,故不惜万死;死冀褒封②片纸,故不求一生。今总兵游某,夺人之功,杀人之头,了人之命,灭人之口。坐帷幄何颜折冲③,杀犬鹰空思获兽。痛身等执戟荷戈,止送自己性命;挤身冒死,反肥主帅身家。颈血淋漓,愿肉骨于幽司;刀痕惨毒,请斧诛于冥道。烧寒灰而复照,在此日也;烟冰窟以生阳,更谁望哉!上告。

包公看罢道:"你九名小卒,怎能杀退三千鞑子?"小卒道:"正因说来不信,故此游总兵将我们的功劳录在自己名下去了。就如包老爷这样一个青天,兀自不肯轻信。"包公带笑道:"你从直说来。"小卒道:"当初鞑子势甚凶猛,游总兵领小卒五百人直撞过去,杀败而回。夜来小卒们不忿,便思量去劫寨营。共是九名,一更时分摸去,四下放起火来,三千鞑子④一个不留。回到本营,指望论功升赏;莫说是不升我们的官,就是留我们的头还好。哪晓得游总兵将此功竟做在自己的名下,又将我们九人杀却以灭口。可怜做小卒的,有苦是小卒吃,有功是别人的;没功也要切头,有功又要切头。"包公听了道:"有这样事!"唤鬼卒快拿游总兵来审问。

---

① 犹入句——好像进了沸腾的浓汤当中。
② 褒(bāo)封——嘉奖并赐爵位或土地。
③ 折冲——抵御敌人。
④ 鞑(dá)子——对北方少数民族的蔑称。

　　不移时游总兵到。包公道："好一个有功总兵，你如何把九名小卒的功做了自己的功！既没了他的功，饶了他性命也罢了，怎么又杀了他？你只道杀了他就灭了口，哪晓得没了头还要来首告。"吩咐鬼卒将极刑根勘，总兵一款招认道："是游某一时差处，不合冒认他功，又杀了他，乞放还人间，旌表九人。"包公大怒道："你今生休想放回阳间，叫你吃不尽地狱之苦。"须臾，一鬼卒将一粒丸丹放入总兵口中，遍身火发，肌肉销烂，不见人形。鬼卒吹一口孽风，复化为人。总兵道："早知今日受这般苦，就把总兵之位让与小卒，也是情愿的。"小卒在旁道："快活快活！不想今日也有出气的日子。"

　　正说话间，忽然门外喊声大震，一个个啼哭不住，山云黯淡，天日无光。鬼卒报道："门外喊的喊，哭的哭，都是边上百姓，个个口内称冤，不下数千余人。"包公道："只放几名进来，余俱门外听候。"鬼卒遂引二名边民到公厅跪下。包公道："有何冤枉，从直诉来。"边民道："只为今日阎君勘问游总兵事，特来诉冤。小人等是近边百姓，常遭胡马掳掠，哪晓得这样还是小事。一日胡马过来，杀败而去。游总兵乘胜追赶，倒把我们自家百姓杀上几千，割下首级来受封受赏，可怜可怜！这样苦情不在阎君案下告，叫我们在哪里去告？"包公道："有此异事，游总兵永世不得人身了！"鬼卒复拿一粒丸丹放在总兵口中，须臾，血流满地，骨肉如泥。鬼卒吹一口孽风，又化为人形。边民道："快活快活！但一人万割也抵不得几千民命。"包公道："传语你们同受冤的百姓，既为胡虏受冤，休想报总兵一人之冤，可去做几千厉鬼杀贼，九名小卒做厉鬼首领，杀得贼来，我自有报效处。着游总兵，永堕一十八重地狱不得出世。"执笔批道：

　　　审得：为将贵立大功，立功在能杀敌。今游某为将而不自立功，对敌而不能杀敌。没人之功，并杀有功之人以灭其口；不能杀敌，多杀边民首级以假作敌。有仁心者，固如是乎？今即杀游一人之身，不足以偿九人之命，而况枉杀边人数千之命乎！总之，死有余辜，永沉沦于地狱；报有未尽，宜罚及于子孙。

批完，押总兵入地狱去。仍以好言好语慰小卒并百姓人等，安心杀贼。两项人各欢喜而去。

七十二

梅先春争产到官府　倪知府遗嘱进画轴

话说顺天府香县有一乡官知府倪守谦,家富巨万,嫡妻生长男善继,临老又纳宠梅先春,生次男善述。善继悭吝爱财,贪心无厌,不喜父生幼子,分彼家业,有意要害其弟。守谦亦知其意,及染病,召善继嘱道:"汝是嫡子,又年长,能理家事。今契书账目家资产业,我已立定分关,尽付与汝。先春所生善述,未知他成人否,倘若长大,汝可代他娶妇,分一所房屋数十亩田与之,令勿饥寒足矣。先春若愿嫁可嫁之,若肯守节,亦从其意,汝勿苦虐之。"善继见父将家私尽付与他,关书开写分明,不与弟均分,心中欢喜,乃无害弟之意。先春抱幼子泣道:"老员外年满八旬,小妾年方二十二,此孤儿仅周岁,今员外将家私尽付与大郎,我儿若长成人,日后何以资身?"守谦道:"我正为汝青年,未知肯守节否,故不把言语嘱咐汝,恐汝改嫁,则误我幼儿事。"先春发誓道:"若不守节终身,粉身碎骨,不得善终。"守谦道:"既如此,我已准备在此。我有一轴画交付与你,千万珍藏之。日后,大儿善继倘无家资分与善述,可待廉明官来,将此画轴去告,不必作状,自然使幼儿成个大富。"数月间,守谦病故。

不觉岁月如流,善述年登十八,求分家财,善继霸住,全然不与,说道:"我父年上八旬,岂能生子?汝非我父亲骨肉,故分关开写明白,不分家财与汝,安得又与我争执?"先春闻说,不胜忿怒,又记夫主在日曾有遗嘱,闻得官府包公极其清廉,又且明白,遂将夫遗画一轴,赴衙中告道:"氏幼嫁与故知府倪守谦为妾,生男善述,甫周岁而夫故,遗嘱谓,嫡子善继不与家财均分,只将此画轴在廉明官处去告,自能使我儿大富。今闻明府清廉,故来投告,伏念作主。"包公将画轴展开看时,其中只画一倪知府像,端坐椅上,以一手指地。不晓其故,退堂,又将此画挂于书斋,详细想道:指天谓我看天面,指心谓我察其心,指地岂欲我看地下人分上?此必非是。叫我何以代他分得家财使他儿子大富!再三看道:"莫非即此画轴中藏有甚留记?"拆开视之,其轴内果藏有一纸,书道:"老夫生嫡子善继,贪财昧心;又妾梅氏生幼子善述,今仅周岁,诚恐善继不肯均分家财,有害其弟之心,故写分关,将家业并新屋二所尽与善继;惟留右边旧小屋与善述。其屋中栋左边埋银五千两,作五埋;右间埋银五千两,金一千两,作六埋。其银交与善述,准作田园。后有廉明官看此画轴,猜出此画,命善述将金一千两酬谢。"

包公看出此情,即呼梅氏来道:"汝告分家业,必须到你家亲勘。"遂发牌到善继门首下轿,故作与倪知府推让形状,然后登堂,又相与推让,扯椅而坐,乃拱揖而言道:"令如夫人告分产业,此事如何?"又自言道:"原来长公子贪财,恐有害弟之心,故以家私与之。然则次公子何以处?"少顷,又道:"右边一所旧小屋与次公子,其产业如何?"又自言道:"此银亦与次公子。"又自辞逊①道:"这怎敢要,学生自有处置。"乃起立四顾,佯作惊怪道:"分明倪老先生对我言谈,缘何一刻不见了,岂非是鬼?"善继、善述及左右看者无不惊讶,皆以为包公真见倪知府。由是同往右边去勘屋,包公坐于中栋召善继道:"汝父果有英灵,适间显现,将你家事尽说与我知,叫你将此小屋分与汝弟,你心下如何?"善继道:"凭老爷公断。"包公道:"此屋中所有的物尽与汝弟,其外田园照旧与你。"善继道:"此屋之财,些小物件,情愿都与弟去。"包公道:"适间倪老先生对我言,此屋左间埋银五千两,作五埋,掘来与善述。"善继不信道:"纵有万两亦是我父与弟的,我决不要分。"包公道:"亦不容汝分。"命二差人同善继、善述、梅先春三人去掘开,果得银五埋,一埋果一千两。善继益信是父英灵所告。包公又道:"右间亦有五千两与善述,更有黄金一千两,适闻倪老先生命谢我,我决不要,可与梅夫人作养老之资。"善述、先春母子二人闻说,不胜欢喜,向前叩头称谢。包公道:"何必谢我,我岂知之?只是你父英灵所告,谅不虚也。"即向右间掘之,金银之数,一如所言。时在见者莫不称异。包公乃给一纸批照②与善述母子执管。包公真廉明者也。

---

①　辞逊——推辞、谦让。
②　批照——批示、凭据。

七十三

翁长者留文须句读　瑞娘夫贪财却无知

话说京中有一长者，姓翁名健，家资甚富，轻财好施，邻里宗族，加恩抚恤。出见斗殴，辄为劝谕；或遇争讼，率为和息。人皆爱慕之。年七十八，未有男儿，只有一女，名瑞娘，嫁夫杨庆，庆为人多智，性甚贪财，见岳丈无子，心利其资，每酒席中对人道："从来有男归男，无男归女，我岳父老矣，定是无子，何不把那家私付我掌管。"其后，翁健闻知，心怀不平，然自念实无男嗣，只有一女，又别无亲人，只得忍耐。乡里中见其为人忠厚而反无子息，常代为叹息道："翁老若无子，天公真不慈。"

过了二年，翁健且八十矣，偶妾林氏生得一男，取名翁龙。宗族乡邻都来庆贺，独杨庆心上不悦，虽强颜笑语，内怀愠闷①。翁健自思：父老子幼，且我西山暮景，万一早晚间死，则此子终为所鱼肉②。因生一计道：算来女婿总是外人，今彼实利吾财，将欲取之，必姑与之，此两全之计也。过了三月，翁健疾笃，自知不起，因呼杨庆至床前泣与语道："吾只一男一女，男是吾子，女亦是吾子；但吾欲看男而济不得事，不如看女更为长久之策。吾将这家业尽付与汝管。"因出具遗嘱，交与杨庆，且为之读道："八十老人生一子，人言非是吾子也，家业田园尽付与女婿，外人不得争执。"杨庆听读讫，喜不自胜，就在匣中藏了遗嘱，自去管业。不多日，翁健竟死，杨庆得了这许多家业。

将及二十余年，那翁龙已成人长大，深谙世事，因自思道："我父基业，女婿尚管得，我是个亲男有何管不得？因托亲戚说知姐夫，要取原业。杨庆大怒道："那家业是岳父尽行付我的，且岳翁说那厮不是他子，安得又与我争？"事久不决，因告之官，经数次衙门，上下官司俱

---

① 愠(yùn)闷——怨恨和烦闷。
② 为所鱼肉——成为残害的对象。

照遗嘱断还杨庆，翁龙心终不服。

　　时包公在京，翁龙密抱一张词状径去投告。包公看状即拘杨庆来审道："你缘何久占翁龙家业，至今不还？"杨庆道："这家业都是小人外父交付小人的，不干翁龙事。"包公道："翁龙是亲儿子，即如他无子，你只是半子，有何相干？"杨庆道："小人外父明说他不得争执，现有遗嘱为证。"遂呈上遗嘱。包公看罢笑道："你想得差了。你不晓得读，分明是说，'八十老翁生一子，家业田园尽付与'，这两句是说付与他亲儿子了。"杨庆道："这两句虽说得去，然小人外父说，翁龙不是他子，那遗嘱已明白说破了。"包公道："他这句是瞒你的。他说，'人言非，是我子也'。"杨庆道："小人外父把家业付小人，又明说别的都是外人，不得争执。看这句话，除了小人都是外人了。"包公道："只消自家看你儿子，看你把他当外人否？这外人两字分明连上'女婿'读来，盖他说，你女婿乃是外人，不得与他亲儿子争执也。此你外父藏有个真意思在内，你反看不透。"杨庆见包公解得有理，无言可答，即将原付文契一一交还翁龙管业。知者称为神断。

七十四

李秀姐性妒遭绞刑　张月英知耻自投环

　　话说河南登州府霞照县有民黄士良，娶妻李秀姐，性妒多疑。弟士美，娶妻张月英，性淑知耻。兄弟同居，妯娌轮日打扫，箕帚逐日交割。忽黄士美往庄取苗，及重阳日，李氏在小姨家饮酒，只有士良与弟妇张氏在家，其日轮该张氏扫地，张氏将地扫完，即将箕帚送入伯姆①房去，意欲明日免得临期交付，此时士良已出外，绝不晓得。及晚，李氏归见箕帚在己房内，心上道：今日婶娘扫地，箕帚该在伊房，何故在我房中？想是我男人扯他来奸，故随手带入，事后却忘记拿去。晚来问其夫道："你今干甚事来？可对我说。"夫道："我未干甚事。"李氏道："你今奸弟妇，何故瞒我！"士良道："胡说，你今酒醉，可是发酒疯了？"李氏道："我未酒疯，只怕你风骚忒甚②，明日断送你这老头皮，休连累我。"士良心无此事，便骂道："这泼贱人说出没忖度的话来！讨个证见来便罢，若是悬空诬捏，便活活打死你这贱妇！"李氏道："你干出无耻事，还要打骂我，我便讨个证见与你。今日婶娘扫地，箕帚该在他房，何故在我房中？岂不是你扯他奸淫，故随手带入！"士良道："他送箕帚入我房，那时我在外去，亦不知何时送来，怎以此事证得？你不要说这无耻的话，恐惹旁人取笑。"李氏见夫赔软，越疑是真，大声呵骂。士良发起怒性，扯倒乱打，李氏又骂及婶娘身上去。张氏闻伯与姆终夜吵闹，潜起听之，乃是骂己与大伯有奸。意欲辩之，想：彼二人方暴怒，必激其厮打。又退入房去，却自思道：适我开门，伯姆已闻，又不辩而退，彼必以我为真有奸，故不敢辩。欲再去说明，他又平素是个多疑妒忌的人，反触其怒，终身被他臭口。且是我自错，不合送箕帚在他房去，此疑难洗，污了我名，不如死以明志。遂自

---

①　伯姆——弟妇称兄妇为伯姆，即婆家嫂嫂。

②　忒（tuī）——太。

缢死。

　　次早饭熟，张氏未起，推门视之，见缢死梁上。士良计无所措。李氏道："你说无奸何怕羞而死？"士良难以与辩，只跑去庄上报弟知，及士美回问妻死之故，哥嫂答以夜中无故彼自缢死。士美不信，赴县告为生死不明事。陈知县拘士良来问："张氏因何缢死？"士良道："弟妇偶沾心痛之疾，不少苦痛，自忿缢死。"士美道："小的妻子素无此症，若有此病，怎不叫人医治？此不足信。"李氏道："婶娘性急，夫不在家，又不肯叫人医，只轻生自死。"士美道："小人妻性不急，此亦不信。"陈公将士良、李氏夹起，士良不认，李氏受刑不过，乃说出扫地之故，因疑男人扯婶入房，两人自口角厮打，夜间婶娘缢死，不知何故。士美道："原来如此。"陈公喝道："若无奸情，彼不缢死。欺奸弟妇，士良你就该死的了。"勒逼招承定罪。

　　正值包公巡行审重犯之狱，及阅欺奸弟妇这卷，黄士良上诉道："今年之死该屈了我。人生世上，王侯将相终归于不免，死何足惜？但受恶名而死，虽死不甘。"包公道："你经几番录了，今日更有何冤？"士良道："小人本与弟妇无奸，可剖心以示天日，今卒陷如此，使我受污名；弟妇有污节；我弟疑兄、疑妻之心不释。一狱三冤，何谓无冤？"包公将文卷前后反复看过，乃审李氏道："你以箕帚证出夫奸，是你明白了。且问你当日扫地，其地都扫完否？"李氏道："前后都扫完了。"又问道："其粪箕放在你房，亦有粪草否？"李氏道："已倾干净，并无渣草。"包公又道："地已扫完，渣草已倾，此是张氏自己以箕帚送入伯姆房内，以免来日临期交付，非干士良扯他去奸也。若是士良扯奸，他未必扫完而后扯，粪箕必有渣草；若已倾渣草而扯，又不必带箕帚入房。此可明其绝无奸矣。其后自缢者，以自己不该送箕帚入伯姆房内，启其疑端，辩不能明，污名难洗，此妇必畏事知耻之人，故自甘一死而明志，非以有奸而惭。李氏陷夫于不赦之罪，诬婶以难明之辱，致叔有不释之疑，皆由泼妇无良，故逼无辜郁死，合以威逼拟绞；士良该省发。"士美磕头道："吾兄平日朴实，嫂氏素性妒忌，亡妻生平知耻。小的昔日告状，只疑妻与嫂氏争忿而死，及推入我兄奸上去，使我蓄疑不决。今老爷此辩极明，真是生城隍，一可解我心之疑，二可雪吾兄之冤，三可白亡妻之节，四可正妒妇之罪。愿万代公侯。"李氏道："当日丈夫不似老爷这样辩，故我疑有奸；若早些辩明，我亦不与他打骂。老爷既赦我夫之罪，愿同赦妾之罪。"士美道："死者不能复生，亡妻死得明白，我心亦无恨，要他偿命何益?"包公道："论法应死，吾岂能生之!"此为妒妇之儆戒。

七十五

晏谁宾污贱害生女　束妇人虽死留余辜

话说有民晏谁宾，污贱无耻。生男从义，为之娶妇束氏，谁宾屡挑之，束氏初拒不从，后积久难却，乃勉强从之，每男外出，则夜必入妇房奸宿。一日，从义往贺岳丈寿，束氏心恨其翁，料夜必来，乃哄翁之女金娘道："你兄今日出外去，我独自宿，心内惊怕，你陪我睡可好？"金娘许之。其夜，翁果来弹门，束氏潜起开门，躲入暗处。翁遂登床行奸。金娘乃道："父亲是我也，不是嫂嫂。"谁宾方知是错，悔无及矣，便跳身走去。

次日早饭，女不肯出同餐，母不知其故，其父心知之，先饭而出。母再去叫，女已缢死在嫂嫂房内。束氏心中害怕，即回娘家达知其事。束氏之兄束棠道："他家没伦理，当去告首他绝亲，接妹归来另行改嫁，方不为彼所染。"遂赴县呈告，包公即令差人去拘，晏谁宾情知恶逆，天地不容，即自缢死。后拘众干证到官，束棠道："晏谁宾自知大恶弥天①，王法不容，已自缢死；晏从义恶人孽子，不敢结亲，愿将束氏改嫁，例有定议，各服其罪。余人俱系干证，与他无干；小的已告诉得实，乞都赐省发，众人感激。"

包公见状中情甚可恶，且将来审问道："束氏原与翁有奸否？"束棠道："并无。"包公道："既与翁无奸，今翁已死，何再求改嫁？"束棠道："禽兽之门，恶人之子，不愿与之结亲，故敢恳求改嫁。"包公道："金娘在束氏房中睡，房门必闭，是谁开门？"束棠道：那晏贼已躲房中在先。"包公道："晏贼意在要奸谁？"束棠道："不知。"束氏道："彼意在我，误及于女。"包公道："你二人相伴，何不喊叫起来？"束氏道："小妾怕羞，且未及我，何故喊起？"包公终不信，将束氏夹起道："必你先与翁有奸，那一夜你睡姑床，姑睡你床，故陷翁于错

---

① 大恶弥天——罪大恶极。

误。"束氏受刑不过,乃从直招认。包公道:"你与翁通奸,罪本该死;你叫姑伴睡,又自躲开,陷翁于误,陷姑于死,皆由于你,死有余辜。"本秋将束氏处决,又移文去拆毁晏谁宾之宅,以其地开潴水之池,意晏贼之肉犬豕不屑食之。

七十六

马客商趱路遇劫匪　戴帽兔释疑缉正凶

话说武昌府江夏县民郑日新，与表弟马泰自幼相善，新常往孝感贩布，后泰与同往一次，甚是获利。次年正月二十日，各带纹银二百余两，辞家而去，三日到阳逻驿。新道："你我同往孝感城中，一时难收多货，恐误日久。莫若二人分行，你往新里，我去城中何如？"泰道："此言正合我意。"入店买酒，李昭乃相熟店主，见二人来，慌忙迎接，即摆酒来款待，劝道："新年酒多饮几杯，一年一次。"二人皆醉，力辞方止，取银还昭，昭亦再三推让，勉强收下。三人揖别，新往城中去讫。临别嘱泰道："随数收得布匹，陆续发伙挑入城来。"泰应诺别去。行不五里，酒醉脚软，坐定暂息，不觉睡倒。正是：醉梦不知天早晚，起来但见日沉西。忙趱路①行五里，地名叫做南脊，前无村，后无店，心中慌张。偶在高岗遇吴玉者，素惯谋财，以牧牛为名，泰偶遇之。玉道："客官，天将晚矣，尚不歇宿？近来此地不比旧时，前去十里，孤野山冈，恐有小人。"泰心已慌，又被吴玉以三言四语说得越不敢行，乃问玉道："你家住何地？"玉道："前面源口就是。"泰道："既然不远，敢借府上歇宿一宵，明日早行，即当厚谢。"玉佯辞道："我家又非客店酒馆，安肯留人歇宿？我家床铺不便，凭你前行亦好，后转亦好，我家决住不得。"泰道："我知宅上非客店，但念我出外辛苦，亦是阴骘。"再三恳求。玉佯转道："我见你是忠厚的人，既如此说，我收了牛与你同回。"二人回至家中，玉谓妻龚氏道："今日有一客官，因夜来我家借宿，可备酒来吃。"母与龚氏久恶玉干此事，见泰来甚是不悦，泰不知，以为怒己，乃缓词慰道："小娘休恼，我自当厚谢。"龚氏睨视②以目一丢，泰竟不知其故。俄而玉妻出，乃召入泰来，其妻

---

① 趱(zǎn)路——赶路。

② 睨(nì)视——斜视。

只得摆设厚席，玉再三劝饮，泰先酒才醒，又不能却玉之情，连饮数杯甚醉，玉又以大杯强劝二瓯，泰不知杯中下有蒙药在内，饮后昏昏不知人事，玉送入屋后小房安歇。候更深人静，将泰背至左旁源口，又将泰本身衣服裹一大石背起，推入荫塘，而泰之财宝尽得之矣。其所害者非止一人，所为非止一次也。

日新到孝感二三日，货已收二分，并未见泰发货至。又等过十日，日新自往新里街去看泰，到牙人杨清家，清道："今年何故来迟？"新愕然道："我表弟久已来你家收布，我在城中等他，如何久不发布来？"清道："你那表弟并未曾到。"新道："我表弟马泰，旧年也在你家，何推不知？"清道："他几时来？"新道："二十二日同到阳逻驿分行。"满店之人皆说没有，新心中疑惑，又去问别的牙家，皆无。是夜，清备酒接风，众皆欢饮，新闷闷不悦。众人道："想彼或往别处收买货去，不然，人岂会不见。"新想：他别处皆生，有何处去得？只宿过一晚，次早往阳逻驿李昭店问，亦道自二十二日别后未转。乃自忖道：或途中被人打抢？新一路探问，皆说今新年并未见打死人；又转新里街问店中众客是几时到，都说是二月到的。新乃心中想道：此必牙家见他银多身孤，利财谋害，亦未见得。新谓清道："我表弟带银二百两来汝家收布，必是汝谋财害命。遍问途中并无打抢；设若途中被人打死，必有尸在；怎的活活一人哪里去了？"清道："我家满店客人，如何干得此事！"新道："你家店中客人都是二月到的，我那表弟是正月里来的，故受你害。"清道："既有客到，邻里岂无人见？街心谋人，岂无人知？你平白黑心说此，大冤。"二人争论，因而相打。新写信雇一人驰报①家中，次日具状告县。

孝感知县张时泰准状行牌。次日杨清亦是诉状，县主遂行牌拘集一干人犯齐赴台前听审。县主问："日新你告杨清谋死马泰，有何影响？"新道："奸计多端，弥缝②自密，岂露踪影？乞爷严究自明。"清道："日新此言皆天昏地黑，瞒心昧己③。马泰并未来家，若见他一面，甘

---

① 驰报——策马快报。

② 弥缝——设法遮掩或补救缺点、错误，不使别人发觉。

③ 瞒心昧己——违背良心干坏事。

心就死。此必是日新谋死，佯告小的，以掩自己。"新道："小人分别在李昭店买酒吃过，各往东西。"县主便问李昭，昭道："是日到店买酒，小的以他新年初到，照例设酒，饮后辞别，一东一西，怎敢胡言。"清道："小的家中客人甚多，他进小的家中，岂无人见？本店有客伴可问，东西有邻里可察。"县主即各拘来问道："你们见马泰到杨清店否？"客伴皆道不见。新道："邻里皆伊相知，彼纵晓得亦不肯说；客伴皆是二月到的，马泰乃正月到他家里，他们哪里得知。大抵马泰一人先到，杨清方起此不良之心，乞爷法断偿命。"县主见邻里客人各皆推阻，勒清招认。清本无辜，岂肯招认？县主喝令将清重责三十，不认，又令夹起，受刑不过，乃乱招承。县主道："既招谋害，尸在何处？原银在否？"清道："实未谋他，因爷爷苦刑，当受不起，只得屈招。"县主大怒，又令夹起，即刻昏迷，久而方醒。自思：不招亦是死，不若暂且招承，他日或有明白。遂招道："尸丢长江，银已用尽。"县主见他招承停当，即钉长枷，斩罪已定。

　　未及半年，适包公奉旨巡行天下，来到湖广历至武昌府。是夜，详察案卷，阅至此案，偶尔精神困倦，隐几而卧，梦见一兔，头戴帽子，奔走案前。既觉，心中思忖：梦兔戴帽，乃是冤字。想此中必有冤枉。次日，单吊杨清一起勘审。问李昭则道"吃酒分别是的"，问杨清、邻店皆道"未见"。心中自思：此必途中有变。次日，托疾不出坐堂，微服带二家人往阳逻驿一路察访，行至南脊，见其地甚是孤僻，细察仰观，但见前面源口鸦鹊成群在荫塘岸边。三人进前观之，但见有一死人浮于水面，尚未甚腐。包公一见，令家人径至阳逻驿讨驿卒二十名，轿一乘，到此应用。驿丞知是包公，即唤轿夫自来迎接，参见毕，包公即令驿卒下塘取尸。其深莫测，内有一卒赵忠禀道："小人略知水性，愿下水取之。"包公大悦，即令下塘，泆至中间，拖尸上岸。包公道："你各处细搜，看有何物？"赵忠一直闯下，见内有死尸数人，皆已腐烂，不能得起，乃上岸禀知包公。包公即时令驿卒擒捉上下左右十余家人，问道："此塘是谁家的？"众道："此乃一源灌荫之塘，非一家非一人所有。"包公道："此尸是何处人的？"皆不能识。将十数余人带至驿中，路上自思：这一干人如何审得，将谁问起？安得人人俱加刑法？心生一计，回驿坐定。驿卒带一干人进，包公着令一班跪定，各报姓名，令驿书逐一细开其名呈上。包公看过一遍乃道："前在府中，夜梦有数人来我台前告状，被人谋死，丢在塘中。今日亲自来看，果得数尸，与梦相应；今日又有此人名字。"伴将朱笔乱点姓名，纸上一点，高声喝道："无辜者起去，谋死人者跪上听审。"众人心中无亏，皆走起来，惟吴玉吓得心惊胆战，起又不是，不起又不是。正欲起来，包公将棋子一敲骂道："你是谋人正犯，怎敢起去！"吴玉低首无言。喝打四十，问道："所谋之人乃是何等之人，从直招来，免动刑法。"吴玉不肯招认，包公令取夹棍夹起，乃招承道："此乃远方孤客，小人以牧牛为由，见天将晚，遂花言巧语，哄他到小的家中借歇，将毒酒醉倒，丢入塘中，皆不知姓名。"包公道："此未烂尸首，今年几时谋死的？"吴玉道："此乃正月二十二日晚下谋死的。"包公自思：此人死日恰与郑日新分别同时，想必是此人了。即唤李昭来问。驿卒禀道："前日往府听审未回。"包公令众人各回，将吴玉锁押。

次日，包公起马往府，府中官僚人等不知所以，出郊迎接，皆问其故。包公一一道知，众皆叹服。又次日，吊出杨清等略审，即令郑日新往南脊认尸明白回报，取出吴玉出监勘审。乃问清道："当时你未谋人，为何招承狱？"清道："小人再三诉告并无此事，因本店客人皆说二月到的，邻里都怕累身，各自推说不知，故此张爷生疑，苦刑拷究，昏晕几绝。自思：不招亦死，不若暂招，或有见天之日。今日幸遇青天，访出正犯，一则老爷明察沉冤，次则皇天不昧。"包公令打开杨清枷锁，又问日新道："你当时不察，何故妄告？"新道："小人一路遍问，岂知这贼弥缝如此缜密，小人告清，亦不得已。"包公道："马泰当时带银多少？"新道："二百两。"又问吴玉道："你谋马泰得银多少？"玉道："只用去三十两，余银犹在。"包公即差数人往取原赃，其母以为来捉己身受刑，乃赴水而死。龚氏见姑赴水，亦同跳下，公差救起。搜检原银，封锁家财，令邻里掌住，公差带龚氏到官。龚氏禀道："丈夫凶恶，母谏成仇，何况于妾？婆婆今死，妾亦愿随。"包公道："你既苦谏不从，与你无干。今发官嫁；日新，本该问你诬告的罪，但要你搬尸回葬，罪从免拟。"日新磕头叩谢。吴玉市曹斩首。

七十七

兄与弟引路劫孤客　鹿和獐入梦释疑团

话说大田县高村坡有一峻岭，名曰枯蹄岭，上通大田，下往九溪。有一贩布孤客往乡收账，路经其地。山凹有一人家姓张，兄弟二人，名禄三、禄四，假以砍薪为名，素行打抢，遇有孤客，便起歹意。客欲问路，望见二人迤逦而来，近前拱手问道："此去二十九都多少路程？"禄三答道："只有半日之遥。你从何来？"客道："我在各乡收账回家，闻此处有一条小路甚是便捷，不意来此失路，望二位指引。"禄四道："过岭十里即是大路。"客以为真是樵夫，遂任意行去，及到前途，乃是峻岭绝路，只得坐于石上等人借问。忽见禄四兄弟盘山而来，一刀挥下，客未曾提防，连砍四刀，登时气绝。二人搜其腰间，得碎银七八两，又有银簪二根，兄弟将尸埋掩山旁，将银均分。倏尔半年有余，毫无人知。

适有近地钱五秀、范体忠两家山界不明。钱五秀访知包公巡行，即往告状时，包公亲自往山踏勘，五秀得理，断山与他管照，范体忠受刑问罪。包公吩咐回衙，来在山旁，忽狂风骤起，包公思想半晌，莫非此地有甚冤枉？即令二人于各处寻觅，于山旁有一死尸，被兽掘开土块，露尸在外，二人回复。包公亲往视之，令左右起土开看，见颈项上四刀，乃知被人谋死，复令左右为之掩覆。回衙，不知谁人谋死，无计可施。包公道："我日断阳间，夜断阴间，这件事我阳间不得明白，要向阴间讨个真实消息。"便登赴阴床，叫阴司手下人吩咐道："枯蹄山旁谋杀一人，露出尸首，带了重伤，不知此尸身是谁杀死，必有冤魂到此告状，汝等俱各伺候，放他进来。"话毕，霎时阴风惨惨，烛影不明，遂觉精神困倦，隐几而卧，似梦非梦。须臾，一人身血淋漓，前有一獐，后有鹿随之，慌忙而窜。包公惊觉，不见手下众人，浑如一梦。心下思想：莫非枯蹄山旁有叫张禄者？天明升堂，密差二人往彼处觅访，如有张禄，拿来见我。二人应诺而去。及至枯蹄访问，果有姓张名禄

三、禄四者兄弟二人，不敢往捉，回衙见包公道："小的奉差访拿张禄，其地果有张禄三、禄四兄弟二人。"包公道："既有此人名，叫书吏可发牌，火速拿来见我。"二人复去拘得至官审问。包公喝道："你二人抢劫客人货物，好生直招，免受重刑。"二人强硬不认，包公喝令左右将二人各责六十重杖，兄弟受刑不起，只得从实招道："有一客人，往乡收账回家，因迷失路途，小的俾指令入僻处杀死是实。今蒙访出，此亦冤魂不散。"包公见他招明，即判处决。

七十八
富家子恃财污曾氏　山窠中遗帕留贼名

话说池州府青阳县民赵康，家私巨富，生子嘉宾，恃财恣性，奸淫博弈，彻夜讴歌。一日，命仆跟随在后，径往南庄闲游，偶见二女子，年方二八，淡妆素服，自然雅洁，观不厌目，尽可赏心，问仆人道："此谁家妇？"仆道："此山后丘四妻、妹，因夫出外经商，数载未回，常往庵庙求签。"嘉宾道："你去问他，家中若少银米，随他要多少，我把借他。"仆道："伊亲颇富，纵有不给，必自周济。"宾是夜想二妇的颜色，竟不能寐。次日饭后，取一锭银子约有十两，往其家调奸，二妇贞节不从，厉色骂詈，叫喊邻人。宾见不可，拂袖而出，思谋无策，即着仆去请友人李化龙、孙必豹二人来庄，令庄人备酒，饮至半酣，二友道："今日蒙召，有何见谕？"宾道："今日一事甚扫我兴，特请二位同设一计。"二人问道："何事？快请教。"宾道："昨日闲游，偶遇丘四妻、妹二人朝神过此，貌均奇绝。今上午将银一锭到彼家只求一会，不惟不许，反被恶言骂詈，故拂我意。"二人道："此事甚易。"宾道："兄有何妙计，请教一二。"友道："今夜候至三更，将一人后山呐喊，两人前门进去擒此二妇，放在山窠，任你摆布，何难之有？"宾道："此计甚妙。"是夜，饮酒候至三更，瞒了庄人，私自潜出，把一人在山后呐喊，二人向前冲门而进，佣工人即忙起看，二人就将工人绑缚丢入地下，使不能出喊。遂入房中，只捉得曾氏一人——不意丘四妹子因家有事，傍晚接回——三人将曾氏捉入山中平窠内，至天微明，三人散去，宾不意遗一手帕在旁。

次早，邻人方知曾氏家被劫，众人入看，解放工人，即报丘四妹家。许早夫妇往看，遍觅无踪，寻至山窠①，只听哀哀叫苦，三人近看，羞不能遮，不能动止。许早背回曾氏，姑以汤灌久之，略苏，方能言语。姑道："因何如此？"曾氏羞言，姑问再三，乃道："昨夜三更，

---

① 山窠(kē)——山的凹处。

二人冲门而进，我以为贼，起身欲走，穿衣不及，二人进房捉上山去，三人强奸。"姑曰："三人认得否？"曾氏道："昏月之下认人不真。"许早拾得白绫手帕，解开一看，只见帕上写有嘉宾之名，乃是戏妇所赠。其妻知之，乃告夫许早道："昨日上午，嘉宾将银一锭来家求奸，被我骂去，想必不甘心，晚上凑合光棍来捉强奸，幸我不在，不然亦难逃矣。"许早听了妻子言语，即具状首于包公：

呈首为获实强奸事：鹰鸇①搏击，鸠雀无遗；虎豹纵横，犬羊无类。淫豪赵嘉宾，逞富践踏地方，两三丘度荒秀麦，止供群马半餐；恃强派食庄户，百十斤抵债洪猪，不够多人一嚼。无犯平民泪汪汪，常遭箠楚；有貌少妇眉蹙蹙，弗洗污淫。金银包胆，奸宿匪薮。瞰舅丘四远出，来家掷银调奸，舅妇曾氏，贞节不从，喊邻逐出，恶即串党数人，标红抹黑，执斧持刀，黉夜明火入室，突冲擒入山窦，彼此更番，轮奸几死。夫早觅获，命若悬丝，遗帕存证，四邻惊骇痛恨。黑夜入人家，老少闻风鼓栗②；山坞奸妇人，樵牧见影胆寒。不啻斜阳闭户，止声于夜啼之儿；真同明月满村，吠瘦乎守家之犬。见者睡不贴席，即如越王勾践卧薪③；闻者梦不至酣，酷似司马温公警木④。山路滚滚尘飞，合村洋洋鼎沸。恳天验帕剿恶，烛奸正法。遗帕不止乎绝缨⑤，荒野倍惨于暗室。万民有口，三尺有法。上告。

包公即拘齐人犯，先问邻右萧兴等道："你是近邻，知其详否？"兴道："是夜之事，小人通未知之。次早起来，听得佣工人喊叫，众人

---

① 鸇(zhān)——鸟名，猛禽。

② 闻风鼓栗——听见风声就发抖。

③ 越王勾践卧薪——春秋时，越王勾践被吴国打败之后，睡在柴堆上，不敢安逸。

④ 司马温公警木——北宋政治家司马光以圆木为枕，睡时稍动即醒，不敢安睡。

⑤ 绝缨——春秋战国时期，楚庄王晏请群臣，殿上的蜡烛忽然熄灭。有人暗中牵拉王后的衣服，王后扯下了此人帽上的缨带，要楚王查办。楚庄王不但不肯查办，反而命令大家全都扯下自己的帽缨，然后畅饮。后来吴兵攻楚，有一人抗敌勇猛，庄王问及因由，他说自己便是被王后绝缨的人。由此出典。

入内，看见工人绑入地下，遂即解放，报知许早夫妇，觅至山寨才获曾氏，不能行止，遗帕在旁是的，余事不知，不敢妄言。"包公道："旁遗有帕，帕上既有嘉宾的名，必是他无疑了。"宾道："小人三日前遗此帕于路，并未在山；况一人安能捉人而绑人？此皆夙仇①诬陷。"早道："日间分明是你掷银调戏，二妇喊骂才出，是晚被劫，并未去财，况有手帕硬证；若是贼劫必定掳财，何独奸妇？乞老爷严刑拷出同党，以伸此冤。"包公喝令将宾重打二十，令其招认，宾仍前巧言争辩，包公令将原被告二人一起收监，邻证发出。私嘱禁子道："你谨守监门，若有甚闲人来看嘉宾，不可令他相见，速拿来见我，明日赏你；若泄漏卖放，杖六十革役！"禁子道："不敢。"包公退堂，禁子坐守。不移时，有二人来监门前呼宾，禁子开了头门，守堂皂隶齐出，扭住二人，进堂敲梆，包公升堂。禁子道："获得二人，俱皆来探嘉宾的。"包公问明姓名，喝道："你二人同奸曾氏，嘉宾先已招出，正欲出牌捕捉，你却自来凑巧。"二人面皆失色，两不相照。化龙道："并无小人两个，彼何妄扳？"包公道："嘉宾说，若非你二人，他一人必干此事不得，从直招来！"化龙道："彼自干出，妄扳我等！"包公见其词遁②，乃令各打二十，不招，又将二人夹起，远置廊下。监中取嘉宾出来，但见夹起二人，心中慌张。包公高声骂道："分明是你这贼强奸曾氏，我已审出；二人系你同奸，彼已招承道是你叫他，非关他事，故将他夹起。"嘉宾更自争辩不已，仍令夹起，嘉宾畏刑乃招道："是日，小人不合到其家掷银，被他骂出，遂叫二人商议，计出化龙。乞老爷宽刑。"包公道："你二人先说妄扳，嘉宾招明，各画供招来。"三人面面相视，无言抵答，只得招认。判道：

审得赵嘉宾，不羁浪子，恃富荒淫，罔知官法之如炉；尚倚爪牙，擒奸妇女，胜若探囊而取物。棍徒化龙等，既不能尽忠告以善道，抑且相助而为非；又不能陈药石之箴规，究且设谋以从欲。明火冲家，绑缚工人于地下；开门擒捉，轮奸曾氏于山中。败坏纪纲，强奸不容于宽宥；毋勿首从，大辟用戒乎习淫。

---

① 夙（sù）仇——素有的冤仇。

② 词遁（dùn）——因为理屈词穷而故意避开正题的话。

七十九

王表兄图财财竟失　赵进士爱女女偏亡

话说开封府祥符县县学生员沈良谟，生一子名猷。里人赵家庄进士赵士俊；妻田氏，年将半百无子，止生一女名阿娇，有沉鱼落雁之容，闭月羞花之貌，时与沈良谟子猷结为秦晋。未经一载，良谟家遭水患所淹，因而家事萧条。士俊见彼落泊，思与退亲，其女阿娇贤淑，谓母田氏道："爹爹既将我配沈门，宁肯①再适他人？"田氏见女长成，急欲使之成亲，奈沈猷不能遣礼为聘。一日，士俊往南庄公出，田氏竟令苍头往沈猷家，请猷往见，将银与彼作聘。猷闻大喜，奈身悬鹑百结②，遂往姑娘家借衣。姑娘见侄到，问其到舍有何所议？沈猷道："岳母见我家贫，昨遣人来叫我，将银与我以作聘礼，然后亲迎。奈无衣服，故到此欲向表兄借用，明日侵早奉还。"姑娘闻得亦喜，留午饭后，立命儿王倍取套新衣与侄儿去。谁料王倍是个歹人，闻得此事即托言道："难得表弟到我家，须消停一日去，我要去拜一知友，明日即回奉陪。"故不将衣服借之，猷只得在姑娘家等。王倍自到赵家，诈称是沈猷，田夫人同女阿娇出见款待，见王倍礼貌荒疏。田氏道："贤婿是读书的人，为何粗率如此？"倍答道："财是人胆，衣是人貌。小婿家贫流落，居住茅屋，骤见相府③，心不敢安，故致如此。"田夫人亦不怪他，留之宿，故疏放其女夜出与之偷情。次日，叫拾银八十余两，又金银首饰、珠宝等约值百两，交与倍去。彼只以为真婿，怎知提防。倍得此金银回来见猷，只说他去望友而归，又缠住一日，至第三日，猷坚要去，乃以衣服借之。

及猷到岳丈家，遣人入报岳母，田夫人惊怪，出而见之，故问道：

---

① 宁（nìng）肯——岂肯。

② 悬鹑百结——衣服破烂不堪。

③ 相府——本指宰相的府邸，此处为王倍对赵家宅院的敬称。

"你是吾婿，可说你家中事与我听。"猷一一道来，皆有根据。但见言词文雅，气象雍容，人物超群，真是大家风范。田夫人心知此是真婿，前者乃光棍假冒，悔恨无及。入对女道："你出见之。"阿娇不肯出，只在帘内问道："叫你前日来，何故直至今日？"猷道："贱体微恙，故今日来。"阿娇道："你早来三日，我是你妻，金银皆有；今来迟矣，是你命也。"猷道："令堂遣盛价来约以银赠我，故造次至此；若无银相赠亦不关甚事，何须以前日今日为辞。我若不写退书，任你守至三十年，亦是我妻。令尊虽有势，岂能将你再嫁他人！"言罢即起身要去。阿娇道："且慢，是我与你无缘，你有好妻在后，我将金钿一对，金钗二股与你去读书，愿结下来生姻缘。"猷道："小姐何说此断头的话？这钗钿与我，岂当得退亲财礼乎？凭你令尊与我如何，我便不肯。"阿娇道："非是退亲，明日即见下落，你速去则得此钗钿；稍迟，恐累及于你。"猷不懂，在堂上端坐。少顷，内堂忙报小姐缢死。猷还未信，进内堂看之，见解绳下，田夫人抱住痛哭，猷亦泪下如雨，心痛悲伤。田夫人促之出道："你速出去，不可淹留。"猷忙回姑娘家交还衣服，告知其故。后王母晓得是儿子去脱银奸宿，此女性烈缢死，心甚惊疑，不数日而死。倍妻游氏，亦美貌贤德，才入王门一月，见倍干此事，骂道："既得其银，不当污其身，你这等人，天岂容你！我不愿为你妇，愿求离归娘家。"倍道："我有许多金银，岂怕无妇人娶！"即为休书离之。

再说赵士俊，数日归家，问女死之故。田夫人道："女儿往日骄贵，凌辱婢妾，日前沈女婿自来求亲，见其衣冠褴褛，不好见面，想以为羞，遂自缢死。亦是他一时执迷，与女婿无干。"士俊说道："我常要与他退亲，你教女儿执拗不肯，今来玷我门风，坑死我女儿，反说与他无干！我偏要他偿命。"即写状与家人往府赴告：

告为奸杀女命事：情莫切于父子，事莫大于死生。痛女阿娇，年甫及笄，许聘兽野沈猷，未及于归，猷潜来室，强逼成奸，女重廉耻，怀惭自缢。窃思闺门风化所关，男女嫌疑有别。先后是伊妻子，何故寅年吃了卯年粮；终久是伊家室，不合今日先讨明日饭。生者既死，同衾合枕之姻缘已绝；死者不生，偿命抵死之法律难逃。人命关天，哭女动地。上告。

赵进士财富势大，买贿官府，打点上下。叶府尹拘集审问，一任原告偏词，干证妄指，将沈猷拟死，不由分诉。

将近秋时，赵进士写书通知巡行包公，嘱将猷处决，勿留致累。田夫人知之，私遣家人往诉包公，嘱勿便杀。包公心疑道："均是婿也。夫嘱杀，妻嘱勿杀，此必有故。"单吊沈猷，详问其来历，猷乃一一陈说，包公诘道："当日赵小姐怨你不早来，你何故迟来三日？"猷道："因无衣冠，在表兄王倍家去借，苦被缠留两日，故第三日才去。"包公闻得，心下明白。乃装作布客往王倍家卖布。倍问他买二匹，故高抬其价，激得王倍发怒，大骂道："小客可恶。"布客亦骂道："谅你不是买布人。我有布价二百两，你若买得，情肯减五十两与你，休欺我客小。"王倍道："我不做客，要许多布何用？"布客道："我料你穷骨头哪得及我！"王倍暗想：家中现有银七八十两，若以首饰相添，更不止一百五十两。乃道："我银生放者多，现在者未满二百，若要首饰相添我尽替你买来。"布客道："只要实买，首饰亦好。"王倍随兑出银六十两，又以金银首饰作成九十两，问他买二十担好布。包公既赚出此赃，乃召赵进士来，以金银首饰交与他认。赵进士大略认得几件，看道："此钗钿多是我家物，因何在此？"包公再拘王倍来问道："你脱赵小姐金银首饰来买布，当日还有奸否？"王倍见包公即是前日假装布客，真赃已露，情知难逃，遂招承道："前者因表弟来借衣服，小的果诈称沈猷先到赵家，小姐出见，夜得奸宿。今小姐缢死，表弟坐狱，天台察出，死罪甘受。"包公听着其情可恶，重责六十，即时死于杖下。

赵进士闻得此情，怒气冲天道："脱银尚恕得，只女儿被他污辱怀惭死了，此恨难消。险些又陷死女婿，误害人命，损我阴骘，令必更穷追其首饰，令他妻亦死狱中，方泄此忿。"王倍离妻游氏闻得前情，自往赵进士家去投田夫人说："妾游氏，自到王门，未满一月，因夫脱贵府金银，妾恶其不义，即求离异，已归娘家一载，与王门义绝，彼有休书在此可证。今闻老相公要追首饰，此物非我所得，望夫人察实垂怜。"赵进士看其休书，穷诘来历，果先因夫脱财事而自求离异，乃叹息道："此女不染污财，不居恶门，知礼知义，名家女子不过如是。"田夫人因念女不已，见夫称游氏贤淑，乃道："吾一女爱如掌珠，不幸而亡，今愿得汝为义女，以慰我心，你意何如？"游氏拜谢道："若得夫人提携，是妾之重生父母。"赵进士道："汝二人既结契母子，今游氏无夫，沈女婿未娶，即当与彼成亲，当作亲女婿相待何如？"田夫人道："此事真好，我思未及。"游氏心中喜甚，亦道："从父亲母亲尊意。"即日令人迎请沈猷来，入赘赵家，与游氏成亲，人皆快焉。

异哉，王倍利人之财，而横财终归于无；污人之妻，而己妻反为人得。天网恢恢，疏而不漏，此足征矣。

八 十

二漆匠杀人由奸情 一继子坐狱因诬陷

话说庐州府霍山县南村，有一人姓章名新，素以成衣为业，年将五十，妻王氏少艾，淫滥无子。新抚兄子继祖养老，长娶刘氏，貌颇娇娆。有桐城县二人来霍山县做漆，一名杨云，一名张秀，与新有旧好，遂寄宿焉，日久愈厚，二人拜新为契父母，出入无忌，视若至亲。杨云与王氏先通，既而张秀皆然。一日新叔侄往乡成衣，杨云与王氏正在云雨，被媳撞见。王氏道："今日被此妇撞见不便，莫若污之以塞其口。"新叔侄至夜未回，刘氏独宿。杨云掇开刘氏房门，刘氏正在梦寐，杨云上床抱奸，手足无措，叫喊不从，王氏入房以手掩其口助之，刘氏不得已任其所寝，张秀亦与王氏就寝。由是二人轮宿，杨云宿姑，张秀宿媳；杨云宿媳，张秀宿姑。新叔侄出外日多，居家日少，如是者一年有余。四人意甚绸缪①，不意为新所觉，欲执未获。杨、张二人与王氏议道："老狗已知，莫若阴谋杀之，免贻后患。"王氏道："不可，我你行事只要机密些，彼获不到，无奈你何。"

叔侄回来数日，新谓继祖道："今八月矣，家家收有新谷。今日初一不好去，明日早起，同往各处去讨些谷回来吃用。"次日清早，与侄同出，二处分行，新往望江湾略近，继祖往九公湾稍远。新账先完，次日午后即回，行至中途，突遇杨、张二人做漆回家，望见新来，交头附耳，前计可行，近前问道："契父回来了，包裹、雨伞我等负行。"行至一僻地山中，天色傍晚，二人哄新进一深源，新心慌大喊，并无人至，张秀一手扭住，杨云于腰间取出小斧一把，向头一劈即死，乃被脑骨陷往，取斧不出。倏忽风动竹声，疑是人来，忙推尸首连斧丢入莲塘，恐尸浮出，将大石压倒。二人即回，自谓得志，言于王氏。王氏听得此言，心胆俱裂，乃道："事已成矣，切不可令媳妇知之，恐彼言语

---

① 绸缪（móu）——缠绵。

不谨，反自招祸。"王氏又道："倘继祖回寻叔父，将如之何？"张秀道："我有一计，你若肯依，包管无事。"王氏道："计将安出？"张秀道："继祖回来，你先问他，若说不见，即便送官，诬以谋死叔父。若陷得他死罪，岂不两美。"王氏、杨云皆道："此计甚妙，可即依行。"初六日，继祖回到家中，王氏问道："叔何不归？"继祖愕然道："我昨在望江湾住，欲等叔同回，都说初三日下午已回。"王氏变色道："此必是你谋害！"扭结投邻里锁住，自投击鼓。

正值朝廷差委包公巡行江北，县主何献出外迎接，王氏将谋杀事具告。包公接得此词，素知县主吏治清明，刑罚不苟，即批此状与勘审。当差汪胜、李标，即刻拿到邻右萧华，里长徐福，一起押送。县主道："你叔自幼抚养，安敢负恩谋死？尸在何方？从直招来。"继祖道："当日小人与叔同出，半路分行，小人往九公湾，叔往望江湾。昨日小人又到望江湾邀叔同回，众人皆道已回三日，可拘面证。小人自幼叨叔婶厚恩，抚养娶妇，视如亲子，常思图报未能，安忍反加杀死？乞爷细审详察。"王氏道："此子不肖，漂荡家资，嗔叔阻责，故行杀死，乞爷爷严刑拷究，追尸殓葬，断偿叔命。"县主唤萧华上平台下问道："继祖素行如何？"华道："继祖素行端庄，毫无浪荡事，事叔如父，小人不敢偏屈。"县主令华下去，又问徐福："继祖素行可端正？"徐福所答，默合华言。县主喝止。乃佯怒道："你二人受继祖买嘱，本该各责二十，看你老了。"县主知非继祖，沉吟半晌，心生一计，喝将继祖重打二十，即钉长枷，乃道："限三日令人寻尸还葬。"令牢子收监；发王氏还家。王氏叩头谢道："青天爷爷神见，愿万代公侯。"喜不自胜。

县主乃问门子道："继祖家在何处？"门子道："前村便是。"二人直至门首，各家睡静，惟王氏家尚有灯光，县主于壁隙窥之，见两男两女共席饮酒。杨云笑道："非我妙计，焉有今日？"众皆笑乐，惟刘氏不悦道："好好，你便这等快乐，亏了我夫无辜受刑，你等心上何安？"杨云道："只要你我四人长久享此快乐，管他则甚。大家饮一大杯，赶早好去行些乐事。"王氏道："都说何爷明白，亦未见得。"杨云道："闲话休说。"乃抱住刘氏。刘氏口中不言，心内怒起，乃回头不顾。王氏道："老爷限三日后追尸还葬，你放得停当否？"二人道："丢在莲塘深处，将大石压住，不久即烂。"王氏道："这等便好。"县主大怒回衙，令门子击鼓点兵，众人莫知其故。兵齐，乘轿亲抵继祖家，将前后围定，冲开前门，杨、张二人不知风从何起，见官兵围住，遂向后走，被后面官兵捉住，并捉男妇四人回衙，每人责三十收监。

次早出堂，先取继祖出监，问道："你去望江湾，路可有莲塘否？"继祖思忖良久道："只有山中那一丘莲塘，在里面深源山下。"即开继祖枷锁，令他引路，差皂快二十余人，亲自乘轿直至其地，果然人迹罕到。继祖道："莲塘在此。"县主道："你叔尸在此塘内。"继祖听了大哭，跳下塘中，县主又令壮丁几人下去同寻，直至中间，得一大石，果有尸首压于石下，取起抬上岸来，见头骨带一小斧，取之洗开，见斧上凿有杨云二字，奉上县主。县主问道："此谁名也？"继祖道："是老爷昨夜捉的人名。"又问："二人与你家何等亲？"继祖道："是叔之契子。"遂验明伤处，回县取出男妇四人，喝将杨云、张秀各打四十，令他招承，不认，乃丢下斧来："此是谁的？"二人心慌，无言可答。喝令夹起，二人面面相视，苦刑难受，乃招道："小人与王氏有奸，被彼知觉，恐有后祸，故尔杀之。"县主道："你既知觉察奸情为祸；岂不知杀人之祸尤大！"再重打四十，枷锁重狱。县主谓王氏道："亲夫忍谋，厚待他人，此何心也？"王氏道："非关小妇人事，皆彼二人操谋，杀死方才得知。"县主道："既已得知，合当先首；胡为又欲陷继祖于死地？你说何爷不明，被你三言四语就瞒过了，这泼贱可恶！"重打三十。又问刘氏道："你与同谋陷夫，心何忍乎？"刘氏道："此事实未同谋，先是妈妈与他二人有奸，挟制塞口，不得不从。其后用计谋杀，小妇人毫不知情，乞爷原情宥罪。"县主道："起初是姑挟制，后来合当告夫，虽未同谋，亦不宜委曲从事。"减等拟绞；判断杨云、张秀论斩；王氏凌迟；继祖发回宁家。当申包公，随即依拟，可谓法正冤明矣。

八十一

老僧人断义舍契子　胡举人感恩救美珠

话说山西太原府阳曲县生员胡居敬，年方十八，父母双亡，又无兄弟，家道清淡，未有妻室。读书未透，偶考四等，被责归家，发愤将家资田宅变卖，得银六十两，将往南京从师读书。至江中遭风覆舟，舟中诸人皆溺死。居敬幸抱一木板在手，随水流近浅处，得一渔翁安慈救之，以衣服与换，又以银赠为盘费。居敬拜谢，问其姓名居止之处而去。居敬思回家则益贫无依，况久闻南京风景美丽，不如沿途觅食，挨到那里又作区处①。及到南京，遍谒朱门，无有肯施济之者，衣衫褴褛，日食难度。乃入报恩寺求为和尚，扫地烧香却又不会，和尚要逐他去。一老僧率真道："你会干什么事？"居敬道："不才山西人氏，素系生员，欲到京从师，不意途中覆舟，流落至此，诸事不会干，倘师父怜念，赐我盘费，得还乡井，永不忘恩。"僧率真道："你归途甚远，我焉能赠你许多盘费？况你本意要到京从师，今便归去，亦虚跋涉一番。不如我供膳，你在寺中读书，倘读得好时，京城内今亦有人在此寄学，赴考岂不甚便。"居敬想：在寺久住，恐僧徒厌贱，遂乃结契率真为义父，拜寺中诸僧为师兄弟。由是一意苦心读书，昼夜不息。过了三年，遂出赴考，果登高第，僧率真亦自喜作成有功。

先时居敬虽在寺三年，罕得去闲游，中举之后，诸师兄多有相请者，乃得遍游各房。一日，信步行到僧悟空房去，微闻棋声在上，从暗处寻见有梯，直上楼去，见二妇人在楼上着棋，两相怪讶。一妇人问道："谁人同你到此？"居敬道："我信步行来。你是甚妇人？乃在此间！"妇人道："我乃渔翁安慈之女，名美珠，被长老脱骗在此。"居敬道："原来是我恩人之女。"美珠道："官人是谁？我父于你有甚恩？"居敬道："今寺中举人就是我，前者未遇时，蒙令尊救援，厚恩至今未

① 区处——处置、处理。

报，今不意得会娘子，我当救你。"美珠道："报恩且慢，你快下去。今年有一郎官误行到此，亦被长老勒死，若还撞见，你命难保。"居敬道："悟空是我师兄，同是寺中人，见亦无妨。"又问："那一位娘子是谁？"美珠道："他名潘小玉，是城外杨芳之妻，独自行往娘家，被长老以麻药置果子中逼他食，因迷留在别寺中，夜间抬入此来。"说话已久，悟空登楼来，见敬赔笑道："贤弟何步到此？"居敬道："我偶然行来，不意师兄有此乐事。"

悟空即下楼锁了来路的房门，更唤悟静同来，邀居敬至一空房去，四面皆是高墙，将绳一条，剃刀一把，砒霜一包送与胡居敬道："请贤弟受用何物，免我二人动手。"居敬惊道："我同是寺中人，怎把我当外人相防？"悟空道："我僧家有密誓愿，只削发者是我辈中人，得知我辈事；有发者，虽亲父子兄弟至亲不认，何况契弟？"居敬道："如此则我亦愿削发罢。"悟静道："休说假话，你历年辛苦，今始登科，正享不尽富贵之时，你说削发瞒谁？今不害你，你明日必害我。"居敬指天发誓道："我若害你，我明日必遭江落海，天诛地灭。"悟空道："纵不害我，亦传说害我教门。你今日虽仪秦①口舌也是枉然，再说一句求饶，我要动手。"居敬泣道："我受率真师父厚恩，愿见一面拜谢他而死。"悟空道："你求师父救你，亦是求阎王饶命。"须臾，悟静叫率真至，居敬泣拜道："我是寺中人，见他私事亦甚无妨。今师兄要逼我死，望师父救我。"率真尚未言，悟空道："自古入空门即割断骨肉，哪顾私恩。你今求救，率真肯救你否？"率真道："居敬儿，是你命合休，不须烦恼，死后我必埋葬你在吉地，做功德超度你来生再享富贵。倘昔日在江中溺死，尸首尚不能归土，哪得食这几年衣禄？我只一句话，决救不得你死。"居敬见说得硬，乃泣道："容我缓死何如？"三僧道："若是外人，决不肯缓他，在你且放缓一步。但今日午时起，明日午时要交命。"三僧出去，锁住墙门。

居敬独立空房中，只有一索悬于梁上，一凳与他垫脚自缢，并一把小刀，一包砒霜，余无一物在旁，屋宇又高，四面皆墙壁。居敬四面详察，思计在心。近晚来，以凳子打开近墙壁孔，取一直枋②用索系住；又用刀削

---

① 仪秦——张仪、苏秦，战国时人，善于游说。

② 枋(fāng)——方柱形木材。

壁经为钉,脚衬凳子登其钉,手抱柱以衬其脚,索系于腰,扳援而上,至于三川枋上,以索吊上直枋,将枋从下撞上,果打开一桷子,见有穴而出。居敬自思:此场冤忿焉得不报!况且新科举人,若是默默,倘闻于众年家,岂不斯文扫地。遂一一告知同榜弟兄,闻者无不切齿抱恨,或助之资,或为之谋,议论已定,方欲在包公案下申词。不道悟空、悟静三人,过了三日,想居敬举人必然身死,且忧且喜。三人同来启门一视,并不见踪迹,你我相视,彼此愕然失色道:"这事如何是好!此房四壁如铁桶,缘何被他走出?"三人密寻,果见其走处有穴。三人相议:若是闲人且不打紧;他是新科举人,况他同年皆晓得在我寺中,倘去会试,不见其人,必来我寺中根寻,我们如何答对?若是居敬不死走出去,必来报冤,他是举人,我是僧家,卵石非敌,不若先下手为强。率真道:"此事如何处?"悟空道:"不如做你的名具一张状纸,先在包爷台前告明:见得居敬举人在我寺中娶二娼妇,无日无夜酣歌唱饮,一玷斯文,二坏寺门,于本月某日寺中野游至晓不回来,日后恐累及寺中,只得到爷台前告明。"如此主意,即去告状。包公还未施行,只见居敬举人亦来告状。包公看了状词,即至寺中重责三僧,搜出二女,配与居敬,以美珠为长房,小玉为次房。后次年,居敬连登进士,除授荆州推官①,到夏口江上,见悟空、悟静、率真在邻船中。居敬立在船头,令手下拿之。二僧心亏,知无生路,投水而死。率真跪伏求救。居敬道:"你三年供我为有恩,临危不救为无情。倘当日被你辈逼死,今日焉得有官?将以你恩补罪,无怨无德,任你自去,今后再勿见我。"

———————————

① 除授句——拜官授职,被任命为荆州地区掌管勘问刑狱的官。

八十二

乳下痣为凭夺人妻　细情由勘问出笑柄

　　话说金华府有一人，姓潘名贵，娶妻郑月桂，生一子才八月，因岳父郑泰是月生辰，夫妇往贺。来至清溪渡口，与众人同过渡。妇坐在船上，子饥，月桂取乳与子食，其左乳下生一黑痣，被同船一个光棍洪昂瞧见，遂起不良之心。及下船登岸，潘贵乃携月桂往东路，洪昂扯月桂要往西路。潘贵道："你这等无耻，缘何无故扯人妇女？"昂道："你这光棍可恶！我的妻子如何争是你的？"二人厮打，昂将贵打至呕血，二人扭入府中。知府邱世爵升堂，遂乃问道："你二人何故厮打？"潘贵道："小人与妻同往郑家庆贺岳父生日，来在清溪渡口，与此光棍及众人等过渡，及过上岸，彼即紊争小人妻子，说是他的，故此二人厮打，被他打至呕血。"洪昂道："小人与妻同往庆贺岳父生日，同船上岸后，彼紊争我妻，乞老爷公断，以剪刁风。"府主乃唤月桂上来问道："你果是谁妻？"月桂道："小妇人原嫁潘贵。"洪昂道："我妻素无廉耻，想当日与他有通奸之私，今日故来做此圈套。乞老爷详情。"府主又问道："你妻子何处可有记验？"昂道："小人妻子左乳下有黑痣可验。"府主令妇人解衣，看见果有黑痣，即将潘贵重责二十，将其妇断与洪昂去，把这一干人犯赶出。

　　适包公奉委巡行，偶过金华府，径来拜见府尹，及到府前，只见三人出府，一妇与一人抱头大哭，不忍分别；一人强扯妇去。包公问道："你二人何故啼哭？"潘贵就将前事细说一番。包公道："带在一旁，不许放他去了。"包公入府拜见府尹，礼毕，遂说道："才在府前见潘贵、洪昂一事，闻贵府已断，夫妇不舍，抱头而哭，不忍别去，恐民情狡猾，难以测度，其中必有冤枉。"府尹道："老大人必能察识此事，随即送到行台，再审真伪。"包公唯唯出去。府尹即命一起人犯可在包爷衙门外伺候。

　　包公升堂，先吊月桂审道："你自说来，哪个是你真丈夫？"月桂道："潘贵是真丈夫。"包公道："洪昂曾与你相识否？"月桂道："并未会面。昨日在船上，偶因子饥取乳与食，被他看见乳下有痣，那光棍即起谋心，及至上岸，小妇与夫往东路回母家，彼扯往西路，因而厮打，二人扭往太爷台前，太爷问可有记验，洪昂遂以痣为凭，太爷不察，信以为实，遂将小妇断与洪昂。乞爷严究，断还丈夫，生死相感。"包公道："潘贵既是你丈夫，他与你各有多少年纪？"月桂道："小妇今年二十三岁，丈夫二十五岁，成亲三载，生子方才八月。"包公道："有公婆否？"月桂道："公丧婆存，今年四十九岁。"包公道："你父母何名姓？多少年纪？有兄弟否？"月桂道："父名郑泰，今八月十三日五十岁，母张氏，四十五岁，生子女共三人，二兄居长，小妇居幼。"包公道："带在西廊伺候。"又叫潘贵进来听审，包公道："这妇人既是你妻，叫做何名？姓谁氏？多少年纪？"潘贵道："妻名月桂，郑氏，年二十三岁。"以后所言皆合。包公又令在东廊伺候，唤洪昂听审。包公道；"你说这妇人是你的妻，他说是他妻子，何以分辨？"昂道："小人妻子左乳下有黑痣。"包公道："那黑痣在乳下，取乳出养儿子，人皆可见，何足为凭？你可报他姓名，多少年纪。"洪昂一时无对，久之乃道："秋桂乃妻名，今年二十二岁，岳父姓郑，明日五十岁。"包公道："成亲几年？几时生子？"洪昂道："成亲一年，生子半岁。"包公怒道："这厮好大胆，无故争占人妻，还自强硬。"重打四十，边外充军。

若依府拟，潘贵夫妇拆开矣。

八十三

大白鹅独处为毛湿　青色粪作断因饲草

　　话说同安县城中有龚昆,娶妻李氏,家最丰饶,性多悭吝①。适一日岳父李长者生日,昆备礼命仆长财往贺,临行嘱道:"别物可逊他受些,此鹅决不可令他受了。"长财应诺而去,及到李长者家,长者见其礼亦喜,又问道:"官人何不自来饮酒?"长财道:"偶因俗冗②,未得来贺。"长者令厨子受礼,厨子见其礼物菲薄,择其稍厚者略受一二,遂乃受其鹅。长财不悦,恐回家主人见责,饮酒几杯,闷闷挑其筐而回。回到近城一里外,见田中有一群白鹅,长财四顾无人,乃下田拣其大者捉一只,放在鱼池尽将毛洗湿,放入笼中。谁知鹅仆者名招禄,偶回家去,在山旁撞见长财,笼中无鹅,及复来田,但见长财捉鹅放入笼中而去。招禄且叫且赶,长财并不理他,只管行去。行了一望路,偶遇招禄主人在县回来,招禄叫声:"官人,前面挑笼的盗了我家鹅,可速拿住。"其主闻知,一手扭住。长财放下,乃道:"你这些人好无礼,无故扯人何干?"主道:"你盗我鹅,还说扯你何干?"二人争闹。偶有过路众人,乃为息争道:"既是他盗的鹅,众人与你解释,可捉转入群鹅中,如即合伙,就是你的;如不合伙,相追相逐,定是他的。"长财道:"众人言之有理,可转去试之。"长财放出鹅来入于群中,众鹅见其羽毛皆湿,不似前样,众鹅相追相逐,并不合伙。众人皆道:"此鹅系长财的,你主仆二人何欺心如此? 可捉还他。"其主被众人抢白,觉得无趣,乃将招禄大骂。招禄道:"我分明前路见他笼中无鹅,及到田时,见他捉鹅上岸,如何鹅不合伙?"心中不忿,必要明白,二人扭打。

　　偶值包公行经此地,见二人打闹,问是何事? 二人各以其故言之。包公细看其鹅,心中思忖:说是招禄之鹅,何为不合其伙? 说是长财的,他岂敢平白赖人? 其中必有缘故。想得一计,叫二人各自回家,带鹅县中,吩咐明早来领去。

---

　　①　悭(qiān)吝(lìn)——小气,当用的财物也舍不得用。

　　②　俗冗(rǒng)——平庸、多余无用的事。

　　次日，公差唤二人进衙领鹅，包公亲看，乃道："此鹅是招禄的。"长财道："老爷，昨日凭众人皆说是小人的，今日如何断与他去？"包公道："你家住城中，养鹅必是粟谷；他居住城外，放在田间，所食皆草菜。鹅食粟谷，撒粪必黄；如食草菜，撒粪必青。今粪皆青，你如何混争？"长财乃道："既说是他的，昨日为何放彼群鹅之中相逐相追，不合他伙？"包公道："你这奴才还自强辩！你将水洗其毛皆湿，众鹅见其毛不同，安有不追逐者乎？"鹅给还禄，喝左右重责长财二十板赶出。邑人闻之，一县传颂，皆称包公为神明云。

八十四

三和尚杀人值周年　一妇人祷告逢救主

　　话说包公为县尹，偶一夜梦见城隍送四个和尚来，三个开口笑，一个独皱眉。醒来疑异。次日十五，即往城隍庙行香，见庙中左廊下有四个和尚，因记及夜间所梦的事，乃唤四和尚问道："你等和尚为何不迎接我？"一和尚答道："本庙久住者当迎接，小僧皆远方行脚，昨晚寄宿在此，今日又往别寺去，孤云野鹤①，故不趋奉贵人。"包公见有三个和尚粗大，一个和尚细嫩，不似男子样，心中生疑，因问道："和尚何名？"一个答道："小僧名真守，那三个都是徒弟，名如贞、如海、如可。"包公问道："和尚会念经否？"真守道："诸经卷略晓一二。"包公哄他道："今是中秋之节，往年我在家常请僧念经，今幸遇你四人，可在我衙中诵经一日，以保在官清吉②。"即带四僧入衙去。包公命后堂摆列香花蜡烛，以水四盆与僧在廊边洗澡，然后诵经。其三僧已洗，独如可不洗，推辞道："我受师父戒，从来不洗澡。"包公以一套新衣服与他换道："佛法以清净为本，哪有戒洗澡之理。纵有此戒，今为你改之。"命左右剥去褊衫③，见两乳下垂，乃是妇人。

　　包公令锁了三僧，将如可问道："我本疑你是妇人，故将洗澡来试，岂是真要念经乃请你等行脚僧。你这淫乱妇人，跟此三僧逃走，好好从头招出缘由来。"妇人跪泣道："小妾是宜春县孤村褚寿之妻，家有婆婆七十余岁。因旧年七月十四晚这三个和尚来借宿，妾夫褚寿辞道，我乃孤村贫家，又无床被，不可以歇。这和尚说道，天晚无处去，他出家人不要床被，只借屋下坐过一夜，明早即去。遂在地打坐诵经。妾夫见他不肯去，又怜他出家人，备具斋饭相待，开床与他歇。谁料这秃子心歹，取出戒刀将妾夫杀死，妾与婆婆将走，被他拿住，将婆

---

　　①　孤云野鹤——闲散自在、无拘无束、不求名利的人。

　　②　清吉——清正廉明，吉祥如意。

　　③　褊（biǎn）衫——狭小的短袖上衣。

婆亦杀死，强把妾来削发。次日，放火烧屋，将僧衣、僧鞋逼妾同去，用药麻口，路上不能减叫，略不能行，又将我打。妾思丈夫、婆婆都被他杀死，几回思想杀他报冤，奈我妇人胆小不敢动手。昨晚正是十四夜，旧年丈夫、婆婆被杀之日适值周年，这三个买酒畅饮，妾暗地悲伤，默祷城隍助妾报冤。今老爷叫他入衙，妾道是真请他念经，故不敢告此情。早知老爷神见疑我是妇人，故将洗澡试验，妾早已说出了。今日乃城隍有灵，使妾得见青天，报冤雪恨，虽即死见丈夫、婆婆于地下，亦无所恨。"包公道："你从三个和尚污辱一年，若不说出昨夜祷祝城隍一事，我今日必以你为淫贱，决难免于官卖；你今说默祷城隍求报婆婆、丈夫的冤，此乃是实事，我昨夜正梦城隍告我。今与梦相合，方信城隍有灵，这三秃子合该拟斩。"堂上起文书将妇人送还母家，另行改嫁。

八十五

贲典史赴任遭惨杀　贺怡然登科葬遗骸

话说包公橐谷赈济回京，偶从温州府经过，忽一夜梦四个西瓜，一个开花。醒来时方半夜，思之不知其故。次日去拜府官王给事，遇三个和尚在街说因果，及回，其和尚犹未去。见其新剃头绿似西瓜，因想起夜来的梦，即带三个和尚入衙问道："你三人何名?"一老的答道："小僧名云外，他二个名云表、云际，皆是师兄弟。"又问道："你居住何寺?"云外道："小僧皆远方行脚，随地游行，身无定居。昨到本府在东门侯思正店下暂住，亦不在此久居。"又问道："你四个和尚如何只三个出来?"云外道："只是三人，并无别伙。"包公命手下拿侯思正来问道："昨日几个和尚在你店内?"侯思正道："三个。"包公道："这和尚说有四个，你瞒起一个怎的?"思正道："更有一个云中和尚，心好养静，只在楼上坐禅，不喜与人交接，这三个和尚叫我休要与人说，免人参谒，扰乱他的禅心。"包公嗛出，即令手下去拿云中来。及到，见其眉目秀美若妇人一般，即跪近案桌前泣道："妾假名云中，实名四美。父亲贲文，同妾及母亲并一家人招宝，将赴任为典史，到一高岭处，不知是何地名，前后无人，被这三僧杀死父母并招宝，轿夫各自奔走，只留妾一人，强逼剃发，假装为僧，流离道路，今已半年。妾苟延贪生，正欲向府告明此事，为父母报仇，幸老爷察出真情，为妾父母伸冤。"包公听了判道：

审得僧云外、云表、云际等，同恶相济，合谋朋奸①。假扮方外之游僧，朝南暮北，实为人间之蠹狗②，行狼心污。污行不畏神明，恶心哪恤经卷。贲文职授典史，跋涉前程；四美跟随二亲，崎岖峻岭。三僧凶行杀掠，一家命丧须史。死者抛骨山林，风雨暴

---

① 朋奸——朋比为奸，即勾结起来做坏事。

② 蠹(dù)狗——像蠹虫和狗一样耗损人间财物的人。

露；生者辱身缁衲①，蓬梗飘零。慈悲心全然失丧，秽垢业休问祓
除②。若见清净如来，定受烹煎之谴；倘有阿鼻地狱③，永堕牛马
之途。佛法迟且报在来世，王刑严即罪于今生。枭此群凶，方快
众忿。

移文投送两院，当发所司，即以三僧决不待时，枭首示众，又为贲四美
起文书解回原籍，得见伯叔兄弟。有大商贺三德丧妻，见四美有貌，纳
为继室，后生子贺怡然，连登科甲，初选赴任，过一峻岭，见三堆骸骨
如生，怡然悯之，即令收葬。母贲氏出看岭上风景，泣道："此即当日
贼僧杀我父母处。"乃咬指出血去点骸骨，血皆缩入，即其父母遗骸，
随带回去安葬。而招宝一堆骨，则为之埋于亭边，立石碑为记。

---

①　缁(zī)衲(nà)——僧人穿的衣服,代指僧人。
②　祓(fú)除——古代习俗中,为除灾驱邪举行的一种仪式。
③　阿鼻地狱——佛教名词,为八热地狱中的第八狱,入此狱者,痛苦没有间
　断,故又称为无间。

八十六

罗承仔感叹惹是非　小锥子画钱记窃贼

话说龙阳县罗承仔，平生为人轻薄，不遵法度，多结朋伴，家中房舍宽大，开场赌博，收入头钱，惯作保头①，代人典当借贷，门下常有败坏猖狂之士出入，往来早夜不一。人或劝道："结友须胜己，亚己不须交。"承仔道："天高地厚，方能纳污藏垢。大丈夫在天地之间，安可分别清浊，不大开度量容纳众生。"或又劝道："交不择人，终须有失。一毫差错，天大祸端。常言'火炎昆冈，玉石俱焚'，汝奈何不惧？"承仔答道："一尺青天盖一尺地，岂能昏蔽？只要我自己端正，到底无妨。"由是拒绝人言，一切不听。忽然同乡富家卫典夜被贼劫，五十余人手执刀枪火把，冲开大门，劫掠财物。贼散之后，卫典一家大小个个悲泣，远近亲朋俱来看慰。此时承仔在外经过，见得众人劝慰，乃叹道："盖县之富，声名远闻，自然难免劫掠，除非贫士方可无忧无虑，夜夜安枕。"卫典一听罗承仔的话，心中不悦，乃谓其二子道："亲戚朋友个个悯我被劫，独罗承仔乃出此言。想此劫贼俱是他家赌博的光棍，破荡家业，无衣少食，故起心造谋来打劫我。若不告官，此恨怎消！"于是写状具告于巡行包公衙门。

包公看了状纸，行牌并拘原告卫典、被告罗承仔等，重加刑罚审问。罗承仔受刑至极，执理辩道："今卫典被劫，未经捉获一个，又无赃证，又无贼人扳扯，平地风波陷害小人，此心何甘？"卫典道："罗承仔为人既不事耕种，又不为商贾，终日开场赌博，代作保头，聚集多人，皆面生无籍之辈②，岂不是窝贼？岂不可剪除！"包公叱道："罗承仔不务本，不安分，逐末行险，谁不疑乎？作保头，开赌局，窝户所出决矣；但贼情重事，最上捉获，其次赃证，又次扳扯，三者俱无，难以窝论。卫典之告，大都因疑诬陷之意居多，许令保释，改恶从善，后有犯者，当正典刑。"罗承仔心中欢喜，

---

① 保头——负责担保的头目，为赌场上的保证人。

② 面生句——脸面生疏、没有登记在册的一类。

得免罪愆,谨守法度,不复如前做保开赌,人皆悦其能改过自新,独有卫典心下不甘道:"我本被贼打劫,破荡家计,告官又不得理,反受一场大气,如何是好?"终日在家抱怨官府。包公访知,自忖道:承仔决非是盗,真盗不知何人。故将卫典重责二十板,大骂道:"刁恶奴才,我何曾问差了?你自不小心失盗,那强盗必然远去了,该认自家的晦气,反来怨恨上官!"即命监起。

城中城外人等皆知卫典被打被监,官府不究盗贼事情。由是真贼铁木儿、金堆子等闻得,心中大喜,乃集众伙买办酒肉,还谢神愿,饮至夜深,各各分别,笑道:"人说包爷神明,也只如此。但愿他子子孙孙万代公侯,专在我府做官,使我们得其自在,无惊无扰。"不觉是夜包公因卫典被劫之事亲行访察,布衣小帽,私出街市,及行至城隍庙西,适听众贼笑语。心中想道:愿我子孙富贵诚好,但无惊无扰的话,却有可疑。遂以小锥画三大"钱"字于墙上。转过观音阁东,又听人语:"城隍爷爷真灵,包公爷爷真好;若不得他糊涂不究,我辈齐有烦恼。"包公心中又想道:说我真好固是,但齐有烦恼的话又更可疑,此言与前所听者俱是贼盗的话。即以三铜钱插在壁间,归来安歇。

明日望旦,同众官往城隍庙行香,礼毕,即乘轿至庙西街,看墙上有三"钱"字处,命民壮围屋,拿得铁木儿等二十八人。又转观音阁东,寻壁上有三大钱处,亦令手下围住,拿得金堆子等二十二人,归衙拘问。先将铁木儿夹起骂道:"卫典与你何仇? 黑夜强劫他家财富。"铁木儿等再三不认。包公道:"你们愿我长来做此官,得以自在,无惊无扰,奈何不守法度,致为劫贼!"木儿听得此言,各各破胆,从实招认:不合打劫卫典家财均分是实,罪无可逃,乞爷超活蚁命。复将金堆子等夹起问道:"汝等何故同铁木儿等劫掠卫典?"金堆子等一毫不认。包公怒道:"汝等众人都说'城隍爷爷甚灵,包公爷爷甚好',今日若不招认,个个'齐有烦恼'!"堆子等听得此言,人人落魄,个个丧胆,遂一一招认。包公即判追赃给还卫典回家;将金堆子、铁木儿等拟成大辟,秋后处决。

八十七

萧屠户猪门杀一桂　大蜘蛛卷上释季兰

话说山东兖州府钜野县郑鸣华，家道殷富，生子名一桂，姿容俊雅，因父择配太严，年长十八，未为聘娶。其对门杜预修家，有一女名季兰，性淑有貌，因预修后妻茅氏欲主嫁与外侄茅必兴，预修不肯，以致延到十八岁亦未许人。郑一桂观见其貌，千方百计得与通情，季兰长知事，心亦欢喜，每夜潜开猪门引一桂入宿，将次半载，两家父母颇知之。季兰后母茅氏在家吵闹，遂关防甚密；然季兰有心向一桂，怎能防得。一日，茅氏往外家去，季兰在门首立候一桂，约他夜来。其夜，一桂复往，季兰道："我与你相通半载，已怀了三个月身孕，你可央媒来议婚，谅我父亦肯；但继母在家，必然阻挡，今乘他往外公家去，明日千万留心。此事成则姻缘可久，不然，妾为你死矣。纵有他人来娶我，妾既事君，决不改节于他人。"郑一桂欣然应诺。至次日五更，季兰仍送一桂从猪门出去。适有屠户萧升早起宰猪，正撞见了，心下忖道：必是一桂与预修之女有通，故从他猪门而出。萧升亦从猪门挨入，果见女子在偏门边倚立，萧升向前逼他求欢。季兰道："你是何人？敢这等胆大！"萧升道："你养得一桂，独养不得我？"季兰哄道："彼要娶我，故私来先议；若他不娶，则日后从你无妨。"即抽身走入房去，锁住了门。萧升只得走出，心中焦躁，想道：彼恋一桂后生，怎肯从我？不如明日杀了一桂，使他绝望，谅季兰必得到手。次日，一桂禀知于父要娶季兰。郑鸣华道："几多媒来议豪家女子，我也不纳，今娶此不正之女为媳，非但辱我门风，抑且被人取笑。"一桂见父不允，忧闷无聊，至夜静后又往季兰家，行到猪门边，被萧升突出拔刀杀之，并无人见。次日，郑鸣华见子被杀，不胜痛伤，只疑是杜预修所杀，遂赴县具告。

本县朱知县拘问，郑鸣华道："亡儿一桂与伊女季兰有奸，伊女嘱我儿娶他，我不肯允，其夜遂被杀。"杜预修道："我女与一桂奸情有无，我并不知。纵求嫁不允，有女岂无嫁处，必须强配？就是他不允亲事，有何大仇遂至杀他？此皆是虚砌之词，望老爷详察。"朱知县问季兰道："有无奸情？是谁杀他？惟汝知之，从实说来。"季兰道："先是一桂千般调戏，因而苟合，他先许娶我，后来我愿嫁他，皆出真心，曾对天立誓，来往已将半载。杀死之故不知，是谁，妾实不知。"朱知县道："你通奸半载，父亲知道，因而杀之是真。"遂将杜预修夹起，再三不肯认，又将季兰上了夹棍。季兰心想：一桂真心爱我，他今已死，幸我怀孕三月，倘得生男，则一桂有后；若受刑伤胎，我生亦是枉然。遂屈招道："一桂是我杀的。"朱知县道："一桂是你情人，偏忍杀他？"季兰道："他未曾娶我，故此杀了。"朱知县道："你在室未嫁，则两意投合，情同亲夫。始焉以室女通奸，终焉以妻子杀夫，淫狠两兼，合应抵偿。"郑鸣华、杜预修皆信为真。再过六个月，生下一男，鸣华因无子，此乃是他亲孙，领出养之，保护甚殷。

　　过了半年，包公巡行到府，夜观杜季兰一案文卷，忽见一大蜘蛛从梁上坠下，食了卷中几字，复又上去。包公心下疑异，次日即审这桩事。杜季兰道："妾与郑一桂私通，情真意密，怎肯杀他？只为怀胎三月，恐受刑伤胎，故屈招认。其实一桂非妾所杀，亦不干妾父的事，必外人因甚故杀之，使妾枉屈抵命。"包公道："你更与他人有情否？"季兰道："只是一桂，更无他人。"包公心疑蜘蛛食卷之事，意必有姓朱者杀之，不然乃是朱知县问枉了。乃道："你门首上下几家，更有甚人，可历报名来。"鸣华历报上数十名，皆无姓朱者，只内一人名萧升。包公心疑蜘蛛一名蛸蛛，莫非就是此人？再问道："萧升作何生理？"答言："宰猪。"包公心喜道：猪与朱音相同，是此人必矣。乃令鸣华同公差去拿萧升来作干证。公差到萧升家道："郑一桂那一起人命事，包爷唤你。"萧升忽然迷乱道："罢了！当初是我错杀你，今日该当抵命。"公差喝道："只要你做干证！"萧升乃惊悟道："我分明见一桂问我索命，却是公差。此是他冤魂来了，我同你去认罪便是。"郑鸣华方知其子乃是萧升所杀，即同公差锁押到官，萧升一一招认道："我因早起宰猪，见季兰送一桂出门，我便去奸季兰，他说要嫁一桂，不肯从我。次夜因将一桂杀之，要图季兰到手。不料今日露出情由，情愿偿命，再无他说。"包公即判道：

　　审得郑一桂系季兰之情夫，杜季兰是一桂之嫈子。往来半载，三月怀胎；图结良缘，百世偕老。陡为萧升所遇，便起分奸之谋，恨季兰

之不从，遇一桂而暗刺。前官罔稽①实迹，误拟季兰于典刑；今日访
得真情，合断萧升以偿命。余人省发，正犯收监。

当时季兰禀道："妾蒙老爷神见，死中得生，犬马之报，愿在来世。但妾身
虽许郑郎，奈未过门，今儿子已在他家，妾愿郑郎父母收留入家，终身侍
奉，誓不改嫁，以赎②前私奔之丑。"郑鸣华道："日前亡儿已欲聘娶，我嫌
汝私通非贞淑之女，故此不允；今日有拒萧升之节，又有愿守制之心，我当
收留，抚养孙儿。"包公即判季兰归郑门侍奉公姑，后寡守孤子郑思椿，年
十九登进士第，官至两淮运使，封赠母杜氏为太夫人。郑鸣华以择妇过
严，致子以奸淫见杀；杜预修以后妻掣肘③，致女以私通招祸。此二人皆
可为人父母之戒。

---

① 罔稽(jī)——没有经过考核。

② 赎(shú)——用行动抵销、弥补罪过。

③ 掣(chè)肘——拉住别人的胳膊。

八十八

任知县为政徇私情　齐监司通融屈人命

　　话说世间事情都尽分上，越中叫做说公事，吴中叫做讲人情。那说分上的进了迎宾馆，不论或府或县，坐定就说起，若是那官肯听便好，笑容也是有的，话头也是多的；略有些不如意，一个看了上边的屋听着，一个看了上边的屋说着，俗说叫做僵尸数椽子。譬如人死在床上，有一时棺材备办不及，将面孔向了屋上边，今日等，明日等，直等到停当了棺木，方好盛殓，故叫尸数椽。那说分上的，听分上的，各仰面向了上边，恰便是僵尸数椽子的模样。以此劝做官的，决不到没棺材地位，何苦去说分上，听分上，先去操演那数椽子的功夫！

　　话休烦絮，却说东京有个知县，姓任名事，凡事只听分上，全不顾些天理。不说上司某爷到，即说同年某爷帖来，作成乡里说人情，不管百姓遭殃祸。那说人情的得了银子，听人情的做了面皮；那没人情的就真正该死，不知屈了多少事，枉了多少人。忽一日听了监司齐泰的书，入了一个死罪，举家流离。那人姓巫名梅，可怜上天无路，入地无门，竟屈死了，来到阴司，心上想道：关节不到，只有包老爷，他一生不听私书，又且夜断阴间，何不前往告个明白。是夜，正遇包公在赴阴床断事，遂告道：

　　告为徇情枉杀事：生抱沉冤，死求申雪。身被赃官任事听了齐泰分上，枉陷一身致死，累害合门迁徙①。严刑酷罚，平地陡成冤地；挈老携幼，良民变作流民。儿女悲啼，纵遇张辽声不止；妻子离散，且教郑侠画难如。只凭一纸书，两句话，犹如天降玉旨；哪管三番拷，四番审，视人命如草芥。有分上者，杀人可以求生；无人情者，被杀宁当就死？上告。

　　包公看毕大怒道："可恨可恨！我老包生平最怪的是分上一事。考童生的听了人情，把真才都不取了；听讼的听了人情，把虚情都当实了。"

----

　　①　迁徙(xǐ)——迁移。

叫鬼卒拘拿听分上的任知县来,不多时拿到阶前跪下。包公道:"好个听人情的知县,不知屈杀了多少人!"任知县道:"不干知县之事。大人容禀,听知县诉来。"

　　诉为两难事:读书出仕,既已获宴鹿鸣之举①;居官赴任,谁不思励羔羊之节②。今身初登进士,才任知县,位卑职小,俗薄民刁。就缙绅说来,不听不是,听还不是;据百姓怨去,不问不明,问亦不明。窃思徇情难为法,不徇难为官。不听在乡宦,降调尚在日后;不听在上司,罢革即在目前。知死后被告,悔当日为官。上诉。

知县将诉状呈上道:"要听了分上,怕屈了平民,若不听他分上,又怕没了自己前程。因说分上的是齐泰,乃本职亲临上司,不得不听。"包公听了,忙唤一卒再拘齐泰来。齐泰到时,包公道:"齐泰,你做监司之官,如何倒与县官讨分上?"齐泰道:"俗语说得好,苍蝇不入无缝的蛋,若是任知县不肯听分上,下官怎的敢去讲分上?譬如老大人素严关防,谁敢以私书干谒?即天子有诏,亦当封还,何况监司乎!这屈死事情,知县之罪,非下官之过也。再容下官诉来。"

　　诉为惹祸嫁祸事:县官最难做,宰治亦有法。贿绝苞苴③,则门如市而心如水;政行蒲苇,始里有吟而巷有谣。今任知县为政多讹,枉死者何止一巫梅?徇情太甚,听信者岂独一齐泰!说不说由泰,听不听由任。你若不开门路,谁敢私通关节?直待有人告发,方出牵连嫁害。冤有头,债有主,不得移甲就乙;生受私,死受罪,难甘扳东扯西。上诉。

包公听了道:"齐泰,据你说来甚是有理。你说,知县不肯听分上你就不肯讲分上了,这叫责人则明,恕己则昏了。你若不肯讲分上,怎么有人寻你说分上?"任知县连叩头道:"大人所言极是。"包公道:"听分上的不是,讲分上的也不是。听分上的耳朵忒软,罚你做个聋子;讲分上的口齿忒会

---

① 鹿鸣之举——鹿鸣为古时贵族宴请嘉宾的乐歌,鹿鸣之举即指贵族盛宴嘉宾的做法。

② 羔羊之节——羔羊指古时大夫退朝时从容自得的神态,羔羊之举即指作官的礼仪。

③ 苞苴(jū)——蒲包,指馈赠的礼物,引申为贿赂。

说,罚你做个哑子。"即判道:

　　审得:任事做官未尝不明,只为要听分上便不公;齐泰当道未尝
不能,只为要说分上便不廉。今说分上者罚为哑子,使之要说说不
出;听分上的罚为聋子,使之要听听不得。所以处二人之既死者可
也。如现在未死之官,不以口说分上而用书启,不以耳听分上而看书
启,又将如何? 我自有处。说分上者罚之以中风之痼疾,两手俱痿而
写不动,必欲念与人写,而口哑如故,却又念不出矣;听分上者罚之以
头风之重症,两眼俱瞎而看不见,必欲使人代诵,而耳聋如故,却又听
不着矣。如此加谴,似无剩法。庶几天理昭彰,可使人心痛快。

批完道:"巫梅,你今生为上官听了分上枉死了你,来生也赏你一官半
职。"俱各去讫。

八十九

有钱人能使鬼推磨　注禄官可教人积善

话说俗谚道："有钱使得鬼推磨。"却为何说这句话？盖言凭你做不来的事，有了银子便做得来了，故叫作鬼推磨，说鬼尚且使得他动，人可知矣。又道是"钱财可以通神"，天神最灵者也，无不可通，何况鬼乎？可见当今之世，惟钱而已。有钱的做了高官，无钱的做个百姓；有钱的享福不尽，无钱的吃苦难当；有钱的得生，无钱的得死。总来，不晓得什么缘故，有人钻在钱眼里，钱偏不到你家来；有人不十分爱钱，钱偏望着他家去。看起来这样东西果然有个神附了他，轻易求他求不得，不去求他也自来。

东京有个张待诏，本是痴呆汉子，心上不十分爱钱，日逐发积起来，叫做张百万。邻家有个李博士，生来乖巧伶俐，死在钱里，东手来西手就去了。因见张待诏这样痴呆偏有钱用，自家这样聪明偏没钱用，遂郁病身亡，将钱神告在包公案下。

告为钱神横行事：窃惟大富由天，小富由人。生得命薄，纵不能够天来凑巧；用得功到，亦可将就以人相当。何故命富者不贫，从未闻见养五母鸡二母彘①，香爨②偏满肥甘，命贫者不富，哪怕他去了五月谷二月丝，丰年不得饱暖。雨后有牛耕绿野，安见贫窭③田中偶幸获增升斗；月明无犬吠花村，未尝富家库里以此少损分毫。世路如此不平，神天何不开眼？生前既已糊涂，死后必求明白。上告。

包公看毕道："那钱神就是注禄判官了，如何却告了他？"李博士道："只为他注得不均匀，因此告了他。"包公道："怎见得不均匀？"李博士道："今世上有钱的坐在青云里，要官就官，要佛就佛，要人死就死，要人活就活。那没钱的就如坐在牢里，要长不得长，要短不得短，要死不得死，要活

---

① 彘(zhì)——猪。
② 爨(cuàn)——烧火做饭。此处指厨房。
③ 贫窭(jù)——贫穷窘薄。

不得活。世上同是一般人，缘何分得不均匀？"包公道："不是注禄分得不均匀，钱财有无，皆因自取。"李博士道："东京有张百万，人都叫他是个痴子，他的钱偏用不尽；小的一生人都叫我伶俐，钱神偏不肯来跟我。若说钱财有无都是自取，李博士也比张待诏会取些。如何这样不公？乞拘张待诏来审个明白。"移时鬼卒拘到。包公道："张待诏，你如何这样平地发迹，白手成家，你在生敢做些歹事么？"张待诏道："小人也不会算计，也不会经运，今日省一文，明日省一文，省起来的。"包公道："说得不明白。"再唤注禄判官过来问道："你做注禄判官就是钱神了，如何却有偏向？一个痴子与他百万，一个伶俐的到底做个光棍！"注禄判官道："这不是判官的偏向，正是判官的公道。"包公道："怎见得公道？"判官道："钱财本是活的，能助人为善，亦能助人为恶。你看世上有钱的往往做出不好来，骄人，傲人，谋人，害人，无所不至，这都是伶俐人做的事，因此，伶俐人我偏不与他钱。惟有那痴呆的人，得了几文钱，深深的藏在床头边，不敢胡乱使用，任你堆积如山，也只平常一般，名为守钱虏①是也。因此，痴呆人我偏多与他钱。见张待诏省用，我就与他百万，移一窖到他家里去；见李博士奸滑，我就一文不与，就是与他百万也不够他几日用。如何叫判官不公道？"包公道："好好，我正可恶贪财浪费钱的，叫鬼卒剥去李博士的衣服，罚他来世再做一个光棍。但有钱不用，要他何干？有钱人家尽好行些方便事，穷的周济他些，善的扶持他些，徒然堆在那里，死了也带不来，不如散与众人，大家受用些，免得下民有不均之叹。"叫注禄官把张待诏钱财另行改注，只够他受用罢了。批道：

　　审得：人心以不足而冀有余，天道以有余而补不足。故勤者有余，惰者不足，人之所以挽回造化也；又巧者不足，拙者有余，天之所以播弄愚民也。终久天命不由乎人，然而人定亦可以胜天。今断李博士罚作光棍，张待诏量减余赀，庶几②处以半人半天之分，而可免其问天问人之疑者也。以后，居民者常存大富由天小富由人的念头，居官者勿召有钱得生无钱得死的话柄。庶无人怨之业，并消天谴之加。

---

①　守钱虏——守财奴。
②　庶几——差不多。

批完,押发去。又对注禄判官道:"但是,如今世上有钱而作善的,急宜加厚些;有钱而作恶的,急宜分散了。"判官道:"但世人都是痴的,钱财不是求得来的,你若不该得的钱,虽然千方百计求来到手,一朝就抛去了。"

九 十

伍豪绅争婚兴讼事　刁乞丐换货取金银

　　话说永平县周仪,娶妻梁氏,生女玉妹,年方二八,姿色盖世,且遵母训,四德兼修,乡里称赏。六七岁时许配本里杨元,将行礼亲迎,为母丧所阻。土豪伍和,因往人家取讨钱债,偶过周仪之门,回头顾盼,只见玉妹倚阑刺绣,人物甚佳,徘徊眷恋,遂问其仆道:"此谁家女子? 其实可爱。"仆道:"此是周家玉妹。"和道:"可配人否?"仆道:"不知。"和遂有心,日夜思慕,相央魏良为媒。良见周仪,谈及:"伍和家资巨万,田地广大,世代殷富,门第高华,欲求为公家门婿,使我为媒,万望允从。"周仪答道:"伍宅家势富豪,通县①所仰。伍官人少年英杰,众人所称,我岂不知? 但小女无缘,先年已许配本处杨元矣。"魏良回报于和道:"事不谐矣,彼多年已许聘杨元,不肯移易。"和怒道:"我之家财人品,门第势焰,反出杨元之下。奈何辞我,我必以计害之,方遂所愿。"魏良道:"古人说得好,争亲不如再娶,官人何必苦苦恋此?"和终不听,欲兴讼端。周仪知之,遂托原媒择日送女适杨元家,成就姻缘,杜绝争端。

　　和闻之,心中大怒,使人密砍杉木数株,浸于杨元门首鱼池内,兴讼报仇,乃作状告于永平县主秦侯案下,原被告并邻里干证一一拘问。邻里皆道:"杉木果系伍和坟山所产,实浸杨元门首池中,形迹昭昭,不敢隐讳。杨元道:"争亲未得,伐木栽赃,图报仇恨,冤惨何堪?"伍和道:"盗砍坟木,惊动先灵,死生受害,苦楚难当。"秦侯道:"伍和何必强辩? 汝实因争亲未遂,故此栽赃报恨。"遂打二十板,问其反坐之罪。判道:

　　审得:伍和与杨元争娶宿仇,连年秦越。自砍杉木,魆浸元池,黑暗图赖,其操心亦甚劳,而其为计何甚拙也。里邻实指,盖徒知元池有赃,而不知赃之在池由于和所丢耳。元系无辜,和应反坐。某某干证,俱落和套术中,姑免究。

---

① 通县——全县,整个县。

此时，伍和诡谋不遂，怒气冲冲，痛憾杨元："我不致此贼于死地，誓不甘休！"思思虑虑，常欲害元。一日，忽见一丐子觅食，与他酒肉，问道："汝往各处乞食，还是哪家丰富，肯施舍钱米济汝贫民？"丐子应道："各处大户人家俱好乞食；但只有杨元长者家中正在整酒做戏还愿，无比快活，甚好讨乞，我们往往在那里相熟，多乞得些。"伍和道："做戏完否？酒吃罢否？"丐子道："还未完，明日我又要往他家。"伍和道："他家东廊有一井，深浅何如？与众共否？"丐子道："只是他家独自打水。"伍和道："我再赏你酒肉，托你一事，肯出力干否？若干得来，还有一钱好银子谢你。"丐子道："财主既肯用我，又肯谢我，即要下井去取黄土我也下去，怎敢推辞。"辞和道："也不要你下井，只在井上用些工夫。"语毕，遂以酒肉与他。丐者醉饱之后，问："干甚事？"伍和道："你今已醉，在我这里住宿，明日清醒，早饭后我对你说。"及至次日清晨，伍和问丐者道："酒醒乎？"丐者道："酒已醒。"伍和遂以金银首饰一包付与丐者道："托你带此往杨家，密密丢在井中，千万勿泄机关，只好你知我知。"丐者领过，即便出伍家门。行至前途，见一卖花粉簪钗者，遂生利心。坐于偏僻所在，展开伍和包裹一看，只见金钗一对，金簪二根，银钗一对，银簪二根，心中大喜，将米二斗，碎银三分，买铜锡簪钗换了金银的，依旧包好，挤入杨元家看戏，将此密丢井中，来日报知伍和，讨赏银一钱。伍和随即写状，仍以窃盗事情指赃搜检等情奔告巡行衙门包公台下。

包公准状后，即行牌该县拿人搜赃。伍和指称金银首饰赃在井中，即凭应捕里甲于井搜检，果得一包金银首饰。杨元一见不能辩脱，本县起解见包公。包公拘问再三，杨元死不肯认。包公道："井在你家，赃在你井中，安能辞得？"杨元受刑，竟不认盗。包公遂呼伍和道："你这首饰是何人打的？"伍和道："打金者是黄美，打银者是王善。"包公即拘得黄美、王善来问道："此金银首饰是你二人与伍和打造的。"黄美道："小人与他打金的，不曾打铜的。"王善道："小人为他打银的，不曾打锡的。"包公一闻铜锡之言，心中便知此事有弊，且将杨元监起，伍和喝出，即令得力公牌邓仕密密跟随伍和，看他在外与何人谈论，即急急扯来报我。邓仕悄地随和行至市中，只见和问丐子道："前日托你干事，已送谢礼一钱，何故将铜锡换去金银？"丐者答道："何敢为此事？"和道："包爷拘黄美、王善两匠人认出。"丐者无言。邓仕当下拿丐者回报，包公将丐者夹起道："你何故换去伍和金银首饰?"丐者胆落,只得直招道:"伍和托我拿首饰丢在杨元廊下井中,小人见财起心,换了他的是实,其物尚在身上,即献老爷台前,乞超活蚁命。"此时包公深怒伍和,遂加严刑,竟问反坐,和纵有百口,不能强争。判道:

> 审得伍和,狠毒万分,刁奸百出。栽赃陷杨元,冤沉井底;用钱贿丐子,事败市中。前假杉木为奸,已坐诬罔;兹以首饰搆讼,更见居心。用尽机谋,徒然祸己;难逃罪罟①,竟尔害身。陷人之心太甚,欺天之恶弥彰。拟以要衢徒役②,用警群枭;剪汝太剧凶嚣,以昭大法。杨元无罪可身,丐者徇私量罚。

---

① 罪罟(gǔ)——惩处与法网。
② 要衢(qú)徒役——判处在重要的、四通八达的街道上服劳役的刑罚。

九十一

刘仙英私奔缘作戏　杨善甫受诬因宿奸

话说建中乡土硗瘠①,风俗浮靡②,男女性情从来滥恶。女多私交不以为耻,男女苟合不以为污。居其地者,惟欲丰衣足食,穿戴齐整华靡,不论行检卑贱,秽恶弗堪③。有谣言道:"酒日醉,肉日饱,便足风流称智巧,一声齐唱俏郎君,多少嫦娥争闹吵。"此言男子辈之淫乱也。又有俚语道:"多抹粉,巧调脂,高戴髻,穿好衣,娇打扮,善支持,几多人道好蛾眉。相看尽是知心友,昼夜何愁东与西。"言女子辈之淫纵也。闻有贤邑宰观风考俗,欲革去其淫污以成清白,奈习俗之染既深,难以朝夕挽回。

有一富家杨半泉,生男三人,长曰美甫,次曰善甫,幼曰义甫,俱浮浪不羁,素越礼法,常窥东邻戚属于庆塘娇媳刘仙英,容貌十分美丽,知其心中事,恨夫婿年幼,情欲难遂,日夜忧闷,星前月下,眼去眉来,意在外交,全无忌惮④。美甫兄弟三人遂各调之,仙英虽无不纳,然锺情则在善甫。庆塘夫妇亦知其情,但以子幼无知,媳妇稍长,欲动情趣,难以防闲;又念善甫懿戚⑤,瞰近戚邻,若加捉获,彼此体面有伤,只得含忍模糊。然善甫虽恋仙英,仙英心下殊有所不足。盖以善甫钱财虽充盈,仪容虽修饰,但胸中无学术,心上有茅塞,琴、棋、书、画、吹、弹、歌、舞,俱未谙晓,难作风流佳婿,纵善甫巧于媚爱,过为奉承,仙英亦唯唯诺诺而已,私通四载有余,真情一毫未吐。忽于中秋佳节,风清月朗,市人邀集浙西子弟扮戏,庆赏良夜,娇喉雅韵,上彻云霄。仙英高玩西楼,更深夜静,闻得子弟声音嘹亮,凭栏侧耳,万分动心,恨不得插翅飞入其怀抱。次夜,善甫复会,仙英

---

① 硗(qiāo)瘠(jí)——土地坚硬而且瘠薄。

② 浮靡(mí)——虚华不实。

③ 秽(huì)恶弗堪——肮脏丑恶不能忍受。

④ 忌(jì)惮(dàn)——畏惧。

⑤ 懿(yì)戚——至亲,因婚姻关系联成。

问道:"昨夜风月清胜无边,何独远我而不共登高楼,亲近广寒问嫦娥乐事耶?"善甫道:"本欲来相伴,偶有浙人来扮戏,父兄亲戚大家邀往玩耍,不能私自前来,故尔负罪。"仙英因问道:"夜深时歌喉响彻霄汉者为谁?"善甫道:"非他人,乃正生唐子良,其人二十二岁,神色丰姿,种种奇才,问其家世,系一巨宦子弟,读书既成,只为性好耍乐,故共众子弟出游。"仙英闻子良为人精雅风流,更加动念。次日,乃语其姑道:"公公指日年登六十花甲,亦非等闲,自然各处亲友俱来称觞①祝寿,少不得设酒宴宾,必须请子弟演戏几日。今闻得有浙戏在此,善于歌唱搬演,合用之以与大人庆寿,劝诸宾尽欢而散。"其姑喜而叹曰:"古人说子孝不如媳孝,此言不虚。"遂劝庆塘道:"人生行乐耳,况值老官人华诞②,海屋添筹③,斗星炫耀,凡诸亲友,一一皆来庆寿,必置酒开筵,款待佳客,难得有好浙戏在此,必须叫到家中做上几台。"庆塘初尚不允,及听妻言再三,遂叫戏子连扮二十余日。

　仙英熟视正生唐子良着实可爱,遂私奔外厅,默携子良同入卧房,交合甚欢。做戏将毕,子良思想:戏完岂可久留他家与仙英长会?乃思一计,密约仙英私奔而归,但不知仙英心下何如。子良当夜与仙英私相谓道:"今你家戏完,我决不能长久同乐,你心下如何?"仙英道:"我亦无可奈何。"子良即起拐带之心,甜言蜜语对英说:"我有一计,莫若同你私奔我家。"仙英道:"我家重重门锁,如何走得?"良道:"你后门花园可逾墙而走。"英道:"如此便好。"遂约某日某夜逾墙逃出,同子良一齐而归。彼时设酒日久,庆塘夫妇日夜照顾劳顿,初不提防。至次日,喊叫媳妇起来,连喊几声不应,直至房中卧床,不见踪影。乃顿足捶胸哭道:"我的媳妇决然被人拐去!"乃思忖良久道:"拐我媳妇者决非别人,只有杨善甫这贼子,受他许多年欺奸污辱,含忍无奈,今又拐去。"不得不具状奔告包公道:

　　告为灭法奸拐事:婚姻万古大纲,法制一王令典。枭豪④杨善甫盖都喇虎,猛气横飞,恃狩顿丘山之富,济林甫鬼蜮之奸。欺男雏懦,

---

①　称觞(shāng)——举起酒器,即指举酒。
②　华诞——生日。
③　海屋添筹——筹为量词,指人口。海屋添筹意指众多的屋子里添丁增口,即人丁兴旺之意。
④　枭豪——魁首。

稳奸少妇刘仙英,贪淫不已。本月日三更时分,拐串奔隐远去,盗房赀一洗。痛身有媳如无媳,男有妻而无妻。恶妾如林如云,今又恣奸恣拐;地方不啻溱洧,风俗何殊郑卫①? 上告。

包公天性刚明,断事神捷,遂准庆塘之状,即便差人捉拿被告杨善甫。善甫叹道:"老天屈死我也。刘仙英虽与我平素相爱,今不知被谁人拐去,死生存亡,俱不可知,乃平白诬我奸拐,情苦何堪。我必哭诉,方可暴白此冤。"遂写状奔诉:

> 诉为捕风捉影谁凭谁据事:风马牛自不相及,秦越人岂得相关。浇俗靡靡,私交扰扰。庆媳仙英苟合贪欲,通情甚多。今月某夜,不知何人潜拐密藏,踪迹难觅。庆执仇谁为证佐? 竟平白陷身无辜。且恶造指鹿为马之奸,捏画蛇添足之状;教猱升木,架空告害;台不劈冤,必遭栽陷。上诉。

包公详看善甫诉状,忖道:私交多年,拐带有因,安能辞其罪责。乃呼杨善甫骂道:"汝既与仙英私通多年,必知英心腹事情。今仙英被人拐去,汝亦必知其缘故。"甫道:"仙英相爱者甚多,安可嫁②陷小人拐去。"包公道:"仙英既多情人,汝可一一报来。"善甫遂报杨廷诏、陈汝昌、王怀庭、王白麓、张大宴、李进有等,一一拘到台下审问,皆道:仙英私爱之情不虚,但拐串一节全然不晓。包公即把善甫及众人一一夹起,全无一人肯招,众口咸道:仙英淫奔之妇,水性杨花,飘荡无比,不知复从何人逃了,乃把我们一班来受此苦楚,死在九泉亦不甘心。庆塘复禀包公道:"拐小人媳妇者杨善甫,与他人无干,只是善甫故意放刁,扯众人来打诨。"包公再审众人,口词皆道:仙英与众通情是真,终不敢妄言善甫拐带,乞爷爷详察冤情,超活一派无辜。

包公听得众人言语,恐善甫有屈。且将一干人犯尽行收监。夜至二更,焚香祝告道:"刘仙英被人拐去,不识姓名,不见踪迹,天地神明,鉴察冥冥,宜速报示,庶不冤枉无辜。"祝毕,随步入西窗,只听得读书声音,仔

---

① 地方句——溱洧(zhēn wěi)为古代两条河的名称,在今河南境内相汇合,故该地带称溱洧;郑、卫为周朝两个国名。相传以上地区民风恶劣,成为民俗堕落的地区,句中则说建中地区也是同样恶劣。

② 嫁——转移,此处指嫁祸于人。

细听之，乃诵"绸缪"之诗者，"子兮子兮，如此良人何"。包公想道：此"唐风"也，但不知是何等人品。侵晨起来，梳洗出堂，忽听衙后有人歌道："戏台上好生糖，甚滋味？分明凉。"包公惕然悟道："必是扮戏子弟姓唐名子良也。"升堂时，投文签押既完，又取出杨善甫来问道："庆塘家曾做戏否？"答言："做过。""有姓唐者乎？"答言："有唐生名子良者。"又问："何处人氏？"回言："衢之龙城人。"包公乃假劫贼为名，移关衢守宋之仁台下道："近因阵上获有惯贼，强人自鸣各称，龙寇唐子良同行打劫多年，分赃得美妇一口，金银财物若干，烦缉拿赴对以便问结。"宋公接到关文，急急拿子良解送包公府衙。子良见了包公从直诉道："小人原是宦门苗裔。习学儒书有年，只因淡泊，又不能负重生理，遂合伙做戏。前在富翁于庆塘家做庆寿戏二十余台，其媳刘仙英心爱小人，私奔结好，愿随同归，何尝为盗？同伙诸人可证。"包公既得真情，遂收子良入监，又移拿仙英来问道："汝为何不义，背夫逃走？"仙英道："小妇逃走之罪固不能免，但以雏夫稚弱，情欲弗遂，故此丧廉耻犯此罪愆，万乞原宥。"包公呼于庆塘父子问道："此老好不无知！儿子口尚乳臭，安用此淫妇，无怪其奔逃也。"庆塘道："小人暮年生三子，爱之太过，故早娶媳妇辅翼①，总乞老爷恩宥。"包公遂问仙英背夫逃走，当官发卖；唐子良不合私纳淫奔，杨善甫亦不合淫奸少妇，杨廷诏诸人等俱拟和奸徒罪；于庆塘诬告反坐，重加罚赎，以儆将来；人人快服。判道：

　　审得刘仙英，芳姿艳色，美丽过人，秽行淫情，滥恶绝世；耻乳臭之雏夫，养包藏之谲②汉，衽席私通，丧名节而不顾，房帏苟合，甘污辱以何辞；在室多情郎，失身已甚，偷情通戏子，背夫尤深，酷贪云雨之欢，极陷狗彘之辱；依律官卖，礼给原夫。子良纳淫奔之妇，曷③可称良？善甫恣私奸之情，难以言善。俱拟徒罪，以警淫滥。廷诏诸人悉系和奸，法条难赦；庆塘一身宜坐诬告，罚赎严刑。扫除遍邑之淫风，挽回万姓之淳化。

---

①　辅翼——辅佐协助。

②　谲（jué）——欺诈。

③　曷（hé）——怎么。

九十二

水朝宗醉渡遇劫难　阮自强卧病受牵连

獭子罗大郎素性凶狂，又无学术，父官清苦，宦囊久虚，食用奢华，家赀消减，不守礼法，流入棍徒，恣恶恃强，横行乡曲，游手好闲，混为盗贼。一日，坐于南桥，忽见银匠石坚送其亲戚水朝宗于渡口，虑其酒醉，买有瓦器灯盏六枚，执其包裹而嘱之道："此物件须珍重，不可恍惚。"朝宗道："是我自家所当心者，何必叮咛。"遂别去。大郎听了此言即起谋心道："石银匠送此人再三嘱咐，必是倾泻银子回家①。"遂急急赶至前途，欲谋所有。望见龙泉渡边，闻得朝宗醉呼渡子阮自强撑船渡河，自强道："我有病不能撑船，汝自家撑去。"朝宗带醉跳上渡船，大郎连忙踏上船道："我与你撑去。"一篙离岸，二篙渐远，三篙至中流。天色昏沉，夜晚悄黑，两岸无人，漫天祸起，即将朝宗推入深水中，取其包裹登岸而去，只遗下雨伞一把在船。次日，阮自强令男去看船，拾还家中。是夜，大郎谋得朝宗包裹，悄地打开，并无银两，只有瓦器灯盏六枚，心中惨然不悦，自嗟自怨，乃援笔而题龙光庙后门道："你好差，我好错，只因灯盏霍。若要报此仇，除是马生角。"题毕，将灯盏打破归家。

越二日，朝宗之子有源在家，心下惊恐，乃道："我父前日入城谒石亲，至今未还，是何迟滞？"遂往城访问。石坚道："我前日苦留令尊，他急急要回，正带酒醉，并无他物，只有灯盏六枚，雨伞一把。汝可随路访问。"有源如其言，寸寸节节，访问不已，直至渡口，问及阮自强。自强道："前日晚上，有一醉汉同人过渡，不知何人撑过，遗下雨伞一把，我收得在此。"有源一见雨伞即号泣道："此是我父的雨伞，今在你家，必是你谋死我父性命。"即投明邻右人等，写状告于本县。

告为仇不共戴事：蝗虫不捕，田少嘉禾；蠹害未除，庭无秀木。天台若不剿盗，商旅怎得安宁。喇虎阮自强，驾船渡子，惯害平民。本

---

① 倾泻句——把积攒下的所有银子送回家中。

月日傍晚，父朝宗幸得蝇头，回经马足，酒醉过船，撑至中流，打落深水，登时绝命，不见尸迹。次日根究伊家，雨伞现证。泣父江皋翘首，正愁闻乌鸟之音；渡口息肩，却误入绿林之境。剑寒三尺雪，见则魂飘；口喝一声雷，闻而肠裂。在恶哄接客商，明人实为暗贼；谋杀财命，蜜口变化腹刀。乞准断填，上告。

此时，冯世泰作县尹，一见有源告状，即为准理："人命关天，事非小可。我当为汝拘拿被告人审明，偿汝父命。"遂差人拘拿阮自强，强不得已乃赴县诉状：

诉为漏斩陷斩事：人命重根因，不得无风而吹浪；强盗重赃证，难甘即假以为真。谋财非些小关系，杀命犯极大罪刑。痛身撑渡为生，迎送有年，陡因疾病，卧床半月，未出门户。前夜昏黑，不知何人过船，遗下雨伞一把，次早儿往洗船拾归。有源寻父见伞，诬身谋害。且路当冲要，谁敢私自谋人？既有谋人，因何不匿伞灭迹？丁姓之火，难将移在丙头；越人之货，岂得驾称秦产。有源难免无言，当为死父报真仇；天台固自有法，乞为生民缉真犯。上诉。

冯大尹既准自强诉词，遂唤水有源对理。有源哭谓："自强谋杀父命，沉匿父尸，极恶大变，理法难容。若非彼谋，何为伞在他家？乡里可证。"自强哭诉："卧病半月，未曾出门，儿拾雨伞，白日青天，左右多人共见，哪有谋害情由？设有谋情，必然藏匿其伞，怕见踪迹，岂肯令人得知，更叫汝来首我？乞拘里甲邻右审问，便见明白。"冯侯乃拘邻里何富、江滨到县鞫问。二人同声对道："自强撑渡三年，毫无过恶，病患半月，果未出门，儿子洗船拾伞，果是的确，此乃左右众人眼同面见。有源之父被谋，未知真实，安得诬陷自强。"有源即禀："这何富、江滨皆是自强切近心腹，皆受自强银两贿赂，故彼此互为回护，若不用刑，决不直吐。"冯侯遂将二人夹起，再三拷问，二人哭辩道："小人与自强只是平常邻居，何为心腹？自强家贫且久病，何来贿赂？一言一语，皆是天理人心，公平理论，岂敢曲为回护？莫说夹死小人，即以刀截小人头，亦不敢说自强谋人性命。"冯侯闻得两人言语坚确，始终无一毫软款，喝手下收起刑具，将自强监禁狱中；干证原告喝出在外，退入私衙想了一回。明日清早，乔装打扮，径往龙泉渡头访个虚实。但听人言纷纷，皆说自强不幸，病未得痊，又遭此冤枉，坐狱受苦，不若在家病死，更得明白。随即过渡再访，人言亦皆相同。冯侯心中叹道:果然人言自强真是受诬,不知谋杀朝宗者果是何人? 心中自猜自疑,又往龙光庙密访,并无消息。四顾看来,但见庙后门题得有数句字道:"你好差,我好错,只因灯盏霍①。若要报此仇,除是马生角。"冯侯看此数句话头,意必有冤枉在内,且岂有马生角之理。就换了衣帽去见上司包公面言此事。包公道:"马生角是个冯字,你姓冯,此冤枉的事毕竟你能究出。"

　　冯侯别了包公,随即回衙。次日升堂,差人至龙光庙拿庙主来问道:"汝庙中数日有何人常来?"庙主道:"并无人来。只有一人小人曾认得,是城中人叫罗大,日前来庙中戏耍。"县主又问道:"可问汝借物否?"庙主答道:"借物没有,我只看见他在桌上拿一枝笔,步到庙后写得几个字。"县主即差人拘拿罗大至县,遂以"马生角"问道:"汝家有一马生角否?"罗大听县主之言,心中悚然,失色答道:"不知。"县主道:"龙光庙后诗汝可知否?"罗大俯首无言。县主大怒,且重刑拷究,罗大受刑不过,一口招认谋死朝宗之由。据招申详,包公判道:

　　审得罗大,派出宦门,身归贼党。饥寒不忍,甘心谋害他人;货财无资,肆意劫掠过客。闻石坚之嘱水人,赶至渡口,杀朝宗而坑阮渡,埋殁波心。虽因灯盏之误,实欺神庙之灵。黑夜杀人,天眼昭昭难掩;白日填命,王法凛凛无私。自强之诬由兹洗雪,有源之愤赖是展舒。一死之辜既伏,九泉之冤可伸。暂时置之重狱,秋后加以典刑。

---

　　① 霍——瞎,此处为不亮。

九十三

孙诲妻美貌生风波　柳知县昏庸失俸银

话说广东惠州府河源街上，有一小使行过，年可八九岁，眉目秀美，丰姿俊雅。有光棍张逸称羡不已道："此小使真美貌，稍长便当与之结契。"李陶道："你只知这小使美，不知他的母亲更美貌无双，国色第一。"张逸道："你晓得他家，可领我一看，亦是千载奇逢。"李陶即引他去，直入其堂，果见那妇人真比姮娥①妙绝。妇人见二面生人来，即惊道："你是什么人，无故敢来我家？"张逸道："问娘子求杯茶吃。"妇人道："你这光棍！我家不是茶坊，敢在这里讨茶吃。"走入后堂去了，全然不睬。张、李见其貌美，看不忍舍，又赶进去。妇即喊道："白日有贼在此，众人可速来拿！"二人起心，即去强挟道："强贼不偷别物，只要偷你。"妇人高声叫骂，却得丈夫孙诲从外听喊声急急进来，认得是张、李二光棍，便持杖打之，二人不走，与孙诲厮打出大门外，反说孙诲妻子脱他银去不与他奸。孙诲即具状告县：

> 告为获实强奸事：朋党聚麀②，与山居野育者何殊；帘帏不饰，比牢餐栈栖者无别。棍恶张逸、李陶，乃嫖赌习顽，穷凶极恶；自称花酒神仙，实系纲常蠹贼。窥诲出外，白昼来家，挟制诲妻，强抱恣奸，妻贞不从，大声叫喊，幸诲撞入，彼反行凶，推地乱打，因逃出外，邻里尽知。白日行强，夫伤妻辱。一人之目可掩，众人之口难箝。痛恶奋身争打，胜如采石先登；喊声播闻，恰似昆阳大战。恨人如罗刹，幸法有金刚。急告。

柳知县即拘原被告里邻听审。张、李二人亦捏将孙诲纵妻卖奸脱骗伊银等情具诉来呈。孙诲道："张、李二人强奸我妻，小的亲自撞见，反揪在门

---

① 姮(héng)娥——嫦娥。

② 朋党聚麀(yōu)——聚麀，原指两代的乱伦行为，此处指流氓恶棍横行乡里，奸人妻女。

外打，又街上秽骂。有此恶棍，望老爷除此两贼。"李陶道："孙诲你忒杀欺心，装捏强奸，人安肯认。本是你妻与我有奸，得我银三十余两，替你供家。今张逸来，你就偏向张逸，故尔与你相打，你又骂张逸，故逸打你。今你脱银过手，反捏强奸，天岂容你！"张逸道："强奸你妻只一人足矣，岂有二人同为强奸？只将你妻与邻里来问便见。"柳知县道："若是强奸，必不敢扯出门外打，又不敢在街上骂，即邻里也不肯依。此是孙诲纵妻通奸，这二光棍争风相打又打孙诲是的。"各发打三十收监，又差人去拿诲妻，着将官卖。

　　诲妻出叫邻右道："我从来无丑事，今被二光棍捏我通奸，官要将我发卖，你众人也为我去呈明。"邻里有识事者道："柳爷昏暗不明，现今待制包爷在此经过，他是朝中公直好人，必辨得光棍情出，你可去投之。"诲妻依言，见包公轿过，便去拦住说："妾被二光棍人家调戏，喊骂不从，夫去告他，反说与我通奸。本县太爷要将妾官卖，特来投生。"包公命带入衙，问其姓名、年纪、父母姓名及房中床被动用什物，妇人一一说来，包公记在心上。即写一帖往县道："闻孙诲一起奸情事，乞赐下一问。"柳知县甚敬畏包公，即刻差吏连人并卷解上。包公问张逸道："你说通奸，妇女姓甚名谁？他父母是谁？房中床被什物若何？"张逸道："我近日初与通奸，未暇问其姓名，他女儿做上娼，怕羞辱父母，亦不与我说名。他房中是斗床、花被、木梳、木粉盒、青铜镜、漆镜台等项。"包公又问李陶："你与他相通在先，必知他姓名及器物矣。"李陶道："那院中妓女称名上娼，只呼娘子，因此不知名，曾与我说他父名朱大，母姓黄氏，未审他真假何如。其床被器物，张逸所说皆是。"包公道："我差人押你二人同去看孙诲夫妇房中，便知是通奸强奸。"及去到房，则藤床、锦被、牙梳、银粉盒、白铜镜、描金镜台。诲妻所说皆真，而张、李所说皆妄。包公仍带张、李等入衙道："你说通奸，必知他内里事如何。孙妇房中物件全然不知，此强奸是的。"张逸道："通奸本非，只孙诲接我六两银子用去，奈他妻不肯从。"包公道："你将银买孙诲，何更与李陶同去？"李陶道："我做马脚耳。"包公道："你与他有熟？几时相熟的，做他马脚？"李陶答对不来。包公道："你二人先称通奸，得某某银若干，一说银交与夫，一说做马脚。情词不一，反复百端，光棍之情显然。"各打二十。便判道：

　　　　审得张逸、李陶，无籍棍徒，不羁浪子。违礼悖义，罔知律法之严；恋色贪花，敢为禽兽之行。强奸良民之妇女，殴打人妻之丈夫；反将秽节污名，借口通奸脱骗。既云久交情稔，应识孙妇行藏。至问其姓名，则指东驾西而百不得一二；更质以什物，则捕风捉影而十不得二三。便见非闾里之旧人①，故不晓房中之常用。行强不容宽贷，斩首用戒刁淫。知县柳某，不得其情，欲官卖守贞之妇；轻斤重两，反刑加告实之夫。理民反以冤民，空食朝廷廪禄；听讼不能断讼，哪堪父母官衔。三尺之法不明，五斗之俸应罚。

复自申上司去，大巡即依拟将张逸、李陶问强奸处斩；柳知县罚俸三月；孙诲之妻守贞不染，赏白绢一匹，以旌洁白。

---

①　闾里之旧人——门里的有交情的人。

九十四

老妖蛇作孽遭雷击　郑府尹至德受拥戴

话说岳州之野有一古庙,背水临山,川泽险峻,黄茅绿草,一望无际,大木参天而蔽日者不知其数。内有妖蛇藏于枯木之中,食人无数,身大如桶,长十余丈,舌如利刀,眼似铜铃,人皆畏而事之,过者必以牲牢献于其下,方可往来;不然,风雨暴至,云雾昼瞑,咫尺①不辨,随失其人,如是者有年。

值郑宗孔执任岳州府尹,书吏等远接,俯伏叩头。府尹道:"劳汝众等如此远接。"众人等道:"小的一则分该远接,二则预报爷爷得知,小的地方有一异事。"遂将道旁古庙枯木藏蛇,要人奠祭;不然,疾风暴雨吹吸人去,不知生死……将此原由说了一遍。府尹大笑道:"焉有此理。"越二日,道经庙边,果不设奠,遽然而往,未及一里,大风振作,飞沙走石,玄云黑雾,自后拥至,回头见甲兵甚众,似千乘万骑赶来,自分②必死。府尹未第时曾诵《玉枢经》,见事势既迫,且行且诵,不绝于口。须臾,则云收风息,天地开辟,所追兵骑竟不复有,全获其性命,得至岳州莅任。各县县尹大小官员参见礼毕,既而与各官坐谈,叙及:"古庙枯木之中巨蛇成精,食人无数,日前本府书吏军民出关接我,报说此事,我深不信。及至其所,行未一里,果见狂风猛雨如此如此。今请问列位贤宰,此妖猖獗,民不聊生,却将如何殄灭③? 一则为国治民,二则与民除害,皆我等分所当为。"各县尹答道:"卑职下僚,德轻行薄,何能祛之? 幸有老府尊职任宪司,风清海宇,虎牝渡河,可以返风,可以灭火,不让刘琨之德政,可并无规之十奇,何患此妖之不屏迹。"说罢,各各礼揖而别。

---

① 咫尺——八寸为咫,十寸为尺。咫尺意为很近。

② 自分——自己明白。

③ 殄(tiǎn)灭——灭绝。

　　次日，府尹升堂，叫城中男妇老幼俱要虔诚斋戒，沐浴赍香①，跟我叩谒城隍三朝。府尹具疏祷于案前。城隍见府尹带领男妇老幼诚心斋戒，又郑宗孔生平正大，鬼伏神钦，乃将蛇精害民事情，一一陈奏。玉帝在九重天上尝照见宗孔念《玉枢经》，虔诚感应，即差天兵、五雷大神，前去岳州古庙枯木之中殛死②蛇精，不得迟延。又道："那包文拯虽为阳官，实兼阴职，可摄其精灵。"天兵乘马持枪，雷神挥火持斧，同往托梦，包公令登赴阴床偕行。一时拥至其所，登时天昏地黑，猛雨滂沱，疾风迅雷，电光闪烁，府县人民骇得无处奔逃。须臾间，只听得一声霹雳震地，蛇精登时殛死。移时，天开明朗，众口哓哓，俱道是郑爷德感天地，殛死蛇精。众皆往看，果见巨蛇断作两截，人骨聚集成堆。报知府尹，府尹同各官一齐躬诣其所观看，见者无不惊骇。府尹吩咐将蛇精焚却，烧了一日一夜，才成灰烬。于是岳州人民户户称庆，皆道：非郑爷诚心格天，至德动神，曷克臻此③。

　　上司闻知郑侯至德通神明，忠诚格天地，惠泽被生民，与百姓除害有功，遂赏奖励，以彰其美。未及一载，见其才德攸④宜，改调大邦济南府府尹，岳州父老黎民不忍其去。适当包公在朝中奉使巡行其地方，众各奔投保留：

　　　　呈为保留循良以安黔首以庇地方事：本府居界一隅，路通三省，贮赋下于休宁，兵荒首于东南。幸赖郑宰父母，恺悌宅心，励精图治⑤，越自下车之始，首殄妖魔；继以弹丝之余，每容民隐。省耕问稼，视民饥犹己饥；断狱详刑，处公事如家事。茸社仓备四时凶歉，赈贫乏免老幼流亡。粮派分限催征，民咸称便；差役当堂检点，吏难售欺。裁滥冗总甲百余，乡间不扰；摘潜伏劫寇十数，烽火无惊。门扃⑥惩顽，狐鼠之奸顿息；本皂勾犯，衙胥之暴何施？禁牛而牛利皆

---

①　赍(jī)香——带着香烛。

②　殛(jí)死——杀死。

③　曷克臻此——怎么能够达到这种情况。

④　攸(yōu)——所。

⑤　恺(kǎi)悌(tì)宅心，励精图治——平易近人，一心想把国家治理好。

⑥　扃(jiōng)——关门。

蠲,疏盐而盐弊尽革。常例全除纤悉,铺户不取分毫。操若玉壶冰,迈今从政;泽如金茎露,绍古循良。抑且乐育英才,作新学校,士沾时雨,人坐春风,遍地弦歌,满门桃李,儿童幸依慈母,子弟庆得宗师。蒙德政之未几,闻调任之在即,班尘将起,冠伞难留;攀辕心切,卧辙心遑。矧①今饥馑渐臻于频仍,盗贼交驰于邻境;非复长城之寄,曷遗帖席之安。幸际天台按临郡邑,伏乞轸忧时变,俯徇舆情,奏善政于九重,另拨调任;留福星于一路,用奠子元。非独黎庶更生,且俾士林称庆。上呈。

包公随即奏请俯从民愿,留守旧邦,暂时纪功优奖,指日不次超升。人心共快。

---

① 矧(shěn)——况且。

九十五

良家妇求子遇淫僧　程监生遭难诵经文

话说奉化县监生程文焕,娶妻李氏,五十无子,意欲求嗣。尝闻庆云寺中有神最灵,求子得子,遂与妻李氏商议,欲往一游。夫妻斋戒已定,虔备香礼,清早往寺参神,祝告已毕,僧留斋饭后,往游胜景经阁。夫妇倦坐方丈,文焕忽觉精神不爽,隐几而卧。李氏坐侧有一僧名如空,见李氏花容月貌,又见文焕睡卧,遂近前调戏之。李氏性本贞烈,大骂:"秃子无知,我何等人,敢大胆如此?"因而惊醒文焕,如空遁去。文焕诘其故,李氏道:"适有一秃驴,见你倦眠,近前调戏,被我骂去。"文焕心中暴躁,遂乃高声骂詈:"明日赴县,必除此贼,方消此气。"倏而众僧皆知,恐他首县,私相议道:"此夫妇来寺天早,并无人见,莫若杀之以除后患。况此妇出言可恶,囚禁此地,久后不怕不从。"商议已定,出而擒住,如空持刀欲杀文焕,焕见人多,寡众不敌。又有数僧强扯李氏入于别室,欲肆行奸,李氏不从。一僧止道:"此时焉能肯从,且囚之别室,以厚恩待他,后必肯从。"众依其言,禁于净室。文焕被众僧欲杀,自思难免,乃道:"既夺吾妻,想你必不放我,但容我自死何如?"如空道:"不可,必要杀方除其祸。"中有一老僧见其言可怜,乃道:"今既入寺,安能走得? 但禁于净室,限在三日内容他自死也罢。"众乃依命,送往一净室,人迹罕到,四面壁立高墙。众僧与砒霜一包,绳索一条,小刀一把,嘱道:"凭你自用。"锁门而去。文焕自思:一时虽说缓死,然终不能脱此天罗。室内椅凳皆无,只得靠柱磉而坐。平生好诵《三官经》,闻能解厄,乃口念不住。

是时包公奉委巡行浙江,经历宁波而往台州,夜宿白峤峰,梦见二将使入见,说道:"吾奉三官法旨,请君往游庆云寺。"包公道:"此去路有多少远?"将使道:"五十余里。"包公与之同行,到一山门,举目观看,有金字匾曰:敕建庆云寺。入寺遍游,至一净室,毫无所有,只囚一猛虎在内,蹲踞柱磉。俄而惊醒,乃思:此梦甚是奇异,中间必有缘故。次日升堂,驿丞参见。包公问道:"此处有庆云寺否?"驿丞道:"此去五十里有一庆云寺,寺中甚是广阔,其僧富厚。"包公道:"今日吾欲往寺一游。"即发牌起马,径到山门,众僧迎接。包公入寺细思,与梦中所游景致毫无所异,深入四面游观,皆梦中所历,过一经阁,入左小巷,达一净心斋,而又入小室,旁有一门上锁,恍若夜间见虎之处。包公令开来观看。僧禀道:"此室自上祖以来并不敢开。"包公道:"因何不开?"僧云:"内禁妖邪。"包公道:"岂有此理!内纵有妖邪,我今日必要开看,若有祸来。吾自当之。"僧不敢开。命军人斩锁而入,果见一人饿倒柱下,忙令扶起,以汤灌之才醒。急传令出外,四面紧围。不意包公斩开门时,知者已走去五六十人,但军人在外见僧走得慌忙,不知其故,心疑之,仅捉获一二十人。少顷,闻内有令出围寺,只获老僧、僧童三十人。包公与文焕酒食,久而能言。诉道:"生系监生程文焕,奉化县人氏,五十无嗣,夫妇早入寺中进香,日午倦睡,生妻坐侧,孰意如空调戏生妻,妻骂惊觉,与僧辩论,触怒众僧,持刀要杀,再三哀求自死,方送入此地,与我绳索一条,小刀一把,砒霜一包,绝食三日。生平只好诵《三官经》,坐于此地,口诵心经。今日幸大人拔救,胜若再生父母。"包公道:"昨晚我梦见二将使道,奉三官法旨请吾游此寺中,随使而至,见此室有猛虎蹲踞。今日到此,其梦中所见境界分毫不差,贤契获救即平日善报。令正今在何处?"文焕道:"被众僧捉去,今不知在于何地。"包公将众僧拷问,僧招道:"此妇贞烈,是日不肯从奸,众人将他送入净室,酒饭款待,欲诱之,他总不肯食,遂自缢死,埋于后园树下。"包公令人起出,文焕痛哭异常。包公劝止道:"令正节烈可称,宜申奏旌表。"其僧老者、幼者皆杖八十还俗;其壮而设谋者,毋分首从,尽行诛戮。即判道:

> 　　审得庆云寺淫僧劫空、如空等,恶炽火坑,不顾释迦之法;心沉色界,罔循佛氏之规。临生程文焕携妻李氏求神求后,觊觎美丽,心猿意马,趁夫睡而戏调其妇;骂言詈语,触僧怒而欲杀其夫。恳饶刀刃,求愿宽容,判鸾凤于一时,拆鸳鸯于顷刻。拘执李氏于禅房,款待佳肴百品;囚禁文焕于幽室,受用死路三条。绝哉李氏,不饮盗泉宁自缢;善哉文焕,不甘就死诵三官真经。睡至更阑,感将使请游僧寺,神驰寤寐,梦白虎蹲踞柱旁。文焕从危获救,终当大用;李氏自缢全节,即赐旌奖;劫空、如空等逼奸陷命,律应枭首;合寺老幼等,党恶匿非,杖罪还家;寺院火焚,钱粮入官。

判讫,将劫空、如空等十人斩首示众;其老幼等受杖还家。包公又责文焕道:"贤契心明圣经,子息前缘,命应有子,不待礼佛,自举麟儿;倘命无嗣,纵便求神,何能及哉? 况你夫妇早出夜回,亦非士大夫体统。日后务宜勉旃①,毋惑妄诞②。"文焕唯唯谢罪。包公令将尸殡葬,官给棺衾,树坊墓前。匾旌贞烈节妇李氏之墓,立庙祀焉。其后文焕出监联登,官至侍郎,不娶正妻,只娶一妾,生二子。而猛虎之梦,乃虔诵③《三官经》之报应也。

---

①　勉旃(zhān)——勉之,即严格要求自己。

②　毋(wú)惑妄诞——不要被荒诞不合情理的话所迷惑。

③　虔(qián)诵——虔诚地诵读。